書中自有圓如玉

2

風文創 924

清棠 著

目錄

第十一章

京城的紛紛擾擾，自與祝圓無關，縣城裡的生活安逸又自在，就是有點忙。

許是這兩年玉蘭妝和得福食棧掙了不少錢，家裡吃穿用度鬆快了許多，兼之無長輩壓制、晚輩又懂事不鬧人，祝修齊縣衙事務慢慢步入正軌，他待在家裡的時間便長了點，在這樣的狀態下，張靜姝和銀環姨娘接連懷孕了。

祝圓想想也是，張靜姝和姨娘都才不過三十出頭的年齡，懷孕多正常啊。就是這妻妾和諧、祝修齊共享齊人之福什麼的……

祝圓抹了把臉。算了，理解不能，他們開心就好。

銀環還好些，張靜姝這回的妊娠反應大了點，不光吐，還整個人都懨懨的，然後這管家的事便交給了祝圓，甚至連教導妹妹的任務也正式交給她了。

如是，她每天便忙碌了許多，好在玉蘭妝、得福食棧都已經上了正軌，也栽培出了幾名得力的店長，平日並不需要她太費心。

家裡瑣事多，每日不停有管事過來回話問話，擾得她煩不勝煩，完全沒法好好看書習字，生活節奏全部亂套。

她甚至開始懷疑是家裡管事們不服氣，給她找事，畢竟她開玉蘭妝、得福食棧，都是儘量找年輕的丫鬟、小伙子，幹活索利，也容易調教。第一次與家裡的這些管事接觸，她做得極為不順手。

她便去問親娘，這些人是不是欺負她年紀小？張靜姝被逗得不行。「妳可是開了兩家鋪子的人，哪個敢糊弄妳？」然後溫聲給她解釋。「他們許是有些私心，但應該沒那膽子為難妳。只是妳新官上任，他們摸不著妳的處事習慣，為防出問題，事無鉅細是最穩妥的辦法。」也就導致了祝圓的工作量暴漲。

祝圓。「……」

行吧。不是為難她就好。

知道大致原因，祝圓便著手解決問題。她將這幾日遇到的所有事情列出來，按照事情的輕重緩急分成幾個等級。

第一等的急事、大事，可隨時找她。第二、第三等事情，得在指定辦事時段內向她彙報。第四等之後，各大管事自己按照經驗自行處理，在彙報的時段內將事情並處理結果說一聲便可。

為此，她還設計了一套績效考核標準，比如四等以後的事，若是處理結果優異公平，那績點便加一，若是彙報的時候她不滿意，績點便減一。

除此之外，各管事彙報問題的時候，還得一併提出解決方案，若是光彙報而沒有解決方案，還只等著她解決，便扣除績點。若是解決方案優異，則增加一績點。

到了月底結算績點，按照績點給予銀錢獎勵，績點總數第一名能得到一兩獎金，第二名得五百銅錢，第三名得三百。

銀錢不多，但這是主子給的獎賞，還是辦事得力的象徵，各大管事頓時卯足了勁，使出渾身解數想法子幹活。

如此，只不過十來天，祝圓每日處理事情的時間便大幅減少，每日上午、下午各花半個時辰，便能將所有事情理得井井有條。

不光跟著她一塊兒學管事的祝盈咋舌，連張靜姝都驚嘆不已——往日裡耽誤她大半天時間的家事，怎麼到了祝圓手裡，不過是一、兩個時辰的事？

許是她在祝修齊面前提了幾句，後者休沐之時特地跑來參觀了一場，完了若有所思地離開了。

幾天後，縣衙裡便開始改革彙報方式，同時附帶各種獎懲制度。

家裡掙錢，連帶祝修齊手裡也闊綽了，弄些獎勵自然不在話下，且一年多來，祝修齊偶爾遇到問題，也喜歡找祝圓嘮嗑兩句，回回都能得到許多啟發。

去年祝圓提議的那些鼓勵政策，他與幕僚商討過後挑選了幾個，再根據蕪山縣的情況進行調整，然後按部就班地逐一落實。

從去年開始執行的招商政策，給與貿易商、外來商各種稅費優惠，甚至讓本地商家去外地招攬，只要招攬到一家，便有獎勵……如此種種，吸引了不少周邊府縣的商家過來開店。

按照幕僚的計算，這樣一番投入，少說要兩到三年才能讓稅收提起來，填補這部分投入的空缺。結果不到半年，稅收便提上來，完全填過之前投入的錢財，甚至還有盈餘。

祝修齊自然大喜過望，索性繼續保持這些招商政策，同時將盈餘的稅務投到別處。

比如，找來許多擅農事的老農人，集思廣益，取長補短，整理出可靠的栽種方法和注意事項，普及下去。畜牧養殖同理。

除此之外，還讓人研究套種方式，盡最大可能提升田畝產量；再以錄入縣志的方式鼓動鄉紳富戶捐錢捐糧，用於修整通往周邊府縣的土路、興修水利灌溉……

恰逢承嘉十年朝廷稅改，百姓的稅賦壓力小了，田產還增加了，手頭比往年寬鬆不少，消費力度大，帶動了縣裡經濟蓬勃發展，蕪山縣稅收比往年增長不少，對比上任，更是直接翻倍，加上這兩年治安良好，連新生兒都多了不少。

祝修齊為主導的縣衙推行了種種幫助百姓、商戶的政策，百姓對縣衙的觀感早就與往日不同，衙役、主簿走在路上，再也不是人人避之不及，遇到那豪爽的，還會被塞幾顆果子什麼的。

當然，祝修齊早就有令，不許取百姓一分一毫，發現後即革職處理。

要知道，自從祝修齊來了之後，縣衙上下除了月薪，每月都有績效獎金、福利獎金各種補貼，他們可不願意為了那丁點蠅頭小利捨了這份體面活。

因這些政策或多或少都有祝圓的影子，故而，祝修齊遇事不決都喜歡聽聽祝圓的意見。

這日，休沐的祝修齊收到蘆州守備秦又送來的信件，正好得閒，他索性跑到祝圓理事的小廳，看祝圓不緊不慢地安排事情。

許是有他在，管事們有些緊張，回話的時候偶爾還會磕磕巴巴，等祝圓輕聲細語地回了幾件事後，管事們才都冷靜了下來。

祝修齊端著茶盞好整以暇地看完全程，待祝圓處理完事情，一揮手讓管事們退下後，他一算，還不到半個時辰，登時感嘆。「咱家圓圓秀外慧中，將來也不知要便宜哪家小子……」

祝圓白了他一眼，端起溫茶喝了幾口潤潤嗓子，然後才問道：「爹，到我這兒來是不是有事？」

祝修齊不滿。「沒事就不能過來坐坐嗎？」

祝圓做了個鬼臉。「沒事您早就去陪娘她們了，哪輪得到我！」

被自己女兒打趣，祝修齊登時有些不自在，直接給她一個腦瓜崩子。「沒大沒小。」生怕她繼續下去，隨口便抓了個話題。「妳的鋪子那邊接觸的人多，有沒有聽誰提起過水泥？」

水泥？祝圓心裡一咯噔。水泥已經普及了嗎？

祝修齊以為她不知道，還細細給她解釋。「聽說是一種粉末狀的東西，加上砂石和水，凝固晾乾便堅硬如石……」

祝圓認真地聽他說完，然後問：「這是秦叔叔信中說的？他又是如何得知這東西？」

祝修齊點頭。「蘆州已經鋪好了一條水泥路，正是通往潞州的，兩邊商賈現在來往方便了許多。他信中還說了，京城與蘇杭之間也通了路，原本需要半月以上的路程，如今不到十天便能抵達。」

祝圓不動聲色。「這水泥路當真這麼好？」

祝修齊捋了捋長鬚。「還是有些缺點，水泥路太過堅實，廢馬掌。」

祝圓點頭。「不過相比路途節約下來的時間及銀錢，這些馬掌還是耗得起的。」

「對。」祝修齊嘆了口氣。「只是這水泥傳得太玄乎了，我有些不太相信，我已經讓妳林叔叔去蘆州看個究竟。」

祝圓想了想，慢慢道：「若是能縮減與周邊府縣的距離，商賈往來定然更加順暢，稅收必定會更高，最重要的是，還不需要年年花錢修路。這麼一算，雖然買水泥修路壓力大了點，還是值得——」

祝修齊卻搖頭。「倒是不需要縣衙去買。」

祝圓怔住。「不買，難道白送嗎？」

「他們會在水泥路沿途設立收費點，對來往車馬收取適當費用，慢慢將修路成本賺回來。」

這不就是收費站的雛型嗎？在這個世界，這種模式，她只告訴過一個人。

祝圓定了定神，小心翼翼問道：「爹說的他們，是誰？」

「咦？我沒說嗎？就是妳秦叔叔家。聽說秦家向朝廷買下了這個水泥方子的經營權，全大衍要買水泥，都得找他們家。」祝修齊見她愣愣然，又補了句。「就妳秦叔叔的弟弟在處理。」

祝圓微笑。「原來如此，我知道了。」

終於挖到一點線索了，狗蛋肯定跟這秦家有關係。

呵呵呵，這廝裝老頭的日子即將到頭了！

唯一知道京城等地情況的人就在眼前，祝圓當然不會放過，她佯裝不解地問：「設立收費站此舉，是不是不太妥當？哪有路不讓走，走了就得給錢的？跟攔路打劫似的。」

祝修齊點頭。「我也正是有此顧忌。不過，既然盧州、京城那邊都能實施，想必還是有過人之處，看看無妨。」

「也是。」祝圓笑笑。「這是秦叔叔的弟弟想出來的法子嗎？莫不是跟秦叔叔一樣，也是學武之人？」

祝修齊失笑。「覺得學武之人匪氣重？」

祝圓吐了吐舌頭。「比習文的肯定重一些。」然後撒嬌。「說說嘛，我想知道是哪位這麼有想法。」

祝修齊沒法。「這我如何得知？若不是妳秦叔叔給我來信，我還不知道水泥呢。」

好吧。「那這水泥方子是誰弄出來的？」祝圓再問。

祝修齊不以為意地猜道：「應該就是工部了，畢竟除了工部還有誰會折騰這些？」完了跟她說：「瞧妳對水泥這麼好奇，等妳林叔叔回來，我讓他跟妳說說——」

「說什麼？」臉色有些發白的張靜姝走進來。

祝修齊連忙起身迎上去，攙住她。「怎麼過來了？」

「總不能老在房裡窩著。」張靜姝隨口答了句，然後問他。「剛才你想讓圓圓見誰來著？」

「老林啊，我讓他去蘆州——」
張靜姝沈下臉。「我看你是糊塗了。」
祝修齊愣住。
「圓圓現在都十二了，翻過年都能開始議親，你還要讓她見誰？」
祝修齊摸摸鼻子。「不礙事吧？老林也算是她半個長輩了……」
「那也只是半個，他年歲也不大……」
祝圓看看這個又看看那個，起身悄悄退了出去。
唉，還以為今天能扒出狗蛋的馬甲呢……這時代的訊息實在太封閉了……
得益於祝修齊夫婦的通情達理，相比其他姑娘家，她其實已經有非常大的自由度，能出門、能開店，各種事情都由得她折騰……
可也就僅止於此，商賈畢竟是商賈，國家政策、朝廷情況，她也只能從祝修齊的隻言片語中獲得。
太憋屈了，尤其現在她年歲漸長，她娘已經開始管著她，往後只會越來越嚴格，直至她成親……想到成親後可能要過的日子，她便不寒而慄。
她站在屋簷下，身後是父母溫吞的爭執，身前是屋宇迴廊掩映下的小小院子。
南方冬日溫暖，十一月的天候，院子裡的盆景花木依舊蒼翠，搭配回廊洞門，頗有雅趣。
只是……祝圓嘆了口氣，再精緻也如牢籠。

回到後院書房，祝圓讓夏至忙去，自己則親自挽袖磨墨，鋪紙習字。習字兩年，她已經習慣心情煩躁鬱悶的時候寫寫字了。

狗蛋說得沒錯，寫字能讓人平心靜氣。正想著，紙上空白之處緩緩浮現墨字——

「妳心緒不寧？」

祝圓怔住。狗蛋現在還能感知她的情緒了？

墨字繼續浮現。「妳的字亂了。」

祝圓定睛一看。可不是？剛寫的字全都大失水準。

她啞然失笑，提筆回道：「算下來，咱們也認識快兩年了。」

對面的謝崢想了想，指正道：「準確地說，是一年零八個月。」

祝圓翻了個白眼。「你一個老男人，怎麼這般斤斤計較？」

謝崢登時被噎得不輕。

半天沒等到回覆，祝圓便知道這人被懟啞口了，心情突然便好多了。「我說，你為何對自己的身分如此躲躲藏藏？我一內宅婦人，又不能把你怎樣！」

「既是內宅婦人，知不知我的身分，也無甚差別。」

「那可不，你隔三差五占我便宜，我當然不樂意了。」祝圓指的是年齡輩分上的欺壓。

謝崢誤會了，皺眉。「姑娘家家的，說什麼佔便宜？」

祝圓無語了。「你個老不修的，你想哪去了？我才十二歲！」

謝崢不以為然。「十二歲便能開始談婚論嫁了。」

「那是兩碼事，談婚論嫁只是提前談，真佔便宜了，那就是戀童！是變態！」
前者看字便知其意，後者……肯定也是罵人之語。謝崢忍了又忍，還是忍不住問了。
「變態何解？」
祝圓言簡意賅。「心理扭曲，不正常，非常人也。」
謝崢。「……」
他為何要多嘴問一句……
時間過得很快，轉眼便是臘月寒冬。
因著秦和給力，水泥生意發展順利，今年給秦家帶來可觀的收益，連謝崢手頭也鬆快許多。恰好年關將至，謝崢讓人採買了許多東西，帶著去外祖家送禮。
秦老夫人喜不自禁，一迭連聲說怎麼好意思讓他一個未成家的孩子送禮呢！連休沐的秦銘燁、秦也父子也分外驚喜。至於秦和，因正好出了遠門去督辦各地水泥的購銷情況，此刻並不在府裡。
聽外祖母這麼說，謝崢神情溫和。「我如今跟開府也無甚差別了，手頭正寬鬆，孝敬孝敬自家長輩，不礙事。」
上回遇刺過後，承嘉帝不光給了他一隊護衛，還憐惜他莊子死了許多人，從宮裡給他撥了些人手補上。宮女太監便罷了，聽說他那莊子主要是養匠人做研究，撥給他的人手中，一半以上都是宮中匠人，算是意外驚喜。

如此，他那莊子便顯得有些小了。所幸他已經十五歲，承嘉帝乾脆讓禮部、戶部著手給他選址，開始蓋皇子府。

如今府邸位址已經選好，只等明年蓋好，他便能搬出去住了，倒也是得開始走禮，也不差這一年半載的。

秦老夫人自然知道這個道理，笑得見牙不見眼的。「心意有到就好了，等你開府，花錢的地方可多了，你現在還沒成家，沒有媳婦兒替你掌家，要是花錢不注意，遇到事情沒錢使那可就抓瞎了。」完了有些遲疑，小聲道：「前些日子，我彷彿還聽說你手頭不太鬆快來著？」

約莫是聽說他跟謝峸要錢的事了。謝崢想了想，索性直接問：「您老是聽說了二哥送禮那事吧？」

「誒。真有其事嗎？」

連秦銘燁父子也盯著他。

謝崢無奈。「那是我訛他的。」他坦蕩蕩。「想看我的笑話，可以，不能白看。」

秦家幾人。「……」

「再者，」謝崢勾唇。「若是真的沒錢，我會找小舅要去，他現在有錢得很。」

他平日總是冷冷淡淡的，這會兒突然開起玩笑，還說這樣的話，聽在秦家幾人耳裡便分外親切，連平日沈穩的秦銘燁也被逗笑了，連連點頭。

「對，你小舅現在可是大戶，找他準沒錯。」完了他感慨一句。「如今連戶部的邱大人見了我都是笑咪咪的，可見這水泥掙錢啊。」

秦老夫人不解。「不是只給國庫兩成嗎？他那老狐狸看得上？」

秦銘燁看了眼低頭抿茶的謝崢，解釋道：「水泥分成不過是其一，帶來的商賈流通和稅利才是根本。光是車馬通行的費用便如此巨大，那來往貨物數量之巨，便可想而知了。」

秦老夫人恍悟。「這麼算，戶部那老狐狸確實該對咱們家笑容好些。」然後看了眼謝崢，笑道：「還有三殿下，說一千道一萬的，這水泥方子可是殿下倒騰出來的呢。」

謝崢放下茶盞。「此處並無外人，外祖母喚我崢兒便可。」

秦老夫人愣了愣，笑著搖搖頭，低聲道：「禮不可廢，當心隔牆有耳。」

秦銘燁跟著提醒他。「陛下未曾再立后，先皇后的母家才是您的外家，出去可不能混了。」

謝崢點頭。「我省得。」

又閒聊了幾句，謝崢正想告辭離開，秦老夫人卻看了眼秦銘燁父子，斟酌了下，道：「那事……咱們要不跟殿下通通氣？」

秦銘燁一下沒反應過來。「何事？」

秦也忙低聲提醒了兩句。

秦銘燁恍悟，想了想，點頭。「說吧，臻兒不靠譜，總是得跟殿下商量著辦的。」

提起淑妃，謝崢下意識便皺了皺眉。

秦老夫人未發現，既然秦銘燁不反對，她便說了。「還有不到一個月便過年，翻過年您就十六了，按照皇家規矩，得開始議親了，你娘那性子……」
瞅了眼朝她搖頭的長子，秦老夫人嚥下後半句，接著道：「皇上也沒那工夫管你，我們索性便將事攬了過來，幫您注意起來了——」終於發現謝崢皺起眉頭，忙補了句。「您莫要怪我們多事，實則是太過擔憂——」
謝崢擺手。「外祖母莫慌，我知道。」畢竟連遠在蘆州的二舅都逮著他出京的時候給他相看呢，也不差這一著。「我這親事避不開母妃，我是擔心你們找的人家不合她意。」
秦家諸人知道他擔心什麼，秦銘燁捋了捋長鬚，道：「放心，咱們現在知道她心裡想什麼，順著她意便好。」未等謝崢問話，他接著道：「恰好您最近因稅改之事……那些個避之唯恐不及的人家，咱也看不上其家風，我們商量著，從一些門戶較低的人家裡挑幾家家風正、家裡掌權的也穩的，將來若是起來了，也能給您添幾分助益。」
意思是，挑些門戶較低的，淑妃那關便好過，承嘉帝必然也不會阻攔。再者，家風正又穩得住，有他秦家幫扶，起來不過是早晚之事，這想法倒是與他不謀而合。
總歸都是要託外祖母幫著相看……謝崢略想了想，便順勢問道：「外祖母都看過哪些人家了？」
這是接受他們的好意，不怪他們多事。秦家諸人登時鬆了口氣，秦老夫人更是歡喜，連忙讓貼身丫鬟去把她屋裡的資料全給抱出來。
沒多會兒，謝崢面前便擺滿了卷軸冊子，從各家情況介紹，到適齡姑娘的性情、愛好描述皆有之，甚至還有姑娘家們的畫像，一大堆，將上好的酸枝木嵌雲紋石大圓桌堆得滿滿當當。

連向來穩重的秦銘燁見了都有些尷尬。「咳，你外祖母平日閒得很，看的人家有些多了，呵呵，呵呵……」

謝崢。「……」

他們這是有多擔心他娶不到媳婦兒啊？

謝崢抹了把臉，索性直接問：「外公你們應該都看過了吧，你們覺得哪家好？」

話都說到這份上，也不必矯情了，秦銘燁只遲疑了一瞬，便從桌上翻出三份卷軸。「國子監祭酒的次女、徐翰林的嫡長女，以及濼揚知府家的嫡長女。這三家的姑娘，你外祖母都看過，年歲相當，端莊大方，將來也能讓你無後顧之憂。」

謝崢點了點國子監祭酒女兒的冊子。「這家不行。」正四品，又是大衍最高學府的祭酒，名頭太響亮，不光過不了淑妃那關，只怕承嘉帝也會多想。

秦銘燁欲言又止，秦老夫人也鬱悶了。

「這國子監祭酒家的姑娘，真真是才貌雙全，雖然才十三，我瞅著過兩年便會炙手可熱……這滿桌子的人，我最滿意這家的了。」秦老夫人看看謝崢，再看看秦銘燁。「說來說去，這國子監就是得個清貴名頭，什麼權力都沒得……要不試試？說不定可行呢？」

秦銘燁嘆了口氣。「就怕這清貴的名頭。」點了點翰林家那本冊子。「否則咱們也不會盯著這些翰林了。」

「外公明鑒。」謝崢又點了點那名濼揚知府家的。「這位知府大人如今何在？他家閨女的資料為何在此？」
秦老夫人接話。「人還在任上，他家姑娘在本家，也就是在京城待著。」
「可是住在城西，姓周的人家？」
「對！」
謝嶸搖頭。「這家也去掉。」
秦家幾人錯愕。
「為何？」秦老夫人尤其不解。
謝嶸神色淡淡。「那知府如何我不知道，這周家風評不太好。」實際上風評如何他並不知，只是這位知府過幾年便會因為別的事情被撤職，一家子搬離京城。
幾人面面相覷，秦老夫人詫異道：「我竟沒聽說過。」
「過兩年便知了。」謝嶸不再多言。
他不說，大家便以為是他的人私下查探到了內情，齊齊嘆了口氣。
「那豈不是剩下徐翰林家的閨女？」秦老夫人鬱悶極了。
「怎麼會？」謝嶸下巴一點，示意他們看向堆滿桌子的冊子。「這不是還有許多嗎？」
秦老夫人嘟囔。「餘下的總有些不太滿意之處。」
秦也彷彿想到什麼，探身翻找，從桌上翻出一卷畫軸，雙手遞給謝嶸。「這位您看看。」
謝嶸微詫，也不接，只問：「這是哪家的姑娘？」為何光遞畫像不給冊子？

秦也微笑。「這是禮部員外郎祝修遠祝大人家裡的嫡次女，年方十四，聽說模樣不俗。」頓了頓，他彷彿話中有話。「都是一家出來的，學識儀態管家這些，應當不會比二房家的孩子差。」

謝崢有點懵。這大房二房的——等等，祝家？是他知道的那個祝家嗎？

不等他問呢，秦銘爗也想起來了。「您去年在蘆州的時候，似乎還見過祝家二房的孩子，我記得你去年還給他們家的男孩送賀禮了。」

是有這麼回事。謝崢點頭。「這些與祝家大房又有何干係？」

秦也仔細打量他神情，然後乾咳一聲。「那看來是我想多了。」

秦老夫人跟著轉過彎來，但看謝崢的反應，倒忍不住驚詫。「可那祝家二房的女娃去年見殿下的時候才十一歲，應當不可能吧？」

連秦銘爗也跟著狐疑地看向謝崢。

秦也忙搖頭。「我多想了，多想了。」順手將手裡卷軸塞回桌上。「那這家咱們就不看了，祝大人此人……嘖，與咱們不是一路人。」

謝崢。「……」

他明白了，這幾人是以為他對那祝家小丫頭一見傾心、念念不忘？

別人不知道那名丫頭如何，他可是知道得一清二楚，而且前些日子才與祝家丫頭討論過這事，即便他是真正的十六歲少年郎，看上一名十二歲小丫頭，擱那丫頭嘴裡，也妥妥是個變態……

謝崢打了個激靈。

「你們怎會有此想法？」他很是無奈。

秦也乾笑。「我看你不像與那祝家二房的公子有來往的樣子，就……」誤會了。

這倒是提醒他了。謝崢皺眉。「我當時正是衝著祝庭舟去的，倒是那家回禮過分厚重，加上祝庭舟一直未回京，我才暫且擱置不提。」

眾人恍悟。

秦也點頭。「禮部那名祝大人，我打過幾回交道，」他斟酌著用語。「有些功利了。」

秦銘煒看了眼謝崢，笑著打圓場。「不過，都混進官場了，哪個不功利呢。」

秦老夫人回憶了下，打趣道：「真不考慮看看？祝家大房的這位姑娘，長得確實漂亮呢。這嫁出去的女兒潑出去的水，她爹如何，也扯不到你身上，實在不行，當妾也使得。」

謝崢皺眉搖頭。「正妻未入門，這些皆不考慮。再者，娶妻當娶賢，管家理事、待人處事等等才是我看重的，顏色反倒不重要。」

他貴為皇子，前世權勢滔天，離那寶座只差臨門一腳，什麼樣的美人沒見過？那祝家姑娘再如何漂亮，也入不了他的眼，何況還是那丫頭的堂姊？

那丫頭雖然氣人，卻助他良多，而且這丫頭主意正得很，她家裡人要如何安排，還是得詢問她一聲……

對面的秦銘煒與兒子對視一眼，小心問道：「您的意思是，要找那穩得住大局的？」

謝崢回神，點頭。「是。」

這回不光秦銘燁父子，連秦老夫人也懂了。謝崢這哪裡是找皇子妃，這分明是要按照皇后的標準找啊！

雖然他們早有預料，但謝崢這般明白地顯露野心，依然讓他們震驚。

秦老夫人定了定神，鄭重道：「是我思慮不周了，我再好好找找，定能找到合適的。」

「煩勞外祖母了。」

秦銘燁神情凝重。「旁的不說，臻兒那關過得了嗎？」

謝崢不以為然。「母妃對我再有不滿，也只會壓制我，只會攔著高門大戶這些，旁的，她……多少還是得顧忌著父皇的。」

中間恰到好處的停頓，帶著欲說還休的難過，讓秦家人對自己更為心疼。

一切點到為止，謝崢掃了眼桌上堆滿的冊子，接著道：「如今朝廷稅改，這兩年會有許多動盪，待穩定下來才能知道哪些人得堪重用，如今提什麼都過早了。」

言外之意，他的親事不著急。

秦老夫人急了。「可你翻過年都要十六了。」

謝崢神色沈靜。「等上幾年，換後面幾十年的後宅安穩，值得。」

眾人默然。

蕪山縣。

祝修齊派去蘆州的幕僚已經回來了，還帶回來一小包的水泥樣本。

祝修齊領著大夥一起看了水泥調和過程，然後接著測試，把水泥塊就擱在院子裡晾著，到下值的時候再看，只見那水泥已經板結成塊，取掉木板後，堅如石頭。

眾人紛紛驚嘆。

這還有什麼需要猶豫的？祝修齊立即拍板定案，這路得修，必須修！

祝圓後來才知道，不必縣衙花錢買水泥，父親等人為何要猶豫——因為修路的人力，要縣衙負責出，秦家只負責提供水泥，並且，將來收取的路費只繳納一成給縣衙。

祝修齊考慮到要出這麼多人力物力，萬一未來大家都不走水泥路，豈不是虧大了？自然便猶豫了。可如今看到水泥路的成品，又有蘆州、京城的案例在前，索性牙一咬，幹了。

祝圓知道那位林姓幕僚回來了，也知道他們開始著手修路，特地找祝修齊問了預計工期，想了想，到後院找張靜姝。

「妳想開客棧？」張靜姝詫異。「縣裡的客棧已經有幾家了，妳開客棧還能掙錢嗎？」

祝圓解釋道：「我瞧著爹爹他們現在開始修路，往後通往蘆州、青州等地便快捷許多，加上爹爹他們已推行了許多招商政策，接下來蕪山縣的經濟必會越加繁榮，來往商賈也會更多，現在建客棧，待得馬路修通，咱們就能掙到這第一波的紅利了。」

張靜姝遲疑。「可修建客棧不比租鋪子，耗費的時間、財力都……而且，明年妳爹任滿三年，屆時會留任還是調往他處，都不得而知。」

祝圓怔住。對哦，她這清閒日子都過暈乎了，忘了這兒不是他們的家，玉蘭妝的產品跟技術都掌握在自己人手裡，到哪都能接著做，得福食棧更不必說。只有這客棧，若是開了，之後也帶不走挪不動。

她大失所望。「看來確實是做不了……」

張靜姝看了她兩眼，沈吟片刻，笑道：「也不一定。」

祝圓抬頭。

「咱們建不了客棧，別人建得了啊！」

祝圓一臉茫然，張靜姝也不再解釋，只是讓她照舊先將客棧的方案寫出來，自己則精神抖擻地出門訪友去。

祝圓。「……」不是說妊娠身體不適，需要靜養嗎？

吐槽歸吐槽，這時她腦袋也轉過彎來了。

娘是想讓本地的官紳來建，他們家參股分紅吧！

這也是個好辦法，只要有錢掙，她娘肯定會給她提成分紅的。

祝圓轉回屋，遣退夏至，關起門來好好將自己的小金庫數了一遍。

待年後狗蛋又會讓人送今年的分紅過來，怎麼說應該會比二百五十兩多，屆時，她的小金庫就要突破一千兩了。

這麼多錢，不管到哪裡應該都夠買個院子再買幾個下人過日子了吧？祝圓樂觀地想。

剛把錢箱鎖好，就看到狗蛋的字在牆上掛畫裡出現——

「小丫頭。」

祝圓翻了個白眼，整了整衣襟，慢慢踱到外間。

她在外間佈置了張臥榻，下雨天懶得出門了，或是懶癌發作，可以窩在房裡看看書，上面再擺張小桌子，又能寫寫字。

這兩年下來，對面也習慣了她要麼不在，要麼處於需要準備紙墨的狀態，只靜靜地等著。

祝圓慢條斯理磨墨鋪紙，然後提筆寫道：「喊你姑奶奶作甚？」竟然喊她小丫頭，幾天不打上房揭瓦了。

遠在京城的謝峥。「……」他又哪兒得罪這丫頭了？

謝峥沒搭理她的自稱，直接問話。「聽說蕪山縣也開始修水泥路了？」

祝圓挑眉。「喲，消息靈通呀～～」她眼珠子一轉，接著寫道：「不過，連蕪山縣這麼偏遠的地方都收到消息還能折騰起來，可見你們秦家確實有能耐，怪不得能拿下水泥的經營權呢。」你們秦家……呵呵，看這廝怎麼接。

墨字皆是逐字浮現再隱去，謝峥自然沒漏看那詞兒。

謝峥是什麼人啊，他跟朝上老狐狸們周旋的時候，祝圓這丫頭連影兒都沒有呢。

「與我何干？方子研發出來後，便已交予朝廷。」

祝圓扼腕，想了想，她繼續問：「秦家拿了經營權，還分紅給你？不是應該給朝廷嗎？」

謝峥勾唇。「我與秦家並無交集，紅利乃戶部所給。」頓了頓，他還煞有介事地補充了句。「只拿五年。」

晴天霹靂！祝圓震驚了。「只拿五年?!那我以後豈不是也分不到錢了？」她這輩子都不可能有工作，有沒有獨立的事業還說不準，她還指望這些分紅過日子呢！

謝崢挑眉。「妳缺錢？」他記得這丫頭掙錢挺有一手的，還開了兩間鋪子來著。

祝圓沮喪。「暫時是不缺……只是，錢這東西，誰還嫌少啊？」

「五年紅利，算下來也不少了。」

是不少。水泥方子不過是她踩著巨人肩膀學來的，轉手出去就賺來這麼多，還完全沒參與研發……能分五分利，她其實應該很知足了，唉……

對面的謝崢想到什麼，繼續道：「還有書鋪的分成。」

「你開的？」

謝崢頓住。倘若直說，祝圓若是哪天回京，他的身分便暴露無遺，再者，即便祝修齊一直在外就任，等過幾年，他的書鋪經營成功，也瞞不住……

思及此，他沒有回答，反問了句。「妳若是知道我的身分，還敢跟我沒大沒小的嗎？」

「我要是不敢，我壓根一開始就不會跟你說話，沒大沒小又怎麼樣？除非你是皇帝，否則，我為啥要怕你？」

謝崢無語了。

祝圓放完狠話，一看，對面半天不說話，心裡一咯噔。「大哥，你不會真的是……」

謝崢無奈。「不是。」

祝圓舒了口氣。「也是，你怎麼可能是，你要是的話，這江山就沒了……」

謝崢被哽得差點吐血。「何以見得？」

鐵畫銀鉤，連問號都氣勢凌厲。

祝圓沒好氣。「從來沒見你批過奏摺，你要是皇帝，我就是那天上最亮的星。」

謝崢忍不住翻白眼，再聽這丫頭鬼扯，他怕是要折壽。

等等，他不是來找人聊天的。謝崢扶額，他最近怎麼老是被祝家這丫頭帶著跑？

「聽妳所言，妳父親在政務上頗有才幹，做事穩妥，算是一名愛民如子的——」

「打住打住，什麼叫算是？」祝圓不服。「我爹就是愛民如子的好官！」

謝崢啞然。

祝圓開始吐槽。「你不知道我們剛來蕪山縣那會兒，這邊糟糕成什麼樣，又窮又亂，天天不是打架鬥毆就是姦殺擄掠，那幾個月我爹忙到都快瘦成仙了……」

謝崢忍不住回道：「瘦便瘦，瘦成仙是何意？」

「瘦得衣服空蕩蕩，看起來不就飄飄欲仙的嗎？」

謝崢。「……」

「你別打岔，聽我說完。」

謝崢。「……」等等，他的問題——

「聽城裡商戶說，原來那稅銀都快高上天了，以前的縣令來這裡，就是為了狠狠刮一層稅銀給自己掙功勞，然後升職，說不定還貪了不少錢。要我說，蕪山縣前幾任縣令指不定都有問題！」

謝崢瞇了瞇眼。

「我跟你說，我爹這種為國為民的書呆——咳好官，放哪裡都不虧！」祝圓話鋒一轉。「你在京城有什麼門路嗎？明年我爹就要回京述職了，給我爹說說好話唄？」

謝崢。「……」

這年頭，走後門關說已經如此直接了嗎？兩輩子第一次被關說……謝崢竟然覺得有點新奇？

沒等到他說話，祝圓以為他不想幫，立馬補了句。「我這兩年幫你不少啊，就算只看在錢的分上，你的良心也會應下的吧？」

謝崢嘴角抽了抽。「我沒說不幫——」

祝圓眼睛一亮。「我果然沒看錯你，謝謝啦！」

謝崢。「……」他也沒說幫……

祝圓才不管他什麼想法。「說出去的話潑出去的水啊，應了就要做到啊，我們家以後吃飯喝粥就靠你了。」

謝崢無語。「縣令俸祿不夠妳家吃用？」

「夠啊。關鍵是，我爹不光養家裡人！」提起這個祝圓就鬱悶了。「你知道嗎？打我家鋪子掙錢開始，我爹就自掏腰包設計各種給百姓的獎勵措施，農事、水利、技藝……各類都有，去年底光是給百姓發獎金就發了幾百兩！我們家的錢又不是大風颳來的，哪有這樣倒貼出去的？我娘還大力支持，你說氣不氣人？」

謝崢微怔。祝家丫頭是猜測到了他的身分，為了她爹的前程才在這兒刻意說好話，還是祝修齊當真如此愛民如子？

那為何他上輩子未曾聽說過祝修齊這人？

祝圓猶自繼續。「好在招商、扶農政策起效，加上今年稅改，我爹才好過些。」

謝崢皺眉。「按制，地方稅賦需上繳戶部。」

「想多了，我就不信各地沒有截留一部分，對朝廷來說，上繳的稅額不低，百姓還過得舒服多了，這樣不好嗎？還是朝廷只管薅羊毛不管羊死活？要是的話，那我沒話說。」

謝崢。「……」

行了，他大概知道什麼情況了。

他接著往下問：「那妳大伯秉性如何？」

祝圓停住，遲疑片刻，道：「閒談莫論人非。」

謝崢挑眉。上輩子的祝修遠汲汲營營幾十年，到最後也只是正五品的郎中……拋開家勢薄弱這環，此人在京中經營幾十年只升了半品，不是太無能便是人品不行。

再看小丫頭此話……看來是後者。

他再問：「除了年節走禮，你們往來頻繁嗎？」

祝圓反問道：「除了年節走禮，還需要什麼往來？」

謝崢懂了。既無才幹，人品存疑，又與祝家二房不和——此人不值得扶持，其女也無須關注。

倒是祝家二房這邊……不管是祝圓還是祝庭舟，看起來都頗為不錯，由子及父，更可見祝修齊可堪大用。

或許祝修齊上輩子一直不得返京，是無人在京中運作吧！可即使上輩子祝修齊一直不得返京，這小丫頭瑕不掩瑜，內裡自有乾坤，也絕不會被埋沒才是。

攤丁入畝便罷了，若不是遇到他這個皇子，這東西勢必無法推行。可其他呢？其他諸如水泥、活字印刷，甚至是玉蘭妝的產品呢？即便後宅女子名聲不顯，她的夫家也不可能泯然眾人。

謝崢沈下心開始回想……沒有，毫無印象……

對面的祝圓此時也不知道跑哪去了，反問了一句後，便沒再書寫。

謝崢修長的指節輕叩桌面，究竟是哪裡出了問題？

蕪山縣縣令祝修齊之女，嫡出，明昭二十八年生，體弱多病……當初讓人查的資料不期然冒了出來，謝崢陡然頓住。體弱多病？

是了，去年祝家去蘆州，除去為了祝庭舟要考童試，還有祝家小丫頭去求醫……當時舅母還與他說，這丫頭雖然身體有些弱，但年歲小，調理得當便與常人無異，無須擔心來著。

他皺起眉。所以，上輩子，小丫頭沒熬過去？

想到這種可能，他心裡便極其不適。

這丫頭有才有能，若不是生為女子，早晚揚名，即便生為女子，也不應當被埋沒……

有什麼東西在腦海中一閃而過，謝崢欲要細想——

「篤、篤。」

敲門聲響，安瑞的聲音從虛掩的房門外傳來。

「主子。」

謝崢回神。「何事？」

安瑞壓低聲音。「娘娘找您，讓您現在過去昭純宮。」

謝崢皺眉。「所為何事？」

「奴才不知。不過，看玉容姑娘的神色，應當不是什麼好事。」

謝崢嘆了口氣，起身。「走吧。」

淑妃找他，是為了秦老夫人為他相看姑娘一事。

秦家如今可沒有適婚的男兒，秦也最大的女兒今年才不過十二，也不急於一時。可這兩月，秦老夫人一改往日的低調，頻頻吃酒參宴。

偌大京城，宴席自然不會少，可秦老夫人參加的，都是帶著各家適婚姑娘出來交流走動的雅宴，這走得多了，大家便看出來了——秦老夫人這是為三皇子相看人家呢。

如今，這些事也傳到淑妃耳朵裡了。

淑妃倒是沒有訓斥，只輕描淡寫地提點他，貴為皇子，當為天下先，不可過度張揚，當遵從先祖遺訓，娶妻娶賢，不拘門第……話裡話外，就是讓他別著急，別高調，別找高門，別讓她丟人……

跟著謝崢的安瑞都聽得直撇嘴——當然，低著頭那種。

好不容易從昭純宮出來，謝崢長舒了口氣，安瑞正給他披大氅，聞之不忍，輕聲安慰。「主子您別多想，娘娘是擔心您看不準——」

謝崢擺擺手。「無須多言。」拉了拉大氅，大步前行。

陰了一上午的天兒不知道什麼時候飄起了雪花，還未來得及掃淨的雪花混在泥裡，經來往宮人踐踏後變得斑斑點點，髒污如塵垢，踩在上面，又泥濘又濕冷。

這鬼天氣！安瑞暗罵了句，攪得大家心情更糟了。

躥高了許多的謝崢一路疾走，安瑞在後頭小跑著追趕。

一前一後進了自家院子，謝崢立即沈聲朝廊下等候著的安平吩咐。「備馬，準備出宮——」眼角一掃，看見屋內掛著的字畫上浮現的墨字，他頓了頓，輕嘆了聲。「罷了，明兒再說吧。」

心緒不平之時行事，乃是大忌，他該去寫幾行書穩一穩了。

還未等氣喘吁吁跟上來的安瑞反應過來，他又一陣風似的捲進了書房。

聞聲出來的安福朝他們擺擺手，追了上去。

安平看看那掩上的書房門，再看看猶自喘息的安瑞，小聲問：「主子這是怎麼了？」

安瑞撇嘴。「還能怎麼著？被那位主子氣著了唄。」

安平了然。

進了書房的謝崢解開大氅，隨手往後一扔，快步走到書桌後。

安福顧不上大氅，急忙搶步上前去磨墨。
謝崢鋪好紙，提筆蘸墨，剛想寫字，對面正在謄抄的內容慢慢浮現——
「……愛親者，不敢惡於人；敬親者，不敢慢於人。愛敬盡於事親，而德教加於百姓，刑於四海，蓋天子之孝也……」
竟是《孝經》……
愛親敬親？呵。
謝崢深吸了口氣，索性不練字了，也不管對面慢騰騰的墨字，狼毫落紙，凌厲筆鋒帶出灑脫詩句。「酒酣胸闊道囂狂——」
還未等他寫下一句詩句，對面墨字只停了一瞬，立馬接上——
「治腎虧，不含糖？哥們，你腎虛不舉了？」
謝崢滿腹的陰霾嗜戾頓消，一口心頭血差點噴出來。
「妳從哪學來這些東西？小姑娘家家的，一口一個——」謝崢寫不下去了。「非禮勿言，非禮勿言！」氣得都學祝圓用上感嘆號了。
對面的祝圓嘿嘿笑。「諱疾忌醫不可取，大叔，你這麼大年紀了，不舉也是正常，有什麼好避諱的？」小樣，有本事裝老頭，有本事接下不舉的名頭～～
謝崢差點沒氣死。「妳！」
躬身在另一邊磨墨的安福老老實實地盯著硯台，絲毫沒敢往桌上看，自然不知道他經受了什麼。

磨好墨後，他小心翼翼偷覷了眼謝崢，登時被他咬牙切齒的怒容驚到，撲通一聲跪下來。「主、主子息怒……」不過，他就是磨個墨，殿下這是怎麼了？

謝崢頓了頓，深吸口氣，掃他一眼，下巴朝外頭一點。「與你無關，出去！」

「啊——是！」安福忙連滾帶爬往外躥。

謝崢抹了把臉低下頭，冷靜許多的他再次提筆，諄諄善誘道：「妳這些話寫在紙上記得燒了，若是被旁人看了去，怕是要名聲盡毀。」

「廢話。別說旁人了，要是我爹娘看見，我就小命不保了！」

謝崢額角抽了抽。早前他還推測這丫頭上輩子是不是早夭，轉頭她就自己說自己一命嗚呼……他看了便覺不適。「生死大事，不許輕易掛在嘴邊。」

「誒我說你這老頭子，疾病不能說、生死不能說，那還有什麼可說的？」

「人生在世，豈止生死疾病——」呸，死丫頭，都把他帶跑了，他何來疾病?!

祝圓以為他說完了，順口接道：「還能談星星談月亮、從詩詞歌賦談到人生理想？」

謝崢扶額。「妳整日裡都在想些什麼？」

祝圓嘿嘿笑。「反正不是爾等凡夫俗子能理解的東西。」

謝崢。「……」

寫完這句話，對面那丫頭就不見了人影，獨留下謝崢對著一行「酒酣胸闊道囂狂」發呆。

他現在一看到這句話，便想到「治腎虧不含糖」……握著狼毫的手懸在半空，接著續寫不是、不寫也不是，尷尬非常。

這丫頭，都十二了，還沒個定性——

等等，十二，該議親了。

祝修齊若是繼續留任，她若不是嫁在燕山縣，便是會被送回京城議親。

從種種跡象來看，祝家大房與二房並不那麼和諧，祝修齊不一定願意把孩子送回來。

這麼說，祝圓留在燕山縣的可能性最大？

思及此，謝崢總覺得有些彆扭。如此女子，豈能屈就在偏遠的窮地方……得想想辦法。

承嘉十年在轟轟烈烈的稅改中落下帷幕。承嘉十一年春，各地開始清算上繳田稅。

因稅改之前，承嘉帝先做了一波全國田地調查並登記入冊，田稅再作假也假不到哪兒去，一年時間必然有所增減，只是漲幅必定不會太高，若是太高便有問題。

因此，打二月份起，各地稅收陸續送上來後，所有人都驚了。

往年稅低的都拔高了些，多的那部分，基本都是各縣府多地的鄉紳、富戶繳交的。倒是往年稅高的州府，今年好多都掉了下來。

是人丁多地少？那往年稅這麼高，百姓豈不是很窮苦？如若不是人多，那往年如何得來這麼高的稅賦？是往年盤剝爭功，還是本地缺少富戶？

承嘉帝大手一揮，讓人徹查稅收減少的原因。

朝中暗潮洶湧，謝崢也沒閒著。

這次稅改，由他起頭，又因此遇刺，他索性向承嘉帝請旨，希望參與一起督辦承嘉十年的田稅繳交情況。

承嘉帝准了。謝崢便跟著戶部一起核帳。

這回核帳，他不再等在旁邊，而是自己翻了本帳冊、拿了算盤，隨便往哪個角落一窩，跟著戶部眾人一塊兒算了起來，第一天時還把眾人嚇了一跳，跟他同一個屋子的戶部官員都戰戰兢兢，生怕得罪了這位皇子，又怕他初生牛犢啥事不懂，稅務算亂套了。

誰知這皇子真的是來幫忙的，有不懂的地方，扭頭便去問旁邊的老大人，得了答案後又繼續埋頭幹活，除了年歲小些、模樣冷些、吃飯也不跟他們一塊兒外，別的時候跟他們沒什麼兩樣。

哦不對，因為他在這裡，幹活的時候戶部上下都多吃了不少點心——全是這位三皇子殿下讓人去買來的。

不過，年初盤帳是戶部一年到頭最忙的時候，從早忙到晚不說，各地帳冊規格不一致，帳面又零碎……這位主兒能堅持下來嗎？

承嘉帝聽說他不是去走個過場，而是正經八百拿算盤算帳都嚇了一跳，特地把他找回去勸了一把——畢竟以他們的身分，這些活兒自有人去做。

謝崢只道：「兒臣年歲小，多學些東西不礙事，而且，」他坦然直視承嘉帝。「若不深入了解，如何知道其中弊端。」

承嘉帝瞇了瞇眼。「你想改革戶部？」

謝崢搖頭。「兒臣何德何能？」他淡淡道：「按理來說，戶部有大衍最好的帳人，我去學習一番，日後開鋪子，下人便不好糊弄了。」

承嘉帝一愣。「……等等，你那書鋪，折騰了一年多，怎麼還沒開起來？」

謝崢輕咳一聲。「快了，這兩月便能開起來了。」

合著還真的沒開起來？承嘉帝瞪他。「朕還投資了一千兩，別忘了給朕分紅。」這小子倒騰出來的水泥分紅大大的，喜得戶部尚書那老頭一看到他便笑咪咪。他作為親爹，怎麼光掏錢啥都沒享受到？

謝崢。「……」

好在，承嘉帝雖然催了下分紅，好歹是繼續放任他在戶部幹活，謝崢便一直窩在戶部，每天天沒亮便抵達戶部大院，直至天黑才離開。這種忙碌的狀態，一直持續至全國稅賦盤點完畢為止。

此時，距離謝崢踏入戶部第一天，已過去了足足四十一天。

算完帳，最後的收尾工作他沒再參與，算盤一扔，回宮歇息。

第十二章

隔天，神清氣爽的謝崢恢復往日習慣，先來一套跑馬射箭拳腳，然後沐浴更衣，坐到書房裡開始練字。

剛寫下兩行墨字，對面的祝家丫頭便在他的字上狠狠戳了幾個大如元宵的墨點。

謝崢無奈停下。「又怎——」

「我屮艸茻茻！你終於、終於、終於不再算帳了！」滿屏的感嘆號彰顯了對方欣喜若狂的情緒。「我這一個月連作夢都是壹貳叁肆伍陸柒！你不是工部的人嗎？怎麼跑去算帳了?!」

……把她給忘了。謝崢莫名地有些心虛，想了想，提筆轉移話題。「我屮艸茻茻何解？」

祝圓一愣，不確定地道：「糞叉子開會？」

謝崢無語，這是個有味道的句子。

他還想再問，祝圓也不知道是心虛還是咋地，叭叭叭地開始吐槽這段日子經受的折磨。

謝崢看著墨字刷得飛快，無奈地放下狼毫。這丫頭的怨氣沒下去，他是沒法幹活了，且等她說個痛快吧……

不過，他倆之間的通墨方式還真是令人頭疼。現在便罷了，有事他活字印刷一版也能應付，可將來等他登上寶座，批奏摺怎麼辦？

唔，還是得等他開府後能便宜行事了再說。

回過神來，祝圓已經將話題扯到了他的任職之上。

「……我完全沒想到你竟然會盤帳。」

謝崢挑眉。「有何問題？」

「不是『萬般皆下品，惟有讀書高』嗎？算帳這些活兒，還是有好多讀書人看不起的。」

「物無貴賤，學無高低。」

「喲，你這思想還挺先進的。」

謝崢。「……」為什麼覺得被諷刺了？

祝圓又繼續了。「你這麼想是對的，只要有用，學就對了！哦，歪門邪道就算了啊。」

一副老氣橫秋的樣子，謝崢被訓得啼笑皆非。恰好今日心情不錯，他想了想，乾脆跟她聊起家常。「妳究竟是師從何人？」

「幹麼？」

「我想知道究竟是何人把妳一小丫頭教成這般……」他一時之間竟然找不到準確的形容詞。

祝圓毫不要臉地接了下去。「冰雪聰明？玲瓏剔透？還是活潑可愛？」

謝崢。「……」

「厚臉皮。」他下定論道。

「呸，有沒有文化？會不會說話？姊姊這叫直爽，叫豪邁不羈！」

謝崢。「……」果真是厚臉皮。

「所以，妳師從何人？還是只有父母教導？」若是有先生指導，他挖地三尺也要找出來，將其招為幕僚。

「想太多了，我這樣的，全大衍你找不到第二個，哪裡有人能教得了？」

謝崢。「……」

「姊姊我是自學成材，別人羨慕不來！」祝圓唏噓。「這個案例告訴我們，人要多讀書，博覽群書，吹牛不輸！」

謝崢。「……」

「再說，」祝圓將矛頭對準他。「你自己的情況一個字都不說，天天來打聽我的，我一個丫頭，有什麼值得打聽的？虧你還知天命，我看就是個老不修，專欺負小孩子。」

「妳總會知道的。」謝崢竟覺得有幾分心虛。以前是擔心對面之人身分有異，為防萬一，而如今他竟說不出自己為何依然繼續隱瞞……

對面的祝圓卻被他氣死了。「反正就是不說對吧？呸！姊姊不稀罕！」扔下這一句，她也丟下筆跑了。

謝崢等了一會兒，發現這丫頭竟然真的生氣跑掉了，竟然有些……暗爽。

他在小丫頭這裡吃了多少癟，也就只有身分問題能讓他佔點優勢了，嗯，這約莫就是他遲遲不想暴露身分的原因了。

陽春三月，草長鶯飛，三皇子殿下的書鋪開張了！各家探子、下人、僕從火速回去稟報。

「開張便開張唄，瞧你這沒見過世面的樣子。」

「開間書鋪怎麼就這麼大驚小怪的？」

大老們紛紛嫌棄，下人們嚥了口口水，遞上一本薄薄的冊子——

宮裡的承嘉帝也同時拿到一本冊子。

「這是老三鋪子出的書？」他輕哼一聲。「折騰了一年多就只出了這一本？這傢伙是不是偷懶？」

德順笑咪咪道：「陛下，這書與旁的不太一樣呢。」

「哦？」承嘉帝半信半疑，恰好今日無甚大事，他伸手。「拿來，朕看看。」

德順立馬呈遞上去，承嘉帝接過一看——《大衍月報》？這什麼奇奇怪怪的名稱？書頁下方還蓋著一個「承嘉十一年三月」的印。這是什麼意思？

承嘉帝下意識看了眼德順。德順巴巴地看著他手上的冊子，甚至還大著膽子催了句。

「陛下，您快翻開看看。」

承嘉帝挑了挑眉，收回視線，繼續翻下去。

這本《大衍月刊》很薄，普通書冊大小，僅有八頁，每一頁有一個主題。承嘉帝一目十行，越看越來勁，邊看邊點評起來。

「這篇經解分析得不錯。喲，竟然還帶出題？題解呢？」他刷拉拉一口氣翻到底。「竟然沒題解？……還把稅改放上去了呀，這般解釋確實簡單明瞭，挺好的……怎麼有遂州？哦，是地方風情，不錯不錯……

「喔，後面有話本，讓朕看看……豈有此理，這秀才怎地如此不孝不義?!書都讀到狗肚子裡了……誒？怎麼沒了？後面呢？」翻翻翻，果真沒有了後面的情節，承嘉帝大怒。「竟然還遺漏了頁數，如此馬虎還怎麼做大事?!」

德順。「……」

承嘉帝想到那秀才話本便鬧心。「臭小子，也不給朕先看看內容。」完了嘆口氣。「這小子哪裡找來這麼多能人，寫得還怪有意思的。」

德順賠著笑，承嘉帝瞅了他一眼，隨口問了句。「這一冊子花了多少錢？報帳了嗎？」

德順忙擺手。「一冊不過三十錢，這點錢奴才還出得起。」

「哦——啊？三十文？」承嘉帝震驚。「怎的這般便宜？他還想不想掙錢了？」他還投資了一千兩在裡頭呢，這樣還怎麼掙錢？

德順當然記得他那一千兩，登時不敢說話了。

「合著是拿朕的銀子去揮霍呢！」承嘉帝氣不打一處來。「去，把他給朕叫來，朕要好好問問他，這書鋪是怎麼個回事！」

於是，一個時辰後，坐鎮書鋪裡的謝嶸走進了御書房。

這兩年來，諸位皇子裡頭，論出入御書房的次數，謝崢是當仁不讓的榜首。許是他平日冷冷淡淡，立了幾次功勞不高調也不爭功，事情妥當了便抽身，承嘉帝這兩年對他是越發喜愛。

主子的心，下人是揣摩得最通透的，尤其三皇子是肉眼可見的受寵起來，今兒的事也不是什麼大事，再者，承嘉帝一看就是好奇想找人問話罷了，故而，出去喊人的德順便順水推舟，略略提點了幾句。

謝崢有些詫異，輕輕點了點頭。「多謝公公提點。」

德順笑咪咪。「殿下客氣了，不過是順嘴一句罷了。」

都不叫三殿下，直接親切地叫殿下了。

狗奴才！謝崢暗嗤，裝得還挺像那麼回事，一有風吹草動，臉變得比誰都快，上輩子到後期，他可沒少受這老奴才的氣。

進了御書房，謝崢的膝蓋剛落地，便聽見上座傳來承嘉帝催促的聲音。「免禮，速速過來！」

他催歸他催，謝崢動作卻絲毫不停，不緊不慢行了禮才起身上前。「父皇找兒臣有何要緊事？」

「啪」地一聲，他家書鋪新鮮出爐的月刊被摔到龍案上。

「怪不得你一冊子才三十文錢，連東西都弄不好，如何敢訂高價？如何掙錢？朕看你往日做事還挺靠譜，怎麼將好好的書鋪折騰成這副德行？」

被兜頭訓了一臉，謝崢面不改色，冷靜道：「月刊校對過數次，並無出錯。」

承嘉帝愕然。「沒有出錯？那秀才趕考後面的部分呢？怎地只有一截？」

謝崢提醒道：「這是月刊。」

「什麼？」承嘉帝茫然。

謝崢解釋。「每月印製一冊。為了吸引百姓訂閱，這上面的話本是連載的，一期只刊印一部分，想看結局，只有不停訂購。」

「……你一冊才賣三十文錢，光是紙張成本便不止三十文了，你這冊子訂的人越多，虧得越多！」承嘉帝沒好氣道。「有你這麼做生意的嗎？」

謝崢挑眉。「誰說紙張成本要三十文？」他瞄了眼龍案上的月刊。「父皇不覺得這冊子紙張比我們平日用的書頁要粗糙硬挺許多嗎？」

承嘉帝微詫，德順忙不迭地將摔在龍案邊沿的月刊撿回來呈上，後者接過，仔細地看了紙張幾遍，再拿手指撚了撚，然後皺眉。「除了硬一些、粗糙些，有甚差別？」

謝崢提醒他。「兒臣去歲便說過，兒臣京郊的那莊子一直在做紙張的研發工作。」

承嘉帝略一回想，還真有這麼回事。

「這紙張是經過匠人無數次試驗得來的，用的是鄉間隨處可見的稻稈，製作方法雖有些繁瑣，卻大大減少了成本，紙張反倒不是問題。」

承嘉帝皺眉。「那印刷——」

謝崢微笑。「活字印刷。」

承嘉帝。「……」

他再次翻了翻月刊，彷彿不經意般問道：「那這些內容總得花錢吧？你養了多少人？」

來了。謝崢暗忖。這才是承嘉帝想要詢問的吧？

「兒臣並沒有養多少文人——哦，還是有的，畢竟校正、印刷都需要識字的文人才能應付得來，鋪子裡有許多活兒都需要文人。」

承嘉帝皺眉。

「不過呢，這些文稿確實不是兒臣的人寫的。」謝崢微笑。「是投稿。」

「投稿？」

謝崢示意他看向月刊。「每篇文章下方，都有出處，標明作者是何人。」

承嘉帝忙低頭翻看，經講作者是隨安居士、稅改是梅影先生、話本是佩奇先生……

還未等他問呢，謝崢便直接告訴他。「隨安居士是國子監的崔祭酒，梅影先生是戶部邱大人，其餘是百姓投稿。」他示意承嘉帝看封底。「底部有兒臣鋪子的投稿方式。」

承嘉帝看得一愣一愣的。「投稿給錢？」

「當然。」

「多少？」

「百字一兩。」

承嘉帝張了張口。「那還不是虧了？」

謝崢詫異。「為何虧了？」

承嘉帝沒好氣。「你一冊才賣三十文錢，還不虧？」

謝崢挑眉。「兒臣一期月刊能賣萬份以上——」頓了頓。「這是第一期，下月應當有十萬份。」

承嘉帝一合計，皺眉。「也就勉強夠回本。」十萬份也就三千兩而已，夠幹麼？

謝崢不說了。「下月您便能得知。」

承嘉帝啞然，瞪他。「臭小子還跟朕打起啞謎了，趕緊從實道來！」

謝崢勾起唇角。「太早解謎，便不美了。」不等承嘉帝再問，跪下。「鋪子剛開，事情繁雜，若無他事，兒臣先告退了。」

承嘉帝。「……」

眼看這臭小子就要退出去，承嘉帝呼地起身，急忙道：「誒，別的好說，先把那話本的後續稿子給朕看看。」

剛退到門邊的謝崢「咚」地一聲踢上門檻，差點摔撲出去。

承嘉帝訕訕。

謝崢有些無奈。「父皇，兒臣手裡也無後面的稿子。」

承嘉帝才不信。「沒有全稿你敢登上去？你不怕後面寫不好嗎？」

謝崢不以為然。「兒臣自認這點鑒賞能力還是有的，若是歪了，再找個人續上便好。」

承嘉帝。「……」是這個道理。可他心裡癢癢的啊，那該死的秀才後面究竟怎樣了？真的扔下母親、妻子去攀高枝了？

謝崢瞅著不對，忙扔下一句「父皇若無他事，兒臣告退了」，便腳底抹油。

承嘉帝還沒反應過來，他已經不見了人影，登時氣得吹鬍子瞪眼的。「臭小子，越發沒大沒小了。」

德順看了眼外頭，笑著接了句。「這說明陛下跟殿下感情好呢。」

承嘉帝頓住，掃了他一眼。「他是朕的兒子，感情自然好。」

德順背後登時冒出冷汗，忙躬身賠笑。「是，奴才說錯話了，奴才剛才是覺得陛下跟殿下兩人就跟那尋常父子相處似的……」

「你見過尋常父子如何相處嗎？」承嘉帝重新落坐，語氣聽不出是喜是怒。

德順越發謹慎。「那話本裡說的，不都是這樣的嗎？」

提起話本承嘉帝就心塞，瞪了他一眼。「那是話本，能一樣嗎？」

德順賠笑。「是是，是奴才沒有見識，惹陛下笑話了……」

承嘉帝這才作罷，再次撿起奏摺幹活。

宮中如何略過不提，謝崢這邊說忙，也的確不是虛言。

他那書鋪，名「聊齋」，開在一處安靜的街區上。

聊齋聊齋，取自「望月所感，聊書所懷」，也有「獨酌聊自勉，誰貴經綸才」之意。祝圓第一次聽說的時候，還為此偷笑了許久。

書鋪開業初始，除了派發了一定數量印製好的月刊外，還大張旗鼓的宣傳了一番。

謝崢承諾書鋪的盈利將分給祝圓半成利，小財迷祝圓當即翻出紙張，出謀獻策地給了他好幾個行銷推廣建議，謝崢用起來也毫不手軟，敲鑼打鼓舉大旗拉橫幅，基本款先來一套。

幾十號人分幾批分成陣列，按照規劃好的路線在各自街區行動，從巳時到未時，敲鑼打鼓地宣傳，說唱結合。走了兩圈下來，全京城都知道城區東南邊多了間書鋪，名曰「聊齋」。

聽起來挺雅致，就是行事手段，跟唱大戲似的。大夥起初也當看大戲，可這些宣傳人員還換著詞句唱，介紹聊齋書鋪便罷了，還什麼「一刊在手，坐觀天下事」、什麼「掌握大衍最新時政」，什麼「金榜題名，從一本月刊開始」……

那牛皮，就差把天給吹破了。天子腳下，讀書人那可不少，聽了這些話全都嗤之以鼻。有那看不過眼的書生便直接呵斥他們。「有辱斯文，我看你們那勞什子的書齋也開不長久了！」

被呵斥的恰好是這片城區的小隊長，姓江名成，是謝崢這一年多栽培起來的人。年方二十的小夥子被呵斥也不生氣，只快速地打量了那人一遍。

略微泛白的青布長衫、有些磨損的舊布鞋，看起來是家境不太寬裕的書生；再者，這片街區多是往年落第舉人租住之地，故而這青衫書生一問，他半點也不著慌，還笑咪咪地問道：「公子可是留京候考的舉人？」

青衫書生皺眉。「是又如何，不是又如何？」

江成伸手從小夥伴背後籮筐裡摸了本月刊，接著問：「致天下之民，聚天下之貨，交易而退，各得其所。何解？」

青衫書生愣住，跟著打量他。「你也是舉人？」

江成搖搖手指。「非也。」

「那你如何問起……」

未等對方說話，江成將月刊翻開，遞給他。「吶，我們月刊裡頭有專業的講解。」他掃了眼周圍豎著耳朵聽的書生們，揚聲道：「這篇經解，可是國子監的祭酒先生隨安居士，親自出的題、做的題解，小的不才，雖然只識得幾個字，看了也覺受益匪淺呢！」

國子監祭酒！那不是大衍最高學府的大老嗎？那就是他們這些無權無勢的普通學子無法接觸的人物啊！

這樣的人，竟給這不知道從哪裡冒出來奇奇怪怪的東西寫了經解?!

青衫書生第一個不信，一把搶過江成手裡的冊子，抓過來便凝目細看。

眾人屏息以待。

青衫書生一邊看，一邊嘴裡念念有詞。「……聖人云……此處……對……還能這般思考？竟然這般？……妙！妙極！」他終於抬起頭，雙目灼灼地盯著江成。「小兄弟，你這冊子——你這月刊，怎麼賣？」

江成無視眾人驚詫的目光，舉起三根手指。

「三兩嗎？」青衫書生咬了咬牙。「好，我——」

「不不不，」江成微笑。「是三十文錢！」

青衫書生呆住了。

眾人也驚了。

「只、只、只要三十文錢？這本……」青衫書生低頭看了眼。「大衍月刊便是我的？」

「當然。這麼多人看著呢，總不會別人也聽錯吧。」

「好！好！」青衫書生欣喜若狂，忙不迭拽起錢袋子抓了一粒碎銀遞給江成，另一手緊緊攥著那本冊子，生怕江成反悔。

江成捏著碎銀苦笑。「這太多了。」

青衫書生擺手。「都給你都給你。」

江成搖頭，直接數了一遝月刊塞他手裡。「我也沒帶銅板，這些都給你抵帳，你拿去賣了也好、送人也好。對了，我們這月刊，顧名思義，是每月一刊印，歡迎下月再前來訂購哦～～」

青衫書生激動了。「下、下月還有？還是經解嗎？還、還、還是祭酒先生解題嗎？」

江成搖頭。

青衫書生頓時失望——

「我們家主子說了，每期都會挑選擅長不同科目的泰斗或先生來做文章，不拘經講，或許是策論，或許是史論，都說不準。」

這、這更驚喜了！青衫書生喜得全身顫抖。「好，好，我下月一定會去——等下，你們那個聊齋，在哪兒來著？」

江成欣然作答，完了青衫書生放下刊物，雙手作揖，鄭重地朝他行了一禮。「謝了小兄弟，剛才言行無狀，是小生失禮了。」

有了青衫書生這一場，他們帶出來的月刊在很快的時間內便被搶購一空，沒搶到的人也馬不停蹄直奔聊齋。

這種情況，發生在京城的各個角落。剛從宮裡回來的謝崢還未走近鋪子，便看到聊齋門口處大排長龍，大部分是穿著儒服長衫的書生，剩下的大多是那跑腿的小廝，甚至還有湊熱鬧的老者。

人太多，以至於那些在附近街區宣傳的小子們都被叫回來維持秩序。

除了那飯點時的酒樓飯肆，何曾見過這般排隊的盛景？謝崢啞然。看來小丫頭的宣傳手段確實有用，怪不得自己要挨懟……

既然如此，他便無須再進去添亂。

如是，他便領著安福等人返回宮裡，順便給小丫頭報個喜。

「哈哈哈，我就說不用擔心嘛！有那國子監祭酒的文章，又不貴，但凡有點野心的書生，就不會放過這本月刊~~」

「哈哈，我真是太厲害了，怎麼會想出如此驚才絕豔的點子呢？真是前無古人後無——哦，後面可以有~~哈哈哈哈哈~~」

滿頁的「哈哈哈」，看得謝崢唇角不自覺勾起。

「哦對了，你上午不在，我已經寫好了下個月的連載內容了。」

謝崢笑容一僵。

「來來，我寫給你，你幫忙抄一份給你的人。」

謝崢。「……」

「記得要用我的字體！我雖然沒法親自交稿，但我的靈魂永在！我寫的稿子必須帶著我的靈魂被送進印刷部！」

謝崢嘴角抽了抽。

半個時辰後，謝崢終於將祝圓的稿子謄抄好，校閱了一遍無錯字後，疊好，裝進莊子特製的信封袋子，再戳個泥印，最後仿祝圓的字跡在信封上提了個「佩奇先生」。

然後他深吸了口氣，認命喚道：「安福。」

侍立在旁的安福忙不迭快步過來。「奴才在。」

謝崢抓著信封的手停在半空，安福雙手恭敬前舉，欲要接過來，卻半天等不到東西，詫異抬頭，只見謝崢神情詭異，一副不想開口又非得開口的模樣。

他下意識瞅了眼謝崢手裡的信封袋子，立即回想起曾經經歷過的場景，登時脖子一縮。

下一瞬，謝崢終於說話了，聲音彷彿從牙縫裡艱難地擠出來一般。

只聽他道：「將這份《絕情書生農家妻》給印刷部，說是佩奇先生的續稿。」

「……是。」安福接過信封，頭也不敢抬，急忙退了出去。

直到出了房門，他才抹了把汗。哎，沒想到主子竟然有這等愛好，還藏著掖著生怕別人知道，嘖，怪可愛的。

反觀屋裡的謝崢，第一百零一次地在心裡質問自己：為什麼要應下這件事？為什麼？難道偌大京城，就找不到第二個能寫出如此……酸爽酣暢的話本了嗎？

成大事者，不拘小節。謝崢如是安慰自己。

他需要擴大月刊的受眾量，不能只局限書生舉子……

「話說，」對面的祝圓又寫字了。「你的身分夠不夠高？」

謝崢回神，皺眉。「此話何解？」

「你這月刊銷售量要是起來了，你想在裡面塞點私貨，可不容易哦……小心被別人盯上。」古代文字獄可不是鬧著玩的。

為這？「放心，這些不是問題。」他主要是想把文人抓在手裡，尤其是寒門學子。若是他們因他的月刊而考上進士，也算是受了他的恩惠，以後他想要推行什麼事，估計能輕鬆些……

祝圓擔憂。「這些才是問題啊，輿論多重要啊，掌握民眾輿論，就是掌握朝廷喉舌，水能載舟亦能覆舟呢！」

謝崢愣了愣。「區區一份刊物，即便數量多達十萬份，也弄不出什麼風浪。」

不過十萬份，扣除老弱婦孺和各大官員，剩下大半是書生。區區書生，手無縛雞之力，即便想起事，也做不了什麼。

祝圓恨鐵不成鋼。「你怎麼就這麼點志氣啊！這是月刊啊，一月一刊，書冊不會過期腐化，又哪裡都能送，現在十萬份，做個幾年，一刊如果沒有百八十萬的銷量，你都別說認識我了！」

謝崢悚然。百八十萬……

「將來做大了，你不光可以放科舉文章，還能放啟蒙兒歌、算學基礎、農田栽培技術……算了算了，大哥我隨便說說，你還是別麻煩了，好好連載小說吧！」

謝崢愣住了。

若真如祝圓所言，月刊簡直就是百姓開愚普文、推廣朝廷政策的利器。

看他半天沒說話，祝圓著急了。「真的，大兄弟，聽我一句勸，你好好連載小說，頂多加點地方要聞就夠了，別的別摻和，這是找死！」

謝崢眸色暗沈，他盯著虛空一點靜默半晌，提筆道：「若是，我能讓皇上參股呢？」

祝圓呆了呆，咬著筆頭想了想。「不夠。如果你真想往這些方向發展，最好將書鋪的名頭放在皇帝老兒名下，以他的名義去推！」

謝崢擰眉。那名聲不都……等等！他才十六歲，是他浮躁了。

他長舒了口氣，再次落筆，道：「我知道了。」

寫完也不管祝圓回答什麼，他扔了筆，團了紙張扔進火盆，親自點火，看著紙團燃燒。

安福出去辦事，同值的安清進來伺候，見他這般，緊張兮兮地跟在一邊，小聲地不停叨叨。「主子，您怎麼能幹這種活呢？主子，讓奴才來吧！主子……」

謝崢擺擺手，逕自撿起邊上掛著的火鉗捅進火盆，將燒得差不多的紙團攪散——今天書寫的內容事關重大，不能留有隱患，嚇得安清臉都白了。

確定都燒完了，謝崢才扔了火鉗。

第二天，聊齋開業至今的營收表便出來了。

謝崢拿上自己整理的資料，加上營收表，麻溜地去找承嘉帝。

「你要朕加投資？」承嘉帝正在批奏摺，聽了謝崢的話，頓時不樂意了。「去年拿了一千兩還沒見回本呢。」其他皇子都沒這般待遇，他何德何能？

謝崢將手裡的資料遞給今日當值的德慶，道：「父皇先看看這些資料。」

德慶忙雙手接過，快步登上御階，將其呈遞給承嘉帝。

承嘉帝接過一看，「聊齋年度發展規劃」、「聊齋開業首日營收報表」……名兒還挺直白的。承嘉帝瞟了眼淡定自若的謝崢，先翻開後面那份報表。

先是費用，包括當天支出的餐費、物料費、人工費、宣傳發行材料費等，然後是收入、月刊銷售量、書冊紙張銷售量，收入統共多少……各項支出收入一一列明。

行行列列，規規整整，一目了然。承嘉帝挑眉，繼續翻頁，直接看到最末資料——

聊齋當日營收：貳佰玖拾壹兩叁拾柒文。

他暗暗換算了下三十文一本的月刊，登時驚了。「這麼多？全是賣月刊的？」

謝崢謙虛。「鋪子裡還有賣別的書籍跟紙張筆墨。」

承嘉帝狐疑地看他一眼，悻悻道：「聽說你讓人滿城敲鑼打鼓地宣傳鋪子，搟得多很正常，回頭指不定如何呢。」

謝崢眉毛連動都不動一下。「拭目以待。」然後伸掌，示意他接著翻下一本。「父皇可以看看發展規劃。」那是他昨天與祝圓聊過後寫出來的。

說來慚愧，他第一次做書面企劃，好幾次都覺得摸不著方向，還是小丫頭一點一點教的。

承嘉帝已經在看企劃書了，越看眉峰越聚攏，越看神色越凝重，完了他掩卷沈思。

謝崢安靜地站在下首，半晌，承嘉帝問他。「你一開始弄書鋪，便計劃好了要做這些？」

謝崢搖頭。「沒有。」頓了頓，他老實解釋。「兒臣剛開始弄出活字印刷，是想用這技術將一些典籍印製出來，讓更多的文人能領略前人的風采。再後來考慮到成本，便著手研究紙張……然後便成這樣了。」

承嘉帝。「……」

這便是無心栽柳柳成蔭嗎？

「若是紙張費用下降，加上印刷簡單，書籍便不再是昂貴之物，平民也能讀書習字。」謝崢坦然直視他。「兒臣雖然年歲尚輕，也想造福百姓。」

明明白白的野心，雖然有些稚氣。承嘉帝暗忖。他揚了揚手中規劃書。「這是你自己寫的？」

找。

謝崢面不改色道：「是。況且，兒臣也無旁人可以商量。」連開府都沒得，幕僚還在找。

承嘉帝盯著他。「你當真不想繼續幹？」

謝崢遲疑了一瞬，然後點頭。「想。」然後攤手。「但是這件事影響太大了，兒臣膽小，不敢做。」

承嘉帝。「……」

他瞇眼。「只需要朕投資？要多少？」

「父皇原先出資一千兩，持股三成，這鋪子若是要掛您的名頭，那這持股比例便不夠了。」

承嘉帝點點頭。「然後？」

謝崢微笑。「這樣，父皇先出六千兩，將持股比例拉到五成五——」

承嘉帝不滿了。「一千兩持股三成，怎麼現在兩成半要六千兩？你訛朕嗎？」

謝崢無辜。「原先是兒臣沒考慮清楚，想著一千兩滿打滿算足夠了，才給錯了。如今兒臣的書鋪、月刊都已經有成果出來，眼見將來必定大有作為，這六千兩，已經是兒臣給出的親情價了。」

承嘉帝。「……」

「咳。」見他臉都黑了，謝崢見好就收。「當然，除了持股五成半，聊齋書鋪以後的宣傳和經營，全都以您的名號去行事。」

這還算說得過去。承嘉帝臉色稍緩。「不過你這月刊都發出去了，以後還怎麼以朕的名號行事？」

「只出了一期，也才不過五千冊，昨兒鋪子掌櫃已經向兒臣遞出申請要求加印，屆時將您的名號蓋上去便是了。」簡單得很。

蓋一個印就要多收幾千兩？承嘉帝有點心疼。「就這樣？」

謝崢拿出早跟祝圓討論好的法子。「往後書鋪也會專門給您刻幾個漂亮的章，鋪子裡出的便宜紙張、翻印的各色低價經典，全都蓋上您的號，這樣，不管是誰買了什麼東西，都知道這鋪子是父皇您給天下人謀的福利。」

這還差不多。承嘉帝滿意了不少。

「對了。」謝崢想起什麼，忙補充道：「煩勞父皇再給鋪子題幾行字，再幫忙寫個匾額吧，這樣一來，便更為名正言順了。」

這個不錯。承嘉帝欣然應允。

事不宜遲，德慶立馬讓人備上筆墨。

承嘉帝先問清楚了書鋪裡頭的分區，根據不同分區題了好幾首詩句，然後換上大狼毫，刷刷刷地寫下意氣風發的兩字——「聊齋」。

待筆墨晾乾，謝崢帶上六千兩銀票，再將龍墨捲吧捲吧抱起，索利離開。

承嘉帝還有些意猶未盡，德慶拿著溫熱的濕帕子給他擦拭沾了墨汁的龍手，笑著道：「陛下的詩作出去，京城裡的文人怕是都要蜂擁而至瞻仰一番了。」

承嘉帝愉悅道：「回頭找個時間去鋪子裡走走，看看朕的這書鋪究竟是何種模樣。」

「那可得微服私訪了。」德慶忙道。

「那是自然。」

德慶幫他擦好龍手，順嘴打趣了句。「陛下好久沒有一口氣作詩多篇，今兒這麼忙活，待會可得好好歇歇。」

承嘉帝笑呵呵。「可不是——」話剛說一半便頓住。

等等，是不是有什麼地方不對勁？

怎麼他出了幾千兩銀子還得幹活？

……臭小子！越來越不可愛了！

還未走遠的謝崢打了個噴嚏。

如果說，聊齋書鋪開業當天是京城待考舉子的狂歡，那等謝崢讓人將承嘉帝的詩作、題字掛到書鋪後，便變成了全京城百姓的狂歡。

那可是皇帝御筆！普通人一輩子都見不到的帝皇！

大夥初時還半信半疑，待前兩日聊齋開業的陣仗又來了一套，大張旗鼓地宣傳皇帝親題的匾額、親自撰寫的詩詞……

天子腳下，誰敢打著皇帝名號弄虛作假？那絕對假不了啊。

老百姓們都瘋了，甭管自己識字不識字，全都湧向聊齋，嚇得聊齋的掌櫃火急火燎地讓人傳訊給謝崢，後者直接跟承嘉帝借了一隊禁衛，親自領著人前往書鋪坐鎮。

倒不是有人鬧事，就是人太多了，多少都會發生推搡、口角，預防萬一罷了。

當然，也無須他多做什麼，到了店鋪，禁衛只需要往各處分散一站，老百姓們登時便乖覺了。

還有老人家緊張不已問旁人。「可是不許咱們進去？」

耳朵尖的書鋪小廝忙搶先回答。「大伯您放心，咱這鋪子誰都能進，敞開大門就是歡迎大夥進來看的。」

江成也在呢，立馬跟著高聲解釋。「大家看啊，這些大人都是皇宮禁衛，是皇上的親兵護衛！皇上聽說大夥都想來看看他的筆墨，擔心人太多出亂子，特地將這些大人派過來，他們就是替陛下保衛大夥的安危呢！」

此言一出，大夥的心便安定了一半，再看那些禁衛——神情嚴肅，持槍而立，看起來就很可靠。

再看鋪子裡的小廝，已經開始安排大夥排隊了。「來來，大夥往外退一退，咱們排個隊，一個個來，咱保證讓大夥都能看一看皇上的親筆詩句。」

站門邊不願意出去的人便喊了。「這麼多人，要是出去了擠不進來，看不上怎麼辦？」

「誒，咱家這書鋪就在這擺著，又跑不了，今天看不上你明天來，明天看不上還有後天！」

又有人嚷嚷了。「那我想天天過來，成嗎？不買書，我就看看。」

「成成成，就怕你沒幾天就膩歪，不愛來了。」

眾人哄笑。

這一番對話下來，大夥剩下的那半顆心也落地了。

接下來便是排隊，大夥按照聊齋書鋪規劃好的路線，依次從大門匾額參觀到各屋子。

聊齋書鋪是個回字形大院落，中間是假山池塘、小橋流水，四面環繞房屋，房屋之間全部打通，每間屋子除了出入的大門，還在左右牆各打造一扇月亮門通往兩邊屋子。

除此之外，朝向院子的牆壁也全部打掉，換成裹了蟬翼紗的木柵欄——咳，雖然排列整齊還雕花刷漆，但這木柱子一根根並列的，可不就像是木柱子嘛。蟬翼紗外頭是迴廊，既遮風擋雨，也方便客人在廊下賞景說話。

回字屋周邊是高牆，屋子與高牆之前足有丈許寬，繁花錦木，各有不同。花木中掩映著碎石鋪就的小路，牆上還有特地澆出來的青苔，每走進一間屋子，窗戶望過去都是美景，五步見松影，十步聽竹聲，端的是雅致非凡。

不說老百姓們未曾見過這般雅致的地方，體面些的人家也未曾見過把牆給打了換成木柵欄——咳咳，紗牆的。

話又說回來，這面蟬翼紗牆，加上對面牆上一整排打開的窗戶，屋子裡確實亮堂，搭配兩邊的美景，看著就愜意宜人，原本吵吵嚷嚷的人群進了這邊便不自覺安靜了下來。

領路的小廝開始介紹。「我們聊齋的格局是回字形。」他在虛空畫了個圓示意。「不管走東邊還是西邊，繞一圈下來，都能走完我們的鋪子，所以大家進了裡頭不用擔心，只要往前走，便能走出來。」

「首先，我們從東邊第一間開始介紹。」

東西兩邊各有一小廝領著一隊人進入鋪子，兩頭同時出發，也就約四十人，看起來多，可這就是參觀介紹罷了，寥寥幾句，再瞅幾眼，一屋子便過去了，快得很。

這不，小廝開始介紹了。「泱泱大衍，巍巍天下，身為大衍子民，我們自然要先學習大衍的歷史。不通歷史，如何明智？不通歷史，如何知來處？你們看這裡，牆上這面字畫，就是我們陛下的親筆題字，『人事有代謝，往來成古今』，連陛下都勸誡大家學史呢！以後要是想學史，記得到咱們聊齋買本史書哦～～」

大夥齊齊望向那幅裱起來的字，筋骨俱全，雄渾豪放，又自有一股雷霆萬鈞之勢，加上最後落款處的鮮紅大印……

這、這就是傳說中的玉璽龍印吧！眾人目光複雜，激動、欣喜、欽佩、敬畏……

領隊的小廝略等了等，拍了拍手，將他們的注意力引到屋裡整齊排列的書架上。「這裡的書全是我們聊齋所印製，從造紙到拓印，全程自己研發製作。」他從上面抽了本半寸厚的書冊，看了眼上面的標籤，笑咪咪道：「所以，你們看，這樣一冊書，我們僅售三十文，便宜得很，不用擔心買不起。」

眾人驚呼，紛紛質疑，小廝擺擺手。「別亂說別亂說，怎麼會誆你們呢？」他指著牆上承嘉帝的御筆，道：「這可是陛下名下書鋪，是陛下投錢開的，陛下沒事開間書鋪是為了掙錢嗎？他是要為民造福，是要天下百姓都能看得起書。」

反正管事說了，一切有皇帝陛下在後頭撐腰呢，儘管吹，把牛吹上天都不怕，凡事有三殿下頂著，再不濟還有皇帝陛下。

故而他吹得極為自然，再加之牆上承嘉帝的御筆字帖，大夥立馬便信了。

有人問了。「會不會只有這一本是便宜的？」

「莫擔心。你們看，書脊上貼著一張小紙條，上面會標註價格，若是貴了，你們不買便是了。」

眾人好奇不已，紛紛走到書架前查看。

「天啊，《大衍紀年》竟然只要二十文！」

「《春秋》只需要十五文！」

「這個十二文！」

驚呼聲此起彼伏，小廝透過蟬翼紗看了眼後頭，拍手道：「好啦好啦，我們得接著往下看了，你們若是要買，日後可以過來，我們每一本書的拓印量都是論千冊計，不用擔心沒貨。」

眾人有些猶豫，小廝再加把火。「你們不想看看後頭還有什麼嗎？」

眾人一聽也對，便放下手裡書冊跟了上去。

這邊聊齋成了個半觀光、半售書的火爆場所，另一廂，謝崢正在跟祝家丫頭說話——哦不，是筆墨交流。

「今年稅務核查已經全部完成，我原以為妳父親挪用了許多，帳面會很難看，沒想到比我預期的好。」

「喲，你還特地去查了？我爹努力兩年了，又有稅改幫大忙，稅收肯定不會差啊，明年還會更好。」

「不出意外，妳爹官職應能得以擢升。」蕪山縣既然已經開始引進水泥路和招商，田稅穩定，明年增長的便是商業稅。

他已經看好一個位置，尤其適合祝修齊這樣的官，只要祝修齊穩穩當當地保持下去，他便有辦法將其調過去。

祝圓詫異。「你要幫忙走後門？」

謝崢提醒她。「切勿聲張。」

真要走後門？祝圓撓撓頭。「啊？我平時就是說說而已，我以為你也是隨口忽悠我，你這樣我很有壓力啊！」

「我說話從不隨意。」

祝圓嘿嘿笑。「我們可沒說話，寫過的字還都要毀掉，完全可以當作無事發生！」

謝崢皺眉。「妳不希望妳爹擢升？」

祝圓連忙反駁。「怎麼可能！我肯定是希望我爹官運亨通、平步青雲。」

謝崢下結論。「那便無須考慮太多。」

他這麼正經八百地幫自家，祝圓反倒不好意思了。「那會不會很麻煩？」

「幾句話而已。」其實不然，他身為皇子，不管提及哪個官員，別人都要多想。為了給祝修齊鋪路，他費了很大工夫，鋪了幾條線，就等明年稅賦收繳期的到來。

祝圓畢竟在職場打滾過多年，知道肯定沒有那麼簡單。

「謝謝啊！我果然沒看錯你，你真是個好人！」

謝崢。「……」

他依稀記得，曾經被這丫頭送了一句「好人一生平安」，今天這麼正經，都不像這丫頭的性格了——

「對了，你這都一把年紀了，您的夫人還健在嗎？」

謝崢。「？？？」話題為何突然轉換？

他嘴角抽了抽。「在。」

「你說我們也這麼熟了，以後總得找個機會擺到明面來往吧？我要不要去找你夫人拜個碼頭，認個親啥的？」

謝崢。「……」

他早就說過，等祝圓回到京城，便能猜出他是誰。如今祝圓再次試探，他勾了勾唇，只回了句。「待妳回京再說。」

祝圓不滿。「那不知道得多少年後。」指不定她根本回不去！

「很快。」

祝圓眨了眨眼，聯結前面所說的話，想到一個可能。「你是要把我爹弄回京城？」

「不是。」

「那不就得了？是爺們就果斷點！」磨磨唧唧的。

謝崢輕咳一聲，索性扔下一句「有事，回頭聊」便遁了。

對面的祝圓氣得跳腳。臭狗蛋，回回都事遁！不要臉！

其實，謝崢也不算騙人，他確實是有事得忙，該出宮了。

距離書鋪開業已經過去半個多月，如今聊齋的營運已經步入軌道，生意火爆，人流不息，無須他去操心。

畢竟早在去年鋪子買下來後，他便同時著手開始選人、栽培人才，識字是必須的，還得有經商頭腦、端方的人品。

為了找到合適的人，差點沒把統籌這事的安瑞給累死，他從早到晚不停面試，足足面了近十天，才選出幾十人接受訓練。一年下來，這些人都上手了，才分配到各個崗位，再招上一批識字的跑腿小廝，這鋪子的營運架構便妥當了。

如今鋪子生意再如何火爆，也自有鋪子掌櫃管事們去操心，謝崢輕鬆得很。

他今天去鋪子，是為了別的事情。

京城裡所有的書肆書坊書鋪店主，這幾日都收到了三皇子殿下的帖子，邀請他們今日到聊齋共商大事。

開書鋪的大多有些家底，或是哪家大人的親戚，或是有宗族庇佑，然而這段時間聊齋書鋪的開業打得各家措手不及，有承嘉帝的招牌便算了，竟然還打價格戰，把客人都拉走了！各家鋪子上下跟熱鍋上的螞蟻一般急得團團轉，偏又毫無辦法。

收到三殿下的信箋，他們第一時間便覺得三殿下是要搞么蛾子——誰不知道那聊齋書鋪是三殿下折騰出來的？讓他們過去，肯定是要威逼利誘他們，比如讓他們將藏書賤賣給他云云……

換了別人，他們是一定不去的，可這是三皇子殿下，勢不由人，只能悉聽尊便了。

到了日子，所有人便都整裝打點，恭恭敬敬地來到客似雲來的聊齋。

聊齋的管事早早就等在大堂，看見他們依約前來，笑容可掬地將他們一一地迎進後院——回字形結構的院子是鋪子門面，後院是聊齋的辦公場所。

一行人被迎進一間寬敞的花廳，題匾上寫著「會議室」的花廳四面通透、光亮宜人，廳內陳設也簡單，中間一張長長的大木桌，沿著桌子擺了一圈六足石心圓凳，上座則是一張帶扶手的太師椅，想必是留給三皇子殿下的。

牆上還掛著幾幅字畫，分別是「誠信」、「務實」、「開拓」、「創新」。

除此之外，別無他物。

……也太簡陋了吧？雖然他們沒啥身分，好歹也是讀書人，有幾個還是舉人老爺……這三皇子殿下是不是太過傲慢了？

眾人心中皆如是想。

「都到齊了？」一變聲期特有的低啞聲音從門外傳來。

「是，都到齊了。」

進門的少年身姿挺拔、竹清松瘦，神色卻是與年齡毫不相符的嚴肅冷靜。

眾人只略看了一眼，便齊齊跪下行禮──面對皇子，即便是見官不跪的舉人老爺也不敢拿大。

謝崢擺擺手。「免禮。」當先走至上首，在太師椅上落坐，示意他們。「都坐。」

眾人有些遲疑，同時要參會的管事們忙引著他們落坐。

很快，大長桌便坐滿了人。

謝崢也不廢話，等人都坐好了，便直奔主題。「都隨意些，今日找各位過來，只是為了談幾筆生意。」

來了。眾人暗忖。

「想必各位已經看過聊齋的書冊售價，有何想法？」

切，還有臉問！

文人嘛，多少都是有點骨氣的，就算沒有的，在這麼多同行面前，也不能先服輸，故而謝崢這句問話出來，只得到一片沈默。

謝崢挑眉。「你們不覺得聊齋書冊售價過低嗎？」

廢話！

「好吧，既然都不覺得，那我這裡的低價書，想必你們也不需要了。」

什麼意思？眾人登時來勁了。

有那膽子大的小心翼翼問了句。「三殿下言外之意，是想賣書？」
「當然。我開書鋪自然是要賣書紙。」
「那這價格……」
眾人屏住呼吸。
謝崢勾起唇角，骨節分明的長指叩了叩桌面。「這不是要找你們談談嗎？」
眾人猶自不敢相信。
謝崢目光移動，朝敬陪末座的一個年輕人點了點下巴。「江成，你來說說。」
開業這段日子以來江成表現突出，已經被擢升為管事，被謝崢派去統籌批發管道。
「是！」江成順勢站起來，先拱手朝在座眾人作了個揖，然後開始介紹。「我們聊齋的書冊紙張，皆是我們自行研發印製，」他不知從何處摸來一沓紙張，逐一給在座諸位派發。「各位可以摸摸、聞聞，有厚度有質感，觸手滿滿的顆粒感，不管用何種墨水，上色不暈染……」
「咳咳。」安福忙清了清嗓子提醒他。這小子別的都好，就是那吹噓、愛宣傳的毛病改不了。
江成話鋒一轉。「咱家出了新式紙，做了低價書冊，現在還在研究墨水，這些筆墨紙硯的成本降下來，本是好事，但壞了大夥的生意也不美。我們殿下便發話，讓我們將各位請來，就是要談談這書冊紙張的生意，別的不說，大家都是要掙錢的，這些書冊我們鋪子若賣十五文一冊，斷不可能也讓你們十五文一冊回去賣對吧？」

眾人連連點頭。

「降價給各位那是一定的，但我們也要掙錢，薄利多銷，也要講一個多字。」江成頓了頓，見在場諸位都目光灼灼盯著他，爽快地接下去。「我們這邊定了標準，按照訂購數量進行降價，百冊起批，一百冊按每冊降一文算，五百冊則降兩文，一千冊降三文……」

守在邊上的小廝們立馬給在座諸位送上單子。

「這單子上面白紙黑字列明了我們的批發價格，諸位可以看看。」

眾人拿起一看，除了書冊批發價，竟然還有紙張批發，而且，果真便宜得很！

「怎樣，價格實惠得很吧？」江成可沒錯看他們面上的驚喜。「尤其是這紙張，讀書人一天都離不得紙墨，這紙張看著便宜，但能走量啊！大夥能放心練字，咱們也能安心掙錢，多好！」

有人看了眼接過茶盞抿茶的謝崢，道：「紙張的好處自不必說，但我們怎麼知道你們有什麼書？怎麼訂購？」

「這些你們無須擔心，每月我們都會出一份單子，你們在上面勾選下單便可。」江成笑咪咪。「若是有什麼特別的書籍想要訂購，也可以找小的打聲招呼。」

眾人連連點頭。這般好，這樣都不用費勁巴拉去挑了。

江成趁熱打鐵，將早早印製好的訂購單拘出來，逐一分派給他們。

眾人忙不迭低頭鑽研起來。

謝崢放下茶盞，彷彿不經意般道：「你們鋪子裡現有的書冊，若是願意的話，可按照你們現在的售價轉給聊齋。」

眾人眼睛一亮。這才是真正的驚喜啊！有了聊齋，他們鋪子裡的書冊算是砸在手裡了，若是三皇子能照價收回去，那真真是在照顧他們了！

如是，這些書鋪掌櫃老闆們便被拿下了。

第十三章

後續的訂單事宜便交給江成去處理，謝崢領著安福安靜地離開，繞道各處辦公室巡視一番，準備去前邊院子看看，陪同的掌櫃嚇了一跳，急忙攔住他。「使不得使不得。」

安福臉色一變，立馬訓斥。「主子你也敢攔？」

掌櫃撲通一聲跪下。「不是小的要攔……實在是，太多人了，主子身邊沒帶幾個人，若是有那不長眼的，小的擔當不起啊！」

謝崢皺眉。「開業半月有餘了，怎還如此多人？」

掌櫃苦著臉。「咱這書冊價格低廉、院子漂亮不說，還有陛下的御筆親書，都怪江成那臭小子，吹牛皮吹破天了，搞了一堆宣傳語，什麼『人生必到的景點之一』、『讀書人的聖地』、『孩童的開蒙之地』、『世上最靠近皇上的地方』……甚至還編了兒歌出去傳唱……」

謝崢。「……」

彷彿有些耳熟。

掌櫃沒注意，接著道：「這一來二去的，城裡城外的老百姓都愛過來看一看，連那外地人進京都要過來一趟……咱這就是個書鋪啊，有啥好參觀的啊！」

見他還打算繼續叨叨下去，謝崢無奈擺手。「行了，我不看了。」轉身。「回宮。」

「是！」安福瞪了眼掌櫃，連忙跟上。

掌櫃抹了把汗。

自家鋪子生意興隆，謝崢自然心情愉悅，回到宮裡正好祝圓在寫字，他遂順手將此消息轉達了幾句。

祝圓看了美滋滋。「好事，多掙錢我才能多提成，做就對了！」

謝崢無奈。

「對了，你說那位管事叫江成是吧？小夥子不錯啊，我就丟了兩個例句，轉頭就發揮得這麼出彩！有前途！」

謝崢頓住。他說那幾句話怎麼這麼熟悉，合著是經他的口轉出去的嗎？事情太多，他竟然給忘了。

「對了，江成幾歲？俊不俊？白不白？有沒有八塊肌？」

謝崢眉頭一皺。八塊肌是什麼鬼？這小丫頭問這些做什麼？

一股彆扭的異樣感再次浮現，謝崢欲要探究一二，那感覺卻轉瞬即逝。

他以為是自己昨夜沒休息好，捏了捏眉心，再次將注意力放回紙上。「八塊肌何物？」

對面的祝圓回答得非常爽快。「就是腹部那塊地方，鍛鍊得當的話，就會出現一塊塊的結實肌肉。練出八塊肌，才是真男人！」

謝崢下意識摸上自己腹部，安福注意力都在他身上呢，見狀連忙小聲問：「主子，需要讓人送些點心過來嗎？」

謝崢回神，朝安福擺了擺手，然後板起臉開始教訓祝圓——「口無遮攔，男人的身體豈是妳一個小姑娘能掛在嘴上的話！」

祝圓毫不在意。「安啦，也就紙上說個兩句，出去我就是那標準的大家閨秀，能不張嘴絕不張嘴。」

謝崢回憶起那短暫的一次接觸，抱有深切懷疑。

「見微知著。」他如是道。

祝圓呵呵。「這你就不懂了。」在江湖上走跳，誰還沒兩副面孔呢？

這個問題便罷了。謝崢遲疑片刻，還是又問了句。「妳適才問江成，是何意？」

「挑對象啊！」祝圓嘆了口氣。

謝崢。「……」

「我都十三歲了，還不趕緊留意，難道抓瞎嗎？」

謝崢無名火起。「父母之命媒妁之言，妳的親事當由妳父母來定奪。」

「是由他們定奪啊，可我也能挑一挑吧？若是找到好的，難道我爹娘還不樂意嗎？我爹娘又不是你這種死板的老頭！」

謝崢忍著氣。「前兩日不是才說了，妳爹會被調動嗎？為何突然這般著急？」

「我不著急，可我爹娘著急啊。」提起這個，祝圓也是一肚子苦水。「前幾日縣裡一戶熟人家的姑娘訂親了，才十四歲呢……回來我娘就開始焦慮，天天在我耳邊叨叨，我都快愁死了。」

謝崢心裡一咯噔，還未等他發問，便看墨字依然刷刷刷地浮現，他定了定神，繼續往下看。

「你也知道，因為去年稅改，導致三年一輪的職位任免調動推遲了大半年，再等任命下來，若是調去遠方，趕路指不定要多久，那時我鐵定已經十四歲。再加上剛去到新任地，人生地不熟的，若是急著找人家，我爹娘擔心找到不靠譜的，但若是慢了，又擔心我年紀大了找不到好的……」

謝崢連忙追問道：「那現在如何安排？」

「所以這不是在找了嗎？我爹娘不光著急我的親事，還著急我哥的呢。不過，媳婦是要娶進門的，我哥總是比我好找一點。」

畢竟女兒是外嫁，若是嫁得遠了，爹娘怕是要擔心一輩子，她也相當於無娘家撐腰，會是什麼下場也無從得知了……

這年代，當女人太難了。

祝圓長噓短嘆。「要不是我娘有了娃娃，估計這會兒已經到處串門子吃酒相看了。」

都是在蕪山縣當地？謝崢擰眉。「若是找不到會如何？」

「找不到可能要回京了吧，總不能真等到任命下來，才去陌生地方找吧？不過我弟妹現在還小，短期內也沒法出遠門，或許還是可能等到任命下來……話說，能不能提前透露一下，我爹會調任何處？」

謝崢擰眉。「我從不妄下結論。」未定之數太多了。

「切！你這不靠譜的。」祝圓忿忿。

謝崢額角青筋跳了跳。

「既然不能確定，那趕緊告訴我那個、那個……江成小哥哥的情況啊。」從書鋪的情況來看，這位江成想法活躍不古板，跟她相處應該比較合得來。「他到底幾歲？長得如何？娶妻了嗎？」

謝崢的怒火又騰地一下冒出來了。「那傢伙並無功名。」做的還是迎來送往的下等活兒。

只是沒有功名？祝圓登時來勁了。「這麼說，人長得可以？沒有妻室？哎喲，這不是正正合適嗎？只要家裡沒有什麼亂七八糟的事，他沒錢我都能養他！」養個好看的小白臉多開心啊！

謝崢。「……」

祝圓猶自叨叨。「快跟我說說他家裡的情況，有無田地？父母如何？有沒有兄弟姊妹——」

「胡鬧！」謝崢勃然大怒。

可惜他的怒意無法傳達到祝圓這邊，她甚至還開始給謝崢列優點。「我記得你說過鋪子裡的管事都是招聘的，那就是說，江成小哥不是奴才，而是白身。在鋪子裡當管事，月薪不低，足以養家。若是家裡有兄弟，那子嗣壓力便沒——」

「夠了！」濃重的筆墨將原本蒼勁渾厚的字體寫出了狂草的氣勢。「區區白身，不許再提！」

祝圓愣了愣。「是我嫁人又不是你嫁人，我都不介意，你這麼激動幹麼？」頓了頓，她彷彿終於轉過彎來。「你看不起白身？」

「若無功名，要之何用？」

因為這個問題被父母叨叨了許多天的祝圓也怒了。「用用用，用你個頭！你當官前難道就不是白身嗎？即便你蒙受家族庇佑，難道你的祖宗就不是？再者，人就一平民百姓，又沒作奸犯科，你憑啥看不起人？我就要選這種家境普通的人家怎麼了？」

「自甘墮落！」

管那麼寬！祝圓氣憤。「我樂意，關你屁事！」

察覺她也怒了，謝崢深吸了口氣。「妳還小——」

「再小也比你好，你狗眼看人低，你瞧不起人，我還瞧不起你呢！」

「妳——」

不歡而散。

謝崢摔了狼毫，甩袖出門。

「更衣，去把振武叫來，陪我練練！」

打那天吵架過後，兩人便開始陷入冷戰。

其實剛開始，謝崢並沒有這想法。他確實是被氣著了，可在演武場出了一身痛汗後，那莫名其妙的火氣便下去了不少。

等他沐浴更衣完，他便想再找那丫頭好好說教說教，結果還未等他走近書房，淑妃便派人來找，他只得暫且作罷。

原本以為淑妃又要弄什麼么蛾子，誰知昭純宮裡竟是諸多妃嬪齊聚。

他頓了頓，抬腳入內，跪下行禮。

淑妃朝他招招手。「過來。」

謝崢起身，前進兩步便停下。「母妃尋兒臣過來，可有何要事？」

淑妃也不生氣，輕聲細語道：「你那《大衍月刊》上不是刊登了篇話本故事，叫什麼《絕情書生農家妻》嗎？嫻妃幾個都心急著想知道後面是怎麼個回事，你既然負責這玩意，想必知道些許，跟我們說說後頭的情節如何吧。」

這是把他當說書的了？謝崢心中微哂，面上不露分毫，只淡淡道：「請母妃及諸位娘娘恕罪，這……話本乃是佩奇先生所著，兒臣並不知其後續發展，且這位先生行蹤飄忽，兒臣還在愁下月的稿子。」

總結就是，他不知道後文，也找不到佩奇先生。

嫻妃「哎喲」一聲，滿臉失望。「我們都以為你知道呢，虧得我們特地過來找淑妃姊姊，合著白忙活一場。」

淑妃臉上僵了僵，笑著。「我早說我兒不知道，妳們非不信。」完了佯裝抱怨。「妳們在宮裡閒得很，跑一趟無事，我兒忙著呢，還勞累他白跑一趟。」

嫻妃啞口，其他妃嬪端茶的端茶，看景的看景，絲毫不摻和他們的說話。

謝崢垂眸。淑妃此人，也就只有這種時候才會護著他了。

之後一眾妃嬪妳來我往地應酬了幾番，很快便散了去。

待人一走，淑妃臉上的笑容立馬收了，扭頭就瞪向謝崢。「你就不能瞎編點劇情把她們糊弄住嗎？」

謝崢直視她。「兒臣不是說書的。」

淑妃一滯，怒道：「我是你的母妃，其餘全是你的長輩，讓你彩衣娛親，有何問題？」

話不投機半句多，謝崢不說話了。

淑妃看他那冷臉就來氣。「走走走，看見你就煩。」

謝崢從善如流，躬身。「兒臣告退。」

淑妃。「……」

於是，謝崢剛回到院子裡，便收到昭純宮傳來的罰令——抄書。

嗯，很好。

前面才被祝圓氣著，後腳又有母妃摻一腳，謝崢鬱悶，甩袖便出宮去了。

晃了一大圈，暫時也沒別的事，他索性就在聊齋後院找了間視野開闊的屋子抄書。

後院來來去去的人流，入庫清點的、搬書補貨的、接待批發客人的腳步聲、說話聲，還有前院隱隱約約的喧嘩聲……鬧中取靜，倒也有幾分意趣。

期間遇到祝圓冒出來抄了幾句詩，他憶及幾個時辰前的爭吵，恰好他所處之處人多口雜……他頓了頓，沒多寫什麼，繼續往下抄書。

祝圓一看，好傢伙，幾個時辰前才居高臨下地罵她，現在不跟她道歉，還裝沒看見她，不理不睬?!

誰還不是個寶寶了？誰還沒點脾氣了？就他有能耐？哼！稀罕！

她的脾氣也上來了，索性也不搭理了。

到了第二天、第三天……向來都是話題開場者的祝圓一直安安靜靜，幾次下來，謝峥便察覺不妥，再回想兩人最後一次的談話內容，還有什麼不明白的？

真是小丫頭，竟然還耍小性子，可不能慣著她。區區小事，轉頭他便將其拋諸腦後。

謝峥的《大衍月刊》剛開始確實得了不少人的注意，尤其是科舉單元，所有人都覺得謝峥是打算拉攏京中學子，為自己增加文人籌碼，再加上聊齋販賣低價紙張書冊，所有人都彷彿看穿了謝峥的勃勃野心。

結果，還未等有心人士有所動作，承嘉帝的題字便掛到了聊齋裡，成了書鋪的門面招牌。

大家都懵了，一打聽，知道是謝峥去把承嘉帝請出來當救兵的，登時有些愕然。

再打聽，又得知這聊齋與《大衍月刊》是謝峥倒騰出來的沒錯，但他本意只是為了掙點小錢，結果不小心整出大攤子，收不了場，只能趕緊去找承嘉帝接攤……

得得得，既然是以承嘉帝之名折騰，大夥便歇了那找麻煩的心了。於是，即便謝峥的書鋪折騰得轟轟烈烈，也就賺了些民間百姓的吆喝，大家便撂開了。

拋開這些不說，《大衍月刊》的銷量一直慢慢增長中，雖其名號叫月刊，可刊登的內容卻不會過時，不說那些準備參加科舉的文人，好些百姓也以家裡擁有一本皇帝陛下鋪子的月刊為榮，甚至還有許多聞訊而來的商賈掏錢買上多本，帶到別的城府送親友……

一月刊持續在賣，二月刊銷量增長，一切似乎很美好，只除了三月刊目前有些難產之外……

那《絕情書生農家妻》猶在連載呢，謝崢幾次提筆欲找祝家丫頭要稿，但每次看到對面不緊不慢地在練字便不得勁——除了承嘉帝，他謝崢何曾與人低過頭？

不就是個話本嗎？她一小丫頭都能寫，別人也能寫。

這麼一想，他索性也歇了找她的心，轉頭就讓聊齋掌櫃找人續寫。

掌櫃也很給力，兩天時間便給他弄來十份續稿。

謝崢自然要校閱一番再篩選出一篇最合適的，翻著翻著，他的眉峰便聚攏起來，不等全部翻完，他已經徹底冷下臉。

將稿紙摔到桌上，謝崢聲音含怒。「你看過稿子沒有？都寫的什麼玩意？」

掌櫃碰一聲跪下來。「殿下恕罪。」他苦著臉。「這幾份已經是小人盡力挑選的了，其他的更是……」完全沒法看。

謝崢靜默一瞬，緩下語氣。「你找的都是什麼人？」

「回殿下，都是找的學識過關的舉人老爺，」掌櫃的有些不好意思。「咱鋪子裡的幾名管事也被小人求著寫了。」

謝崢捏了捏眉心。「我這又不是要考科舉，你找那些舉人作甚？」

掌櫃不解。「這些舉人老爺確實厲害啊，寫的辭藻文句那叫一個漂亮……」

「這是話本！」謝崢沒好氣，抓起兩本月刊扔到他面前。「你好好看看，佩奇先生寫的文辭，可有半句華麗辭藻？」

掌櫃自然是早已翻過多遍，他不解。「寫得漂亮些，不是更好嗎？」

怪不得這廝死活考不上舉人！謝崢沈下臉。「我要的是故事，不是要文章！別拿這些無病呻吟的玩意浪費我的時間！」

被訓了一頓，掌櫃垂頭喪氣出來。

恰好經過的江成看見了，好奇問道：「萬叔怎麼了？」

看見江成，萬掌櫃眼睛一亮，拉著人吐了好大一番苦水，完了道：「又不是一樣的人，哪能接得這般天衣無縫呢？」

江成撓頭。「佩奇先生那不是話本嗎？要不，去茶樓飯館找些說書先生，讓他們試試？」

萬掌櫃震驚。「……那、那些上不得台面吧？」

「反正你現在也找不著人，試試唄，萬一行呢？」

「也是。」

又過了兩日。

謝崢再次翻看稿子，面色終於好看許多。「這些倒像模像樣的。」
萬掌櫃輕舒了口氣。「那便好。」
謝崢隨口問了句。「這回找的什麼人？」
萬掌櫃如實稟報。
謝崢微詫，繼而贊了句。「方向不錯。」
萬掌櫃赧然。「多虧了江成這小子，要不是他提醒了，我還抓瞎呢。」
謝崢怔住，頓覺手裡稿紙索然無味了。
「這些都不錯，你們幾個商量著挑一篇刊上去吧。」
「是。」
如是，《大衍月刊》三月刊如期刊印。
刊印前一天，祝圓一直窩在屋裡看書習字，除了吃喝拉撒，面前就沒離過書頁。
等了足足一天，狗蛋統共只出現了一回，還是平日習字的時間點，除此之外，再無任何動靜。
他是連《大衍月刊》的連載稿也不要了？
祝圓愣愣地看著自己為了避開狗蛋特地摸黑點油燈寫出來的續稿，眼眶紅了。
無論古今，網友都不是什麼靠譜的好東西。
承嘉十一年，祝家二房迎來兩個小生命，前後腳出生的弟弟妹妹讓一家老小忙翻了天，尤其是祝圓，又要管家，又要照顧兩位長輩坐月子，還要盯著日漸調皮的弟弟，好在前一段時間教了祝盈，有些東西也能分出去，兩姊妹手搭手地忙了過來。

祝修齊也沒有閒著，水泥路鋪好後，招商引資政策便開始發揮作用，原本農業培訓、複合農業種植指導等措施已讓農田產出增加，再有田稅改革解放了家裡壓力，家裡有富餘勞動力的人紛紛湧出縣城參與商業經濟，或是打工或是創業……

不管如何，蕪山縣百姓的錢袋子很快便鼓了起來，入戶入冊的人暴漲，除了新生兒增多，還有許多是原來為了逃丁稅各種躲避的人口。

如此一來，祝修齊每天是忙得腳不著地，連自己又添了子女都顧不上多看幾眼。而張靜姝與銀環更是忙著調養身體，忙著照顧小娃娃。

祝圓對此是喜聞樂見，甚至還藉著看書的名頭，給了許多育兒指導和注意事項，並普及了一些陋習帶來的種種惡果，擾得兩位長輩更加緊張無法分心。

張靜姝與祝修齊私下如何擔憂不說，起碼明面上，沒有人再在她面前叨叨著什麼家世啊、門當戶對啊、女兒家的三從四德云云。

如此，祝圓雖然忙碌，好歹是過了幾個月舒心日子，至於狗蛋？這是誰？

反正去歲的分紅她拿了一千多兩，算下來她手頭的錢也不少了，以後愛咋滴咋滴。

承嘉十一年，便在朝堂暗潮洶湧、蕪山縣蓬勃發展中快速滑過。

承嘉十年是攤丁入畝的第一年，稅收帳冊在十一年的三月才梳理完畢，當時承嘉帝考慮到政策變革，將本該在十一年初進行的官員評核推遲了半年，待三月份稅帳出來，與內閣重臣、各部尚書商議過後，索性又延遲了半年。

直至承嘉十一年的稅糧、稅銀入帳，送進戶部，延遲了足足一年的官員評核才正式啟動。

這時祝圓對此已經不抱期待了，而距離她和狗蛋吵架，已經過去大半年，狗蛋沒有再找過她，她也心冷了。

網聊得再如何暢快，這終歸還是封建的時代，狗蛋這人再如何道義，也終歸是個封建土包子，願意給她分紅，估計已經是他人性的最後光輝，她爹的升遷調動，估計還是得靠他自己。

好在她爹這幾年幹得不錯，蕪山縣現在儼然是數一數二的富縣了，連蘆州知府都派人過來取經學習，升遷應當不是問題，祝圓不無樂觀地想著。

承嘉十二年春，官員評核出爐。

蕪山縣縣令祝修齊，處法平允，考績連最，轉遷章口縣縣令。

平調，職級不變，依然是七品縣令。

但那是章口！距離京城僅有半日之遙的章口！聽說加了水泥路後，路程已大大縮減至兩個時辰不到了！那等級，豈是蕪山縣一個小小窮縣可以比擬的！

雖說是平調，實則為升遷。

祝修齊興奮極了，抓著任命書立馬飛奔回家——

「夫人！咱們可以回京了！咱們可以回京覓婿了！」

這大半年的，謝崢真的跟祝圓冷戰了嗎？

他真沒那麼小家子氣。

那他去哪兒了呢？

他被扔去兵營了。

準確的說，是他惹毛了承嘉帝，被扔去京郊的封圵大營，美其名曰，練練筋骨。

封圵大營是什麼地方呢？封圵大營正是承嘉帝的精兵營，這事要從《大衍日報》三月刊說起。

前兩期的月刊銷量讓萬掌櫃膨脹了，這回三月刊，他與諸位管事一商量，一口氣印了五萬冊。

等到了發刊日，天還沒亮，那些待考舉子、跑腿小廝就開始在聊齋門口排隊，聊齋所有人員出動，開了五個櫃檯售賣，也足足賣了一整天。

當日打烊後，清點剩下的月刊，萬掌櫃的笑容便沒停下，只剩下兩萬多本，再賣幾天怕是不夠，還得加印了——

才怪。

現在已是書鋪幕後BOSS的承嘉帝自然不需要排隊等候，早早就有人將新鮮出爐的三月刊送到御書房。

甫一翻開，承嘉帝便察覺不對，仔細看了幾眼，確定還是那《絕情書生農家妻》沒錯，但這一回的劇情奇奇怪怪的，連署名也換了個人！

承嘉帝立馬讓人將謝崢喊了過來。

「這話本怎麼回事？佩奇先生呢？」

謝崢。「……」如此著急，他還以為什麼事……

「不敢欺瞞父皇，佩奇先生生性瀟脫，前些日子出門雲遊，走前並未留下手稿，兒臣別無他法，只能暫且找人代筆續接。」

承嘉帝懷疑。「你別不是把人氣走了吧？」

說中了，謝崢輕咳。「怎麼會，即便兒臣說錯什麼，佩奇先生德高望重，也不會與兒臣計較。」

承嘉帝沒好氣地敲敲桌子。「朕不管計較不計較，你看看這月刊，才出第三刊你就要找人代筆，接便接了，還接得索然無味，完全是才子賢妻的老把戲，還有什麼看頭？」

謝崢無語。

「這篇續稿朕不認，趕緊讓人撤了。」

謝崢自然不樂意。「已經印製出刊，豈能說撤就撤。」

承嘉帝沒好氣。「你那紙張不是便宜得很嗎？再印一版也就是耗費點工夫，這點錢還出不起？」

謝崢擰眉。「話本不過是錦上添花，何必為了這種小事折騰一把的？」

承嘉帝怒了。「讓你換你就換，朕出了那麼多錢，又是聊齋最大股東，讓重印一刊怎麼了？滾！沒弄好別回來見朕！」

被吼出大殿，謝崢摸了摸鼻子，灰溜溜走了。

於是，聊齋裡剩下的兩萬多冊刊物全被打回莊子，將話本的連載裁切下來，增加了一頁佩奇先生的請假條，重新裝訂上市。

謝崢想到那鬧情緒的小丫頭，擰了擰眉，索性直接讓萬掌櫃暫停佩奇先生的專欄，從下一期起，改換成短篇小說單元，直接接受外界投稿，每月選刊一篇。

另外還增加詩詞歌賦單元，每月一主題，接受外界投稿，每月遴選三篇詩文刊登，刊登的同時發佈下期主題。

既然這丫頭不聽話，那便換成別人，他謝崢從不將籌碼放在一個人身上。

安排好事情，他便拍拍屁股回宮，誰知剛出聊齋路口，身下馬兒便彷彿受了什麼刺激，嘶鳴著高揚前蹄。

謝崢暗道了聲不好，顧不得多想，鬆開韁繩，飛身滾落地面。

「主子──」

塵沙撲面、馬聲嘶鳴，待謝崢終於停下，他的坐騎已不見了蹤影，不光他的馬，連他隨身的幾名護衛坐騎都被動了手腳，突然發瘋跑了。

安瑞連滾帶爬撲過來，緊張地上下檢查。「主子，摔著了沒？傷著了沒？」

謝崢搖頭，冷靜地推開他，凝神看向護衛隊包圍外的帶刀大漢們。

此處是聊齋後門處的小巷，遠離鬧市，安靜，少有人走動。這些人選在此處，倒是不意外。

想到那些發瘋跑掉的馬不知道要撞傷多少百姓，謝崢面色沈肅。

看來，聊齋書鋪裡頭，需要清理一番了……

聽說謝崢再次遇刺，承嘉帝匆匆過來。

太醫正在給脫了上衣的謝崢擦藥包紮，聽見他過來忙不迭便要跪下，謝崢也作勢起身。

承嘉帝擺擺手。「免禮了，趕緊弄好。」然後問：「怎樣？嚴重嗎？」

太醫躬了躬身，手上繼續包紮的動作，聞言忙恭敬回答。「只是皮外傷，擦點藥，這兩天注意些便好。」

謝崢也道：「兒臣無甚大礙，不過是擦破皮，安福他們大驚小怪罷了。」

承嘉帝將他上上下下打量了一遍，確定果真無大礙了才鬆了口氣，掀起衣擺，在旁邊落坐。

安福迅速為其送上茶水，承嘉帝皺著眉頭連灌了兩口，完了咔嗒一聲扔在几上。

太醫手一抖，差點拽掉紗布，謝崢皺眉，看了還算年輕的太醫一眼，擺了擺手，讓安瑞接手。「勞煩張太醫跑一趟，接下來交給下人便好。」

這是要他退下的意思，張太醫忙不迭離開。

「這樣下去不行。」承嘉帝終於開口了。「這已經不是第一次了。」

已經包紮妥當的謝崢淡定地套上外衫。「提出稅改的時候，兒臣便已預料到會有這些情況。」

打去年最大規模的一次刺殺後，這起子小人便只敢做些偷偷摸摸的小勾當，再大也鬧不起來。

「不過跳梁小丑，無須在意。」

承嘉帝眉峰緊皺。「只有千日做賊，哪有百日防賊的？」

謝崢不以為然，接過安福送上來的茶水抿了口。「總不能為了這些跳梁小丑不出門吧？待明年官員評核過去了，這稅改之事也該平息了。」

「還有大半年呢。」

「區區幾月，無足——」

「不行！」承嘉帝一拍茶几。

謝崢頓住。

「剛巧朕上午吼了你一頓，索性將錯就錯……」承嘉帝起身，拍拍衣袖。

謝崢茫然，下意識跟著起身。

承嘉帝清了清嗓子，朝他劈頭蓋臉就是一頓罵。「臭小子，讓你弄《大衍月刊》，把佩奇先生都給氣跑了！如此不敬尊長，給朕滾去京郊，不磨磨你這性子，都不知道自己幾斤幾兩了！」

謝崢。「……」

再然後，謝崢只來得及套身衣服，就被承嘉帝的人連夜打包送進京郊的封圵大營，對外號稱是這小子胡亂折騰月刊，惹毛了承嘉帝，被罰去軍營歷練。

這一關，就是十個月，連過年都沒得出來。

承嘉十二年三月，各地官員調動基本定下，該上任的大部分都已到任，該罷黜的也都押解進京，動盪足有兩年多的攤丁入畝政策至此，才算穩定下來。

一切塵埃落定，承嘉帝才終於想起還有個兒子被關在封圻大營，趕緊讓人把他放出來。

踏入十七歲的謝崢經過大半年時間的「鍛鍊」，原本青澀的少年感終於褪去不少，身上也不再是半大少年那種乾瘦。

還有了八塊腹肌……謝崢摸了摸這些時日練出來的腹肌，暗忖道。

剛跟小丫頭吵架就被弄進大營，連聲招呼都來不及打……這丫頭現在怕是要惱極了，他暗嘆了口氣。

「主子，該走了。」來接他的安福拽著轡繩靠過來，低聲催促道。

謝崢回神，所幸現在已經離了軍營，他直接就在馬背上問起事情。「去歲安排的事情，進展如何？」

安福連忙答話。「《月刊》的詩作版、小說版皆已上線，迴響良好；墨汁也研發出了新技法，有望在年中上市，水泥——」

謝崢打斷他。「那祝修齊如今何在？」

安福愣了愣，看看左右，確認都是自己人才鬆了口氣，壓低聲音道：「已經成了，二月底他便已到任。」

謝崢長舒了口氣。成了便好。又問：「他家大姑娘呢？也在章口？」

安福「啊」了聲，茫然。「這、這……奴才並無關注。」完了急忙補充。「回頭奴才立馬去查。」

謝崢擺擺手。「不必了，我自己問吧。」

安福。「？？？」

他、他……三殿下要怎麼問？去哪兒問？

還未等他問上一句，謝崢一揮馬鞭，疾馳前行，安福等人急忙追上。

一行人風馳電掣，直至臨近城門，車馬行人漸多，才放慢腳步，跟著路上車馬慢騰騰往前挪動。

謝崢絲毫沒有不耐——不管是誰，被困在軍營裡跌打滾爬近一年，出來看到這熱鬧街區，都會變得耐心許多。

前頭的車隊許是剛從外地回來，好幾輛車都堆滿箱籠，馬車也頗多磨損，謝崢等人跟著他們慢吞吞地往前挪。

安福急不可耐，驅馬過來。「主子，宮裡那位還在等著您呢！」

好吧。謝崢無奈，意思意思地加快了些速度，從旁邊慢慢繞過去。

光是拉東西的驢車就有十幾輛，這戶人家還頗為殷實——

「停一下。」一個黃鶯般清脆的嗓音從車隊前方傳來。

謝崢前面的一輛馬車停了下來，有位丫鬟裝扮的姑娘家跳下車，走到路邊，朝面前擺著兩框蘆枝的大娘問道：「嬸子，妳這蘆枝怎麼賣？」

那位大娘笑得靦腆。「姑娘，十八文一斤咧。」

「喲，還不便宜吶。」

大娘忙擺手。「不貴了不貴了，這是我們家自己栽種的蘆枝，統共就收了這麼點，賣完就沒了。」

「再便宜點唄，便宜點全買——」

「夏至。」先前那清脆嗓音再次響起。

夏至？小丫頭的貼身丫鬟似乎就叫這名？謝崢心裡一動，急忙望過去。

只見車窗鑽出半顆腦袋，嗔怪般朝路邊的丫鬟道：「趕著進城呢，妳怎麼還有閒情講價呢？人家大娘也不容易，妳趕緊的。」

清脆嗓音惹得路人紛紛回望，下一瞬便是此起彼伏的抽氣聲。

謝崢也怔住了。

手如柔荑，膚如凝脂，螓首蛾眉，巧笑倩兮，美目盼兮……窺一角而知全貌，活脫脫的美人。最重要的是，有幾分眼熟。

還未等他反應過來，那名被喚做夏至的丫鬟已經疾步回到車邊將她塞回車裡。「奴婢知道了，馬上就好！這裡不是縣裡，您別出來添亂！」

「好好，妳快點啊。」那位姑娘被摁回去，依然笑盈盈的，看著就好脾氣。

周圍起了騷動，夏至顧不得別的，趕緊掏錢將兩筐蘆枝買下，讓人搬到後頭一輛車上，便急匆匆返回馬車。

車隊再次慢慢前行，等車隊走遠了，周圍看到的人才開始議論起來。

「這就是仙女了吧……」

「嗨，可別說，我瞅著比那廟裡菩薩還漂亮！」

「這麼漂亮，也不知道將來便宜——」

「噓！天子腳下，可別亂說，指不定是哪家閨女！」

已然越過車隊的謝崢唇角緩緩勾起。

小丫頭長大了啊……

「姑娘，到了。」夏至朝閉目養神的祝圓提醒道。

祝圓睜開眼，透過紗簾看看外頭久違的祝家大宅，伸了個懶腰，嘟囔了句。「真不想回來。」

夏至莞爾，扶她起身，小聲提醒。「待會進了門可不要再說這話了。」

「我知道。」

兩人依次下馬車。

後邊馬車上的祝盈小跑過來。「姊姊。」幾年前的記憶猶在眼前，她有點緊張。

因為他們從蕪山縣長途跋涉到章口，為了大夥都舒服些，便多備了幾輛馬車，除了兩名小娃娃，儘量每人坐一輛，路上也舒坦些，故而她跟祝圓兩人是分開坐的。

祝圓拍拍她胳膊，安撫了句。「別擔心。」然後拉著她走到大門邊，張靜姝等人已經等在那兒。

祝宅的大管事正等在門口，看到他們，嘴裡一迭連聲的感謝老天、感謝菩薩、讓一家團聚云云，祝圓聽得直想翻白眼。

一行人穿廊過院，直奔祝老夫人居住的長福院。

老太爺去世後，老夫人便從正院世安堂搬出來，住到東邊的長福院。大房一家推推拒拒的順勢搬進了世安堂，開始當家做主。

祝修齊一家子浩浩蕩蕩進了長福院，祝老夫人已經拄著拐杖候在大堂門口，看到他們，眼淚唰地就下來了。

「我可憐的兒啊……可終於是回來了！」

「娘！」祝修齊也很激動，大步上前，掀起衣擺跪下，連磕了兩個頭。「兒子不孝，累您牽掛了！」

張靜姝等人連忙跟上，一群主子連帶丫鬟婆子，齊刷刷跪了半個院子。

邊上的祝修遠神情也頗為激動，其夫人王玉欣更是直接抹起了眼淚。

又哭了一會兒，老夫人身邊的如意輕聲道：「老夫人，外頭曬得很，不如進屋坐著說話吧？」

「對對對，瞧我，都起來都起來。」老夫人忙擦掉眼淚，一迭連聲讓大夥都起身。

眾人遂起身，一行人魚貫入內，依次落坐。

老夫人接了如意遞上來的溫帕子擦了擦臉，再看向抱著襁褓的張靜姝跟銀環，笑道：「這兩孩子就是庭禮和馨兒吧？」

「是。」

張靜姝示意銀環跟上，兩人抱著孩子上前。

祝老夫人一一逗弄幾下，再接了如意遞過來的錦袋，一個襁褓塞一個，然後笑咪咪朝張靜姝道：「妳做得不錯，咱家都好幾年沒有新生兒了，這下真真是喜事連連啊。」兒子升遷、添丁全都有，可不是喜事連連？

張靜姝笑得溫婉。「多得祖宗庇佑。」

「對對對。」老夫人再次轉向祝修齊。「既然是休沐日，你今兒可得在家待一整天啊。如今那路平整得很，去章口也就一個多時辰，不著急啊！」

祝修齊自然沒有意見。「聽娘的。」他看向祝修遠。「多年未跟大哥暢飲，今兒可得好好喝兩杯再走。」

「哈哈哈，到時你可別暈著讓老周扛上馬車啊！」

兩兄弟頓時熱絡起來，高高興興地聊起往日對酌情況。

祝老夫人則向張靜姝問起路上是否順利，接著開始打聽蕪山縣那邊的情況，然後還聊到祝庭舟當了童生，這回回來怎麼安排……聊了幾句，王玉欣也跟著搭上話茬。

一時間場面熱鬧得很，但孩子們可不然，大房的孩子眉來眼去的不說，二房這邊也有些躁動了。

祝圓掃了眼四周，祝庭方屁股長草似的不停扭動，祝盈可憐兮兮地看著她，銀環姨娘不停安撫懷裡的男娃娃，張靜姝手裡的已經交給紅袖，也咿咿呀呀地開始鬧了。

「……哈哈，幾年前你可不是……」

「哎喲，窮地方果然是窮地方……」

大人們依舊聊著他們的，祝圓嘆了口氣，低頭不語。

接下來一家子熱熱鬧鬧地吃了頓午宴，大夥才散了去。

二房一家住的是老宅的蘅芷院，他們回來之前提前讓人傳訊，故而院子裡已經灑掃過一遍，乾淨得很，他們回來便直接能住了。

只是他們帶著許多行李，張靜姝還沒開始整理，祝圓便將她攆去歇息——開玩笑，她三十好幾的人，都快高齡產婦了，生完孩子才幾個月還不趕緊養著，累著了怎麼辦？

然後祝圓便坐在堂屋開始跟著管事娘子們清點歸置東西，比如他們家裡日常慣用的東西。還有蕪山縣沿途採買回來要送的禮，哪些要給老夫人的、哪些給大房子姪輩的、哪些要出去送禮的……全部都得翻出來檢查一遍，確認沒有破損髒污，連祝盈也被她拉著一起參與忙活。

林林總總，待所有事情忙完，都已經酉時了。

中午那頓吃得晚，也吃得豐盛，晚上便吃得簡單清淡些。許是體諒他們，祝老夫人讓人傳話，說他們舟車勞頓，晚上便隨意吃些，好好休息為重，二房諸人皆鬆了口氣。

一家人和和美美吃了頓飯，便齊齊出門送祝修齊離開——他得回章口了，剛上任，事情多得很，可不敢隨意離開。

「那邊已經安排妥當，你且安心忙正事，過幾天這邊穩妥了，我再過去看看。」張靜姝給他拉好披風，溫聲道。

祝修齊拍拍她的手。「我那邊有下人照顧，妳不用惦記我，妳這段日子辛苦了，先好好歇歇。」看了眼後頭的祝庭舟兄妹，壓低聲音道：「回頭多去走動走動，看看有什麼好人家。」

張靜姝點頭。「妾身省得。」

送走了祝修齊，幾人略聊了幾句，便各自回房安歇。

祝圓舒舒服服地泡了個熱水澡緩解一身的疲憊，出來便看到鋪了一地的金光。

「竟然都這個點了……」

夏至跟在她身後，手裡還抱著她剛換下的衣物，聞言笑道：「可不是，這一天天的，如今可算是安穩下來了。」

安穩？那真是未必了……祝圓伸了個懶腰，看了眼外頭。「妳也累了一個多月，給妳放兩天假，這兩天讓小滿伺候著就行了。」

夏至今年已經十九了，張靜姝說這兩年得給她找人家，故而又給祝圓買了個丫鬟，才十五歲，取名叫小滿。

夏至笑咪咪。「那我可得好好躺兩天了，這一路顛得奴才現在還覺得晃。」
「好好歇，歇夠了再來也行，不著急。」
「誒，謝謝姑娘！」
祝圓再看看天色。「點個燈吧，我練會兒字再睡。」
「好。」
不需要夏至忙活，守在屋裡的小滿連忙幫忙鋪紙磨墨。
最近正在給祝庭方啟蒙，祝圓索性翻了本千字文開始抄，打算明兒給其當做字帖練習。
「……雲騰致雨，露結為霜……」
「小丫頭。」
祝圓頓住。
「許久不見。」
祝圓暗嗤了聲，視而不見，繼續提筆往下寫：「金生麗水，玉出昆岡……」
「這是惱了？」
「劍號巨闕，珠稱夜光……」
「去歲的分紅還要嗎？」
祝圓一皺眉，王八！休想污了她的錢！
好幾個月都沒聲沒息，偶爾遇到也不搭理她……現在想聊就聊，當她尼古拉斯祝圓是好欺負的嗎？

祝圓冷笑一聲，提筆道：「喲你還沒死啊？我都給你燒了幾回紙錢了，別不是詐屍吧？」

謝崢。「……」看來，小丫頭果真是氣炸了。

謝崢還沒說話，祝圓已經刷刷刷地又刺了他一句——

「既然沒死，那這段時間是生病了？也是，你都一把年紀了，要是中個風，癱個一年半載，也挺正常的。」

不知怎的，謝崢竟有幾分心虛，下意識補了句。「這段時日有些不方便。」

「哦，那巧了，我也不方便了。」

謝崢愣了愣，等了一會兒，發現小丫頭連字都不練了，跑了。

這是不搭理他嗎？這可如何是好？

謝崢頗為苦惱。換了別人，他還能威逼利誘，這小丫頭……他竟有些無從下手之感。

「主子，水備好了。」一旁的安福忍不住又小聲催了句。

他們中午就回到京城，謝崢沒著急回宮，先去聊齋將這段時間積壓的事情先過了一遍，回到宮裡，日頭都快下山了。

這會兒謝崢身上還是灰撲撲的呢，看到他膝蓋、手肘處磨得發白、掉線的料子，安福心疼極了。他們家殿下何曾受過這樣的苦？

見他回來茶都顧不上喝一口便急急進屋寫字，安福忍不住催了幾回。

好在這回終於見效，只見謝崢扔下筆，起身走了兩步，又倒回去，將桌上紙張揉成團，扔進火盆，道：「燒了！」

安福愣了愣，忙應道：「誒。」好幾個月沒燒紙，他都忘了這茬了。

謝崢這才離開書房。

第十四章

第二天。

半夢半醒地睡了一覺，祝圓爬起來便覺得腦袋漲疼。

她其實有些認床，這一路都沒怎麼休息好，只是因為在車上時間多，白天能打一會兒盹，也就沒什麼，倒是把作息搞亂了……昨天白天完全沒歇息，現在睡了一夜，竟然還沒緩過來，肯定是被狗蛋氣到了。

好在祝家各房是各自吃早飯，吃完才去長福院跟祝老夫人說說話，這會兒她倒是不需要急匆匆的。

「……這份名單妳拿著，這些都是老爺舊日的人脈。回頭妳整理一下東西，挨家給人送份禮，也算是告訴大夥，修齊調回章口，往後可以接著走動了。」

「是。」

祝老夫人在指點張靜姝人情走禮，坐在下首的小輩們安靜地聽著。

「還有瓊兒，前年她出嫁的時候你們都沒在，如今回來，可得給她補一份禮。」

張靜姝笑著點點頭。「應當的。」

王玉欣打趣了句。「禮兒要是薄了我可不依啊。」

張靜姝笑容依舊。「那是自然，瓊兒也是我看著長大的，未能喝上她的喜酒已是遺憾，這第一回送禮，怎麼也不會薄了。」

祝老夫人看了她一眼。「你們帶回來的東西夠不夠送禮？」

張靜姝揀著名單慢慢看，心裡盤算了片刻，點頭。「夠的，路上都備齊了。」掃了眼眾人，笑道：「家裡人也都備了，回頭我讓人給你們送去。」

「那便好。」祝老夫人頓了頓，彷彿不經意般問了句。「這麼算，你們帶回來的東西不少，昨兒我看車隊長得都快看不到邊了，路上可還安全？」

「安全的，蕪山縣商隊多，鏢局也多，我們找了往北走的商隊一起上路，人多得很，還有鏢局的人，章口到京城治安良好，到了章口我就給他們結了帳，他們修整了兩天，應當已經回程了。」

祝老夫人點點頭。「怪不得你們敢帶回這許多東西……」

王玉欣笑著打趣道：「說來還是妳日子舒服，走南闖北的去了許多地方看了許多風景，不像我們，每天就院子裡一畝三分地，就算有那銀子也不知道能買啥。」

祝老夫人笑了。「出去外頭奔波著呢，可顧不上看景物！」完了話鋒一轉，看向張靜姝。「不是說蕪山縣窮得很嗎？怎的買了這許多東西？那邊買了一路帶回來，得多花多少銀子啊。」

王玉欣恍若也好奇。「我也想知道呢，南邊的東西跟咱們這邊有啥不一樣的，讓妳大老遠不辭辛勞地帶回來。」

張靜姝笑著搖搖頭。「不值幾個錢，蕪山縣的物件跟京城這邊不一樣，品種多且不貴，帶回來也跟在這邊買無甚差別，索性便在那邊買了。」

再便宜能便宜到哪兒去？「看來燕山縣不窮嘛，我看妳手頭彷彿比前些年鬆快了許多。」祝老夫人笑咪咪地打趣了句。「可是在燕山縣掙錢了？」

張靜姝笑容微斂，還嘆了口氣。「咱家爺這命啊……接連兩任都是窮地方，我們剛到燕山縣的時候，圓圓還生了場大病，險些過不下去。」

說到這兒，她略停了停，祝老夫人卻催促了句。「怎地不往下說？接下來可是找到什麼掙錢的路子？」

旁聽的祝庭舟心裡登時不舒服極了。他妹妹也是祖母看著長大的，怎麼病重險些過不下去，她也不問問呢？

張靜姝搭在腿上的手動了動，面上保持笑容，道：「那會兒還不曾，後來覺得不行了，就將我那些嫁妝銀子翻出來，做了點小生意，」她嘆了口氣。「掙了些許，日子才算是好過些了。」

祝老夫人滯了滯，乾笑。「何至於此……」

王玉欣的笑容也有幾分僵硬。

張靜姝恍若未見，接著又道：「嫁妝掙來的這些錢都花得差不多了，回頭我騰點嫁妝出來，再在京城裡開家鋪子，大錢掙不了，掙點小錢給圓圓幾個添妝也是好的。」

接連重複了兩遍「嫁妝」，還特地加重音，祝老夫人臉色便有些不好看了。「咱家是詩書人家，怎能天天琢磨這些銅臭事呢。」

張靜姝笑笑不說話，這話題便算過去了。

既然提及給祝圓幾個添妝，祝老夫人回憶了下。「我記得圓兒今年也十四了吧？怎的還沒說人家呢？」

聽到談及自己親事，祝圓微微低頭裝靦腆。

張靜姝笑笑。「這不等著回京後再相看嘛。」

「胡鬧！」祝老夫人板起臉。「難不成就這樣拖著？若不是老二調任，誰知道要在蕪山縣待幾年？」

張靜姝解釋。「不拘哪裡，今年都得開始了，若是留任，我們也看好了幾家，慢慢相看也來得及。」

祝老夫人看了眼祝圓，嘆道：「幸好回來了，圓兒這姿色，嫁去那些窮地方浪費了……」

祝圓心裡「切」了聲。

張靜姝宛若未聞，直接轉移話題。「玥兒今年不是十六了嗎？談好人家了沒？」

祝圓暗笑。是了，她才十四，叨叨啥，趕緊看看那個十六歲的祝玥啊！

提起這個，祝老夫人及王玉欣臉上便浮現幾分得意，對面的祝玥更是含羞帶怯地低下頭，再看滿屋子的姊妹兄弟們，人人都是與有榮焉的模樣。

只聽祝老夫人道：「玥兒啊，不著急。」她笑咪咪道：「咱家玥兒指不定有大氣運呢！」

「此話怎講？」

「咱家玥兒漂亮得體，秦家老夫人見了幾次，都讚不絕口呢！」

秦家？張靜姝略一想便轉過彎來，下意識看了眼同樣詫異的祝庭舟兄妹，然後伸出三根手指，壓低聲音問：「是那位的外家？」

王玉欣笑著噓了聲。「可別瞎說，八字還沒一撇呢。」

祝老夫人擺手。「畫像都要去了，就算不是正的，側室也是十拿九穩了。」

張靜姝登時皺眉。

王玉欣沒發現，半真半假地抱怨。「哎我這心可揪著呢，我家玥兒又懂事又漂亮，萬一真當了小的，我可捨不得……」

祝老夫人不以為然。「那是皇家的側室，能跟普通人家比嗎？」

「也是。」

張靜姝卻不贊同。「皇家相看拿畫冊很正常，安知結果定是好的？不能只將雞蛋押在他這一家吧……」

王玉欣自信滿滿。「安心，穩著呢。我家玥兒多的是人家來說親呢，不過是等著那邊的消息罷了。」

話已至此，張靜姝也不好多說什麼了。

王玉欣倒是突然想起什麼，轉頭問祝庭舟。「庭舟彷彿與三殿下相識？回頭可得多替我家玥兒說幾句好話啊。」

祝庭舟被問懵了。「姪兒與三殿下只是一面之緣……」

「誒別謙虛了，前年你考過童生試，殿下還讓人送了一份賀禮給你呢。」當時他們也送了信去蕪山縣，故而大夥都記得。

祝庭舟尷尬。「也就那麼一回——」

祝老夫人擺擺手。「那也是殿下惦記著你，回頭你備份禮，送去——」她卡住，三皇子還未開府呢，送去哪兒？

祝玥抿了抿嘴，細聲細氣地提醒道：「可以送去聊齋。」

「對對，」祝老夫人恍然。「回頭你備份禮送去聊齋，說給三殿下的便行了。」

這回輪到祝圓怔住了。聊齋？三皇子？

張靜姝對聊齋毫無所知，順口便問了句。「那聊齋是何地方？為何送去那兒？」

「聊齋是皇上去年開的書齋，三皇子似乎是在裡頭幫忙，這禮兒送過去聊齋，準錯不了。」

張靜姝了然。「回頭我備一份送過去。」

怎麼說人家也給她兒子送了賀禮，不管日後這位三皇子跟他們祝家怎麼牽扯，基本禮節往來還是要有的。

提及三皇子，王玉欣彷彿想起什麼，問道：「對了，說起來，二弟突然調任，是不是跟這三皇子……」有關係？

張靜姝連忙打斷她。「可不能亂說。」

王玉欣不解。「既然不是，那二弟是找了什麼門路，怎麼突然調到章口了？」還是從蕪山縣那種窮鄉僻壤調上來。

「我們家爺的性子大家都知道，盡心盡力是不必說的，不過，我估摸著跟稅改有些關係……」張靜姝遂將祝修齊與她提前商量好的話慢慢說出來。

這邊長輩們開始聊起了朝廷及外頭的事務，底下的小輩們也開始說話了。

屋子裡漸漸熱鬧起來，祝圓卻兀自捧著茶盞發呆。

聊齋、皇上、三皇子……

狗蛋說過，那鋪子是他自己打理的，難不成狗蛋是皇帝？不，不可能，他從來未批過奏摺。

答案彷彿呼之欲出，一切箭指皇三子。

這麼倒楣？祝圓不想相信，開始仔細琢磨，將以往的蛛絲馬跡串起來。

回憶了下那曾經有過一面之緣的瘦竹竿，祝圓搖頭。不，應該不是。就狗蛋那手字，沒個十幾年浸潤絕對練不出來！怎麼可能會是那個裝模作樣的小屁孩呢？

再者，三皇子當時才十四，皇上應該不會讓他去潞州親自涉險，而且她遇到三皇子的時候是在蘆州，並不是在潞州。

可潞州與蘆州也確實近……會不會三皇子只是同行，去鍍金？

要是從這角度解釋，那狗蛋可能是三皇子麾下之人。

她記得狗蛋是靠水泥方子升官——不對，他完全沒說過自己是官，工部不工部的，全是自己在扯，狗蛋完全沒有正面回覆過。
所以，水泥方子會不會是狗蛋交給了三皇子，三皇子再出面邀功？若是如此，那潞州之行，三皇子同行便說得過去。
對了，水泥方子最後還給了秦家，但狗蛋只能分五年利，若是皇子，那秦家應該巴不得年年給他送錢才是，可見狗蛋跟皇家之人牽扯不上關係。
將種種理由過了一遍，至此祝圓略微放鬆了些，再思及兩人大半年沒聯繫了，索性丟開不想，管他呢，不就是個網友嘛！
畢竟幾年沒見，長輩們還有話聊，晚輩們坐在那兒便是乾喝茶，順便大眼瞪小眼。
祝庭方性子調皮，坐不住，但祝圓打小管著他，一看他屁股扭動，立即甩了個眼神過去，他登時不動了。
這麼一打岔，她便順勢將狗蛋的事丟諸腦後。
上首幾位大老已經聊到了祝庭舟的學業問題。
「……庭舟如今跟著回來，修齊那邊有什麼打算嗎？」祝老夫人問了句。
張靜姝笑道：「他說想聽聽娘您的意見。」
祝老夫人想了想。「庭澤如今在西山書院，庭舟既然也過了童生試，回頭手書一封，問問那邊的山長，看看庭舟能不能過去學習。」
「好。」張靜姝欣然點頭。
接著祝老夫人又拉著大房家的幾名孩子問了幾句家常，便讓大夥散了，該學習的學習去，該打理家事的打理家事去。

祝老夫人視線一掃，看到站在其下首的祝庭舟，頓了頓，道：「幾年沒回來京城，讓庭清、玥兒帶你們去逛逛，剛好你們幾年沒見，一起逛逛熟絡熟絡。」

祝玥等人立即高興不已，祝庭舟、祝圓等人則從善如流。

於是，一行人磨磨蹭蹭的，直到巳時才出得門，好在老夫人發話了，說他們今兒可以在外頭吃，費用她包下了。

第一站直奔聊齋。

總共就那麼點路，且路上人多車多，車馬太多不好停放照顧，他們一行便只坐了兩輛，男女分開，挨挨擠擠、慢慢悠悠地往聊齋方向去。

祝圓雖然記著祝玥曾經做過的事，對她沒啥好感，可眼下坐在一起，又有幾個小蘿莉在，一聲不吭也不好，若是傷害了小孩子的幼小心靈，罪過就大了。

故而馬車一啟動，她便隨意挑了個話題開場。「二姊姊，京裡有什麼好玩的地方嗎？」

祝玥隨口道：「聊齋啊。」

祝圓佯裝詫異。「那不是書鋪子嗎？」

不等祝玥回答，十三歲的祝瑛插嘴道：「那不是普通的書鋪，那是皇上開的書鋪！裡頭可漂亮可雅致了！」

祝玥也笑著點頭。「妳們去看看便知道了。」

祝盈好奇。「姑娘家也能進去嗎？」

祝瑛與有榮焉。「那當然，皇上親筆題字的，哪裡還有假？我們都去過幾回了！」

祝玥柔聲解釋。「皇上說書齋乃是他為百姓謀的福祉，不管男女老少，無論身分高低，所有人都可進去參觀遊覽，只是必須衣冠整潔、安靜守禮。」

祝圓這回是真詫異了。竟然還有這政策？倒是不錯啊，也沒聽狗蛋——啊呸，他會說才有鬼了。

祝玥抿了抿嘴，看她一眼，彷彿有些不情願道：「咱倆還是得戴個淺露。」

這裡除了她跟祝圓，剩下最大的只有還未長開的祝瑛。

她自不必說，容貌昳麗，面若芙蓉，已出嫁的祝瓊都不及她，每回跟著她娘出去做客吃酒，都能引起眾人關注……這要是出門，就更不得了。她娘擔心，索性逢出門便給她戴個能遮住面容的淺露。

久而久之，她也習慣了眾人對她容貌的追捧，只是她沒想到祝圓竟然絲毫不輸她。

若說她是那華麗的芙蓉花，那祝圓便是那灼灼的桃花。

祝圓可不知道她在想什麼，很快反應過來。「好吧……」然後掀起簾子，揚聲問外頭。「小滿，給我帶淺露了嗎？」

淺露是一種紗帽，只遮至脖頸處，她從蕪山縣到京城的路上一直都有用，就是不知道今天小滿帶了沒，畢竟她在蕪山縣的時候，出門都是不用的。

在城裡，車馬走得慢，跟在邊上的小滿聽到叫喚忙走過來。「帶著呢，夫人早早就吩咐了。」完了順手將車簾子拽下來。

祝盈有些擔心。「那豈不是人員雜亂？」

「怎麼會？」祝玥笑笑。「屆時妳便知道了。」

祝盈張了張口，不吭聲了。

那邊祝瑛幾個小丫頭已經嘰嘰喳喳地聊起了月刊，祝圓便罷了，祝盈忍不住又發問了，祝瑛便比手畫腳地給她講解起來，祝圓自然跟著聽了許多，什麼經常能看到許多好詩作，什麼上頭的風土人情特別新奇，什麼小故事也好看……

「……聽說剛出的時候有位叫佩奇先生的話本，只出了兩期，第三期便被旁人狗尾續貂，再然後便直接沒了，好多人都扼腕呢！要不是前兩期的刊本已經沒有了，我都想買一本回來看看。」祝瑛遺憾不已。

祝圓笑容一滯。狗蛋讓人續寫那本《絕情書生農家婦》？豈有此理！

「這佩奇先生是誰啊？」祝盈好奇。「他的文采很好嗎？讓他接著寫啊。」

「聽說是雲遊去了，不知道現在何處呢……哎，別的不怕，就怕先生駕鶴了。」

佩奇先生祝圓。「……」

她面上笑容不變，心裡已經罵了不下百八十句。

說話間，馬車停了，祝玥掀起簾子看了眼。「到了。」然後解釋。「聊齋每天都有許多人，馬車只能到路口，咱們得走進去。」

祝圓點頭，接過小滿遞進來的淺露，隨手罩上。

祝庭舟等兄弟已經等在前邊，等她們出來，一行人便帶著丫鬟小廝浩浩蕩蕩走向聊齋。

一路過去，人流漸多，祝圓好奇地打量四周。

這條路很寬敞，兩旁是鋪子，看起來還都嶄新嶄新的，不光招牌，連瓦片、牆壁都彷彿是新的。

她略微一想，便轉過彎來。有皇帝御筆的聊齋杵在這兒，通往聊齋的這段路壓根不會少人，開鋪子簡直不要太賺。

不過真是懷念啊，這些牆壁竟然彷彿抹了水泥——嗯？水泥？

祝圓心裡一動，低頭看去，果不其然，連這裡的馬路都是水泥鋪就的。

呵，水泥都用上了嗎？祝圓冷笑一聲，瞇眼看向前方懸著「聊齋」的大門。

並排五扇敞開的大門，每個門口皆能自由出入，再過去兩邊，則分別站著兩名手扶長槍的護衛，看起來倒是頗有秩序的。

隨著人流走進大門，帶頭的祝庭清便停下來，朝祝玥道：「我帶庭舟進去了，妳照顧好妹妹們。」

祝玥點了點頭，一行人便分開了。

祝圓本還不知原因，直到進了書鋪大門後才發現，裡頭是分兩邊走的，男女各自分開，男走左，女走右，她跟著祝玥轉進右邊，光線陡然一亮——

一間足有三、四丈寬的屋子出現在面前。

不過說是屋子也不恰當，像是加寬的廊道，兩邊用木柵欄加輕紗當牆，紗牆中間是一排一排的書架，紗牆外頭才是真正的廊道。靠近院牆的廊道上全是姑娘、婦人，另一邊則全是男人，兩邊都能看到紗牆裡的裝潢和御筆字畫，倒是方便。

祝圓暗忖。原來是這樣分流啊……那想買書怎麼辦？

恰好祝玥開始低聲介紹了。「因為參觀者眾多，陛下便下令將其改成這般，方便咱們女人家進來，若是想要買書呢，這紗牆每隔一段距離便有個門洞，從門洞進去挑書即可。」

祝圓點頭。「多謝。」

祝玥愣了愣，扭過頭去。「走吧，裡頭的書多著呢。」

一行人信步前行。

祝圓一路慢慢欣賞，古人的審美還真是不錯，不說邊上的園景，連紗牆都雅致得很，每隔幾根木柱子便立著一個石雕燭台，大白天的還點著燈，淺淺淡淡的，映在紗牆上格外好看。

每隔幾公尺，便會出現一堵牆，將書架隔開，牆上還開著門洞，方便裡頭挑書的人自由穿梭，想必是原來的房屋隔牆。

祝圓瞅見前頭牆上懸掛著「雜記」牌子，忙喚停祝玥。「我想看看這一區的書，可以稍等片刻嗎？」

祝玥瞅了眼牌子，不樂意了。「待會還得跟三哥他們會合呢！」

祝庭清、祝庭舟與她都是十六，依次是三月、五月和八月生，故而她都得叫哥。

可祝圓出來就是為了買書，說不定還能撞大運碰到那什麼江成或者掌櫃呢……

思及此，祝圓索性道：「這邊有宮裡禁衛巡視，還有這許多人，想必治安好得很，咱們分開行動吧，反正晚點都得去用飯，不如就直接在路口那間酒樓吃吧，這樣待會我買了書，便能直接過去那邊找你們。」

「妳說福滿樓？」見祝圓點頭，祝玥爽快道：「行，那我們先去前頭晃晃。」然後問祝盈。「盈兒要跟我們一塊兒走嗎？」

祝盈下意識揪住祝圓的衣襬，祝圓輕咳一聲，將她往前推了推。

「妳跟二姊她們去吧，我這邊挑書還要好一會兒呢。」這聊齋如此新奇，小女孩定然還是想逛逛的。

祝盈抿了抿唇，遲疑地點點頭，祝圓鬆了口氣。

待她們走遠，祝圓領著小滿走入紗牆。

有淺露遮顏，加上到處都是人，祝圓兩人的行動並沒有引起關注，但也不好胡亂走動。她索性沈下心慢慢翻揀書冊，打算挑幾本合意的帶回去看，小滿安靜地跟在她身邊。

「小丫頭。」

手中書冊陡然浮現一行墨字，祝圓皺了皺眉。

「在聊齋？」

祝圓一驚，連忙放下書四處張望。只見周圍人來人往，旁邊書架前還站著幾名專心翻書冊的年輕人，也不知是不是看見有姑娘家，這些書生都特意避開了些，她身邊除了小滿再無旁人，更無人書寫。

祝圓蹙眉，再次低頭。

「……不在，無須尋找。」

祝圓暗自磨牙。最煩這人一副高深莫測的樣子了，可惜她手上沒筆墨，不然罵死他。

彷彿知道她心裡在想什麼，墨字繼續浮現。「去歲的分紅，要否？」

廢話！

「出來，福滿樓。」

祝圓震驚！狗蛋這是要見面?!

事出反常必有妖。她啪地一聲合上書冊，淡定地塞回書架，再取下另一本翻看。

連身分都不透露，還大半年不搭理她，想見她？呵，想想就好。

而謝崢此刻在哪兒呢？

他在聊齋後頭的辦公室。好幾個月不在，好多事情都堆著等他過目，比如這段時間的錢財去向，比如研發中心又做出了什麼奇奇怪怪的東西……

剛看完一冊報告，他合上冊子，丟到一邊，正準備重新揀一本查看，眼角一掃，就看到苦哈哈守在門邊的安福。

他隨口問了句。「安平那邊處理好了嗎？」

安福嘴唇動了動，小心翼翼道：「安平還在候著。」

謝崢頓住，皺眉。「人沒出來？」

安福苦笑。「還在鋪子裡轉悠呢。」

謝崢點點頭，想了想，鬼使神差般問了句。「你說，小孩子鬧彆扭要怎麼哄？」

「啊？」安福傻眼了，他偷覷了眼謝崢，發現他竟然彷彿是真的在問他，登時撓頭。

「奴才、奴才也沒見過幾個小孩……」最熟悉的就是他家殿下，可他家殿下打小就安靜，一點都不鬧人，他完全沒有經驗啊！

謝崢似乎也轉過彎來，朝他擺擺手。「算了。」

安福見他捏著眉心似乎真的在發愁，遲疑片刻，小聲道：「小孩子嘛，不都喜歡零嘴糕點嗎？買點這些哄一哄？」

謝崢動作一頓。小丫頭似乎真的挺喜歡吃零嘴糕點的，剛開始搞鋪子還是做點心鋪、糖水鋪子來著……

「京城哪家鋪子的點心味道好？」

安福又傻住了。

「你不知道？」謝崢語帶不滿。「往年送禮不都是你去買的嗎？」

安福苦著臉。「您要是問奴才哪家的包裝好，送禮體面，奴才還能答得上來……」

「那就多挑幾家，挑些好吃的，加上安平手裡的東西一起送過去。」

送去哪，他沒說，安福卻立即明白，他有些躊躇。

謝崢冷眼一掃。「還不快去？」

安福一哆嗦，忙不迭退了出去。

另一頭，祝圓好整以暇地逛完了整個書鋪，挑了一大堆書，走完最後一間紗牆屋，她跟小滿手裡都抱滿了書冊。

她看看左右，每間紗牆屋裡都有一名著灰藍色書生衫的小書僮，衣衫前後還分別縫了塊墨色「聊齋」字樣，一看便知道是書鋪的人。

祝圓的眼睛剛掃過去，那名十來歲的小書僮立刻輕快地小跑過來，拱了拱手，小聲詢問她可是要結帳。

祝圓點頭後，他便領著祝圓穿過門洞，來到院子中庭。

聊齋院子大，中庭部分是精緻園林造景，甚至還弄了個小小的池塘，裡頭養了幾尾小魚。池塘邊是水榭，水榭寬敞，裡頭擺上一排桌子，每張桌子前邊都排著隊伍，除了有灰藍衫子的書僮小聲指引和維持秩序，水榭周圍還守著幾名禁衛。

祝圓被小書僮領到這兒，交給了另一名略大些的書僮，然後她便被引到女眷隊伍行列，站在兩名戴著淺露、身邊跟著丫鬟的小姑娘後頭。

這兩位小姑娘皆是空手，書冊都在丫鬟手裡抱著呢，許是少見買這麼多書的，那兩位姑娘還回頭看了她幾眼。

小滿有些著急，小聲道：「姑娘，把書全給奴婢吧？奴婢拿得動。」

祝圓笑了。「我也拿得動啊。」

小滿。「……」不是這個意思。

還未等她說話，便聽到清朗的聲音打另一頭傳來。

「各位先生各位前輩，《大衍月刊》下月主題已經出來了，歡迎各位前來投稿！」

「張兄，許久未見了，這是我們下期的接稿主題，歡迎您再次投稿啊！」

「哎，陸先生，您上回的文章大受歡迎，這回還投稿嗎？看看，這是我們下期的主題，您看看有沒有想法？」

祝圓聞聲望去，一名天青色衫、上頭加縫「聊齋」字樣的年輕人正抱著一沓單子挨個派，聽其所言，是為下期月刊的徵文做宣傳。

那名年輕人派完其他隊伍後，遲疑了下，走了過來。

來買書的女眷大都是年輕女子，還多帶著丫鬟僕婦，年輕人也乖覺得很，一個個點頭哈腰叫夫人叫姑娘的，嘴巴叭叭叭，傳單一張不漏地塞進每位丫鬟僕婦的手裡。

祝圓忍俊不禁，很快年輕人便走到了她這邊的隊伍，看看她邊上的小滿，朝她兩人拱拱手。「姑娘家的丫鬟面生得很，是第一回過來嗎？」

抱著書的小滿戒備地看著他，祝圓點點頭。

一看祝圓搭理他，這人登時來勁了。「在下是聊齋的管事之一，姓江。」完了摸出一張稿紙，頓了頓，放到小滿那沓書上，笑道：「姑娘買這麼多書，可見是博學之人，平日裡若是有何詩作話本，可以來我們這邊投稿。」

姓江？祝圓暗忖。這麼巧？

她下意識打量此人，是個白面小帥哥，身姿挺拔，也不弱氣，天青色長衫套其身上，還挺好看的……

「咱家投稿的方式特別簡單，大門那邊的大堂兩側都擺著箱子，讓人將稿子投進去便可了。」

祝圓回神，朝他點點頭。這位江管事再次拱拱手，繼續宣傳他的徵稿去。

祝圓滿意地收回目光，如果這位就是那江成……還不錯嘛。

反正聊齋隨時都可以來，以後多觀察觀察，找個機會認識認識！

結了帳，祝圓跟小滿一人抱著一沓書往外走，才走到大堂處，便看見祝庭舟正伸長脖子在張望。

看見她們，他登時鬆了口氣，快步過來，將祝圓手裡的書冊接過去。

「怎麼這麼慢？」他抱怨道。「我還以為妳跑哪兒去了。」

「這麼大的鋪子，逛一圈不得要時間嗎？」祝圓不以為意。

「也是。」

兩人說說笑笑走出聊齋，臨出門前，祝圓還左右掃視了一遍——大堂兩側果真擺了幾個帶鎖的大箱。

她勾了勾唇。呵呵呵，臭狗蛋，給姊等著，有你後悔的時候！

到了福滿樓，不等冷臉的祝玥說話，祝圓便乖覺地給各位弟弟妹妹道歉，祝玥便不好再說什麼。

吃吃喝喝飽腹之後，年紀小的幾個習慣了午覺，不自覺便開始打瞌睡釣魚。

都是小孩子，飯前才讓人等了一會，祝圓便不好意思再帶人到處晃，只好提議打道回府——以後再出來晃悠便是了，她無須急於一時。

待坐上回程的馬車，她才驚覺自己忘了一件事——

狗蛋呢？他不是約在福滿樓見面？

她仔細回憶了一遍從進門到離開的所有過程，確認自己完全沒有看到任何可疑人員，是因為她戴著淺露，還是狗蛋又在玩她呢？

回到祝府後，一行人各自回各自院落，祝圓也回到自己的房間。

走了一上午，祝圓也累，索性擦洗一番爬上床歇了個晌。

醒來的時候，日頭已經開始西斜，她打了個哈欠，隨口問了句。「什麼時辰了？娘那邊有找我嗎？」

三月天，還有倒春寒，小滿快手給她套了件外套。「紅袖姊姊有來過，聽說您在睡，瞅了眼便走了。」

「誒？有說什麼事嗎？」

「沒有，就是夫人惦記著早上姑娘臉色不好，讓紅袖姊姊過來看看。」

「哦哦，娘就是愛操心……」祝圓又打了個哈欠。「幫忙準備一下，我練會兒字醒醒神，今天還沒練字呢。」

「是。」

鋪紙磨墨，提筆開寫，祝圓很快便沈浸其中。

小滿收拾好床鋪，提了個茶壺便悄悄出去了。片刻後，她再次回來，除了右手提著個裝滿熱水的茶壺，左手還抱著一大包東西。

她先將茶壺放下，抱著那包東西走到桌邊。

「姑娘。」

「嗯？」祝圓頭也不抬。

「有人、有人剛才塞給奴婢一包東西，說是給您的。」

祝圓停下筆，抬頭看去，小滿滿臉忐忑地將布包往前遞。

這套路，似曾相識啊！祝圓想到前兩年的分紅，不由得瞇了瞇眼。狗蛋難不成還往祝家塞了人？這麼大的布包，怎麼偷運到她這裡來的？

她擱下筆，將布包接過來，將小滿遣開。「去廚房那邊給我找個燒紙的容器。」

「誒。」

小滿剛到她身邊不到半年，還不知道她有燒紙的習慣，聽了吩咐雖然有些詫異，也不問，轉身便出去了，走的時候還不忘幫她把門帶上。

祝圓等她一走，快步過去拴上門，再返回桌邊，將布包打開。

裡頭有一個油紙包，還有一個竹篾編的小方筐，上頭用細繩纏了幾圈，打了個漂亮的花結，除此之外，別無他物，連張紙條都沒有。

祝圓當先解開油紙包，裡頭包著一千多兩的銀票——約莫就是去年的分紅了。

她滿意地將銀票放到一邊，接著研究那竹篾筐，謹慎地打量一遍，再拿起來晃了晃——晃動不明顯，但頗為墜手，裡頭應該有東西。

祝圓小心翼翼解開繩子，拉開竹篾筐——

口味各異的糕點塞滿了小筐，擠擠挨挨，連絲空隙都見不著。

祝圓愣住。不是，給紅利就給紅利，塞糕點是什麼意思？

為防萬一，祝圓肢解了小筐裡的所有糕點，確認裡頭沒有任何異常，也沒藏字條。

祝圓摸了摸下巴。難不成加料了？

哼，不吃肯定沒問題！

如此一想，祝圓果斷將其掃入紙簍——沒辦法，京城老宅這邊地方小，她自然沒法跟在蕪山縣似的自己一間書房。祝家女孩們的屋子都會加一道屏風，隔出一部分當書房，這會兒她書桌邊自然也有紙簍，擔心惹了蟲蟻，她還不忘細心地用包裹布連筐帶碎屑全部裹起來再扔進去。

完了她拍拍手，快樂地將銀票逐張摸了個遍，再收進錢箱裡——回頭得找個時間再縫幾個荷包藏銀票了。

剛收好，便聽到外頭有說話聲，小滿回來了。

祝圓忙快步過去將門栓拉開，再咻地一下奔回桌前抓起筆。

「姑娘……」小滿推開門，忐忑不安地走過來。「沒拿著火盆。」

祝圓詫異。「怎麼沒拿著？廚房沒有嗎？」

「廚房說，這會兒天不冷了，炭盆都收進庫房了，奴婢便又去了庫房，庫房說沒聽過哪位姑娘屋裡還要放火盆的，不肯給。」

好傢伙，祝圓頓時不裝了，把筆一扔，拍拍手。「走，我跟妳去庫房看看。」剛抬腳，又想到一事，連忙轉回來，指著紙簍裡的包裹。「這東西是誰給妳的？」

她想知道某些人是如何的神通廣大。

小滿搖頭。「奴婢不知，是府裡的一名婆子塞給我的。我問她叫啥，她還噓我，讓我別聲張呢。」

祝圓。「……」

雖然祝家不算什麼高門大戶，好歹也是兩名官員主家，有本事在祝家安插人手，狗蛋的身分——

呸！她不知道，也不想知道！

當務之急是調教丫鬟！祝圓瞪著小滿。「什麼都不知道妳也敢收？妳不怕誰扔個什麼東西進來壞我名聲？」

小滿震驚。「還會壞名聲的嗎？」

祝圓抹了把臉，她以為自己夠隨意了，這丫頭……行吧，畢竟是在蕪山縣買回來的丫頭，夏至估計還沒來得及教這些。

祝圓便將這種事情揉碎了跟她說，再把各種可能發生的結果說了一遍。

小滿咋舌。「大戶人家都這麼……的嗎？」這麼什麼，她也說不上來。

祝圓鄭重點頭，恐嚇道：「這些都是要命的招兒，以後可不能亂接別人的東西，知道嗎？」

小滿嚥了口口水，連連點頭。

祝圓這才作罷。「走，去拿盆。」

她就不信，她堂堂三姑娘，還拿不到一個燒炭的玩意！

不說她在庫房如何教訓下人，總歸小炭爐是順利拿到手了。

剛轉回來，恰好又是飯點，她便隨口跟她娘提了句，張靜姝的臉頓時沈了下來。

祝圓心內暗驚，自己似乎做錯了什麼？

隔日一早，大夥再次齊聚長福院。

行禮落坐後，張靜姝端起茶盞抿了口，然後放下，笑著道：「我們二房前些年不在便罷了，如今回來了，這家用的事情也該交一交了。」

還未等眾人反應過來，她便看向王玉欣。

「大嫂往年是交多少？我們二房比照你們的一塊兒交吧。」

王玉欣登時怔住，然後下意識看向祝老夫人。

後者輕咳一聲，說：「家裡田產鋪子都有，吃用能花幾個錢？只是你們都回來了，往後走禮都得從公中出，京城裡別的不多，繁文縟節倒是成天的來，花費甚多……這樣吧，修齊的俸祿給個七成，餘下的妳收著，日常要買點什麼也不至於掏不出錢。」

張靜姝似乎有些詫異。「大嫂往年都給這麼多啊！」然後有些為難。「我們才剛回來，路上花了不少，手頭沒有那麼多錢，加上如今都快四月……娘，要不我們今年給少一些吧？給個五成，您看如何？」

祝老夫人略猶豫了下，點頭。「行。」

張靜姝立馬開心了。「那我待會讓人給您送過來——誒，瞧我，都記混了，待會我就讓人送到世安堂。」現在掌家的是王玉欣呢。

祝老夫人點點頭，王玉欣也笑得頗為矜持。

「交了錢啊，我這心就定下來了。」張靜姝狀似鬆了口氣。「昨兒圓圓跟我說去庫房拿個炭盆都拿不著，我想著，大嫂管家那麼厲害，肯定不會有那起子小人踩高捧低。這麼看來，家裡怕是難得很……」她長噓短嘆。「可惜我們爺俸祿太少，不然我真想多幫幫家裡。」

祝老夫人跟王玉欣都有些不自在，尤其後者，臉皮都脹紅了。

坐在下首的祝圓忍不住在心裡喝了聲彩。剛開始她還以為老娘想不開傻傻給人送錢……可轉念一想，她老爹那俸祿，拿來吃用，再加月銀發放，每年都只是將將夠用，以後只需要交七成，什麼東西都由公中出，他們還省了三成呢。

最重要的是，以後他們家要吃點啥用點啥，府裡可沒有理由搪塞了。往後公中要是敢說沒錢，她娘就敢名正言順去查帳——她爹娘外任近六年，大房指不定都沒交過錢進公中，甚至還可能從公中撈了不少，管帳的王玉欣，怎麼敢苛扣他們？

硬剛算什麼？她娘這招圍魏救趙、聲東擊西、連環計……哎呀隨便什麼計謀了，反正就是高！對比之下，她果然還是太嫩了！

啊～～有娘的日子就是快樂～～

她在心裡拚命給自己娘吹彩虹屁，屋子裡的氣氛卻有些怪異。

祝玥瞅著不對，笑著打岔道：「這都快四月了，圓兒怎麼還要炭盆？身子這麼弱嗎？」

張靜姝冷下臉。「圓圓身體好得很。」

祝玥一怔，忙看向王玉欣，後者忙道：「我家玥兒不過隨口一說──」

「都要議親了，玥兒這般口無遮攔可不行，大嫂得空要教一教。」張靜姝神色淡淡。

王玉欣母女臉色便有些不好看了。

「還有，誰說炭爐必定是用來取暖的？我家圓圓已經說了是要用來燒稿紙，大嫂讀書不多便罷了，玥兒妳也讀好幾年書，想必聽過『文字既成，天為雨粟，鬼為夜哭，龍為潛藏』。敬惜字紙，不可污踐，因此自古以來便有惜字塔、焚字爐，如今我家圓圓為了防止字紙被污，日常習字後的紙張皆儘快焚燒，這要燒紙自然要用到那小炭爐……」張靜姝嘆了口氣，諄諄善誘道：「平日也不要總是看四書五經、三從四德，多看看別的書，眼界要開闊些。」

這番話，無異於當面搧了祝玥一耳光，王玉欣母女臉都黑了，卻說不出半句不是。

讀書更少的祝老夫人更扯不出什麼大道理反駁，只能聽出二房把大房的閨女給訓了一頓。她有些不悅。「好好兒的，妳訓她做什麼，日後庭舟幾個說不定還得靠她說好話——」

「娘這話可別再說了。」張靜姝打斷她。「玥兒還小不懂事，您也看不分明嗎？皇家擇媳是不看家世門第，卻最最看重規矩。你們鎮日叨叨說要跟皇家怎麼怎麼著，傳出去怕是要笑掉旁人大牙。」

王玉欣著急。「我家玥兒哪裡沒規矩了？」

張靜姝看著她。「那便再也不要提此事。」她語調溫柔，說出來的話卻鏗鏘有力。「若是秦家或宮裡真有半分意思，玥兒都十六了，他們早該遞話過來讓留著，怎麼至今沒個消息，難不成不怕人跑了嗎？」還不是沒有半點意思。王玉欣傻，祝老夫人可不傻啊，怕不是被哄得上頭了。

果然，她話剛落下，祝老夫人便陷入沈思。王玉欣氣急敗壞，卻不知道從何駁起。

這狀態接下來也無甚好聊的，祝老夫人索性便讓大夥散了。

離開長福院回到自家院子，張靜姝先把大夥安撫了一番，什麼安心過日子，缺了啥儘管去要，要不到就找她……這話其實還是衝著銀環、祝盈說的。這兩人，要是不看著點，怕是餓肚子都不會提出來。

祝圓怕祝庭舟犯傻，把人拽到角落，將剛才長福院的對話掰開了給他講解，完了他便有些鬱悶了。

祝圓可不管他，十六歲的男孩，擱這年代都快要成親生娃了，可不能再天真，家裡有娘以後有媳婦還好說，將來都要考科舉了，不懂這些彎彎繞繞的，怎麼當官？

見他依然想不開，祝圓索性將祝盈、祝庭方的教導扔給他——反正他的書院還未定下，閒著也是閒著。

完了她便膩歪到張靜姝身邊。「娘，您好厲害！」

張靜姝莞爾。「學著點，別天天跟火爐子似的一點就著。」

祝圓拚命點頭。「學，我以後就跟妳學了。」完了她忍不住感慨。「看來在蕪山縣真是委屈您了，都沒有您發揮的地方了。」

張靜姝。「……」

然後給她一記爆栗。

祝圓捂額低呼，完了又嘿嘿笑起來，問道：「娘，妳怎麼知道那位三皇子不中意二姊？」

張靜姝冷哼一聲，看看左右，壓低聲音。「妳忘了嗎？咱在蘆州的時候，秦家看上的可是妳。」

祝圓。「……」

「這跟我有什麼關係？那不就是辛嬸嬸一廂情願的想法而已嗎？」她抗議道。

「那我不管，誰讓她剛才說妳體弱，要不是她搶了妳的丫鬟，還給妳弄了個黑心丫頭，妳也不會落水病倒，差點連命都丟了！」張靜姝咬牙。「我早該看透他們的小家子氣。」

那會兒原主才十歲，祝修齊夫婦已然外任一年多，原主身邊的大丫鬟是張靜姝親自栽培起來，聰慧機敏，為人細心周全，留下來照顧她們幾個正合適。

也不知道那祝玥怎麼想的，仗著年紀小撒潑打滾要了那丫鬟，祝老夫人及王玉欣拗不過，順勢便將其調走，隨意換了個廚房燒火丫頭給祝圓，打那以後，留守在京裡的二房便常常吃不飽、吃不好……

大房許是不知道，抑或是不在乎，總歸，二房這邊仇是結大了。

祝圓想到那段日子和前前後後近一年的苦藥渣子，瞬間打了個冷顫。

張靜姝察覺，連忙握住她的手好聲安撫，這話題便略過不提了。

第十五章

祝圓頂著滿腦袋苦藥渣子的記憶回到自己屋，剛進院子便被夏至緊張兮兮地拉進屋裡，關門落門。

「怎麼啦？」祝圓莫名其妙。

夏至從角落裡掏出一個精緻的竹篾小筐，神情凝重道：「後院灑掃的田嬸給奴婢塞了這個，奴婢覺得不妥，便擅自拆了查看……」

祝圓。「……」怎麼又來了！

夏至將小筐遞給祝圓。「裡頭只是涼果糕點。」她不甚贊同。「姑娘，妳是不是在外頭招惹誰？怎的還往府裡塞這玩意的？也太摳門了吧？好歹送些珠釵玉飾什麼的，送涼果，是哄小孩呢！」

祝圓無語了，確實摳門！

等等！什麼叫她招惹誰？她清清白白得很，誰知道那臭狗蛋想幹麼……再說，臭狗蛋號稱年過五十，搞黃昏戀都嫌他太老。

哼，上回糕點，這回涼果加糕點……果真是把她當小孩哄了？沒門！

面對夏至的緊張疑問，祝圓無從說起，只能睜著杏眼裝無辜。「我不知道啊，不是妳拿進來的嗎？」

夏至啞然，想了想，她接著道：「這來路不明的東西，咱不能收，萬一將來……這可是個大把柄。」她皺著眉。「應當拿去給夫人看看，問問她怎麼辦。」

祝圓當然不會為狗蛋辯駁，如是，兩人便帶著小筐前往正房。

張靜姝一聽是外頭送來的，登時皺眉，先問夏至。「誰給妳的？怎麼給的？」

夏至便一五一十的說了，祝圓乖乖等在旁邊，一聲不吭。

張靜姝皺眉沈吟了片刻，點頭。「我知道了，妳做得很好，以後都要這般守著，也得教教小滿，那丫頭有點呆。」

夏至自然點頭應喏。

接著張靜姝轉向祝圓。「妳在京裡有認識的人？」

「沒有！」祝圓理直氣壯。「我才剛回來幾天，能認識誰啊？」

張靜姝不解，自言自語道：「那就奇了，若沒有相識的，誰會給妳塞東西？」

夏至跟著點頭。「還偷偷摸摸！」

祝圓一臉無辜，想了想，跟著補了句。「哦，昨日小滿也收到一件，裡頭也是糕點，被我扔了。」

家裡隨時隨地被人盯著什麼的，太可怕了，索性直接剁了他的爪子。

張靜姝一聽昨兒也送了，臉登時黑了。

祝圓連忙補了句。「我以為只有一次，就攔著小滿沒跟您說。」

張靜姝給了她一記爆栗，轉頭立即讓人把小滿叫來。

當天下午，那位給祝圓丫頭遞了兩回東西的田嬸便不見了，也不知道府裡怎麼安排，祝圓不想問也不想知道。只是，當她歇晌起來練字時，謝崢便來問了。

「錢到手了過河拆橋？」把他的人給弄走，他自然第一時間知道了。

祝圓翻了個白眼，不搭理他。

「明年的分紅妳不想要了？」

祝圓憋不住了，果斷懟回去。「你如此神通廣大，千里之外的蕪山縣都能送過去，京城反而送不到？你哄誰呢？」

終於被懟，謝崢反倒鬆了口氣，直接問她。「昨兒為何不去福滿樓？」

祝圓冷笑。「姊姊我不見閒雜人等。」

謝崢皺眉。「那是我的親信。」算不得閒雜人等。

竟然是親信不是本人？祝圓氣憤，虧她還以為這廝親自出來呢。「憑啥讓我去見下人?!」她對下人沒意見，是對這廝的態度有意見！「都能送到蕪山縣，怎麼如今都在京城了，還得我自己跑腿？」

這副高高在上的嘴臉……呸！

謝崢輕咳一聲。「我忙，順便也是想讓妳認認人。」以後有什麼事接頭也方便。

祝圓聽出言外之意，可那句「忙」讓她怒意直線飆漲。「你能比皇帝老兒忙嗎？」忙得大半年沒空搭理她？

知她還在生氣前些日子的不理不睬，謝崢有些心虛，想寫幾句軟話，狼毫落到紙上，又不由自主地拐了個彎。「我去的話，怕嚇著妳了。」

至於為什麼會嚇著，他並沒有言明。他想，回京幾日的小丫頭應該能明白。

祝圓諷刺。「你這話好笑了，你又不是三頭六臂！我怕你作甚？」完了不等他回答，立馬轉移話題。「還有，你說你做的是人幹的事嗎？」

謝崢茫然。

「接連兩天往我府裡塞東西，你也不怕損了我的名聲？我看你分明是想卸磨殺驢、過河拆橋！」

謝崢扶額。「妳區區一個小丫頭，又助我良多，我殺妳作甚？」

「那你還幹這種偷偷摸摸的勾當？你分明就是想害我！」

謝崢啼笑皆非。「若不是妳捅出去，此事豈會被人得知？」

祝圓大怒。「怪我嘍？」

不然呢？謝崢心知這話出去，小丫頭必定更氣，索性便不寫字了。

這分明就是默認！祝圓氣死了。「你給我等著！」

扔下這一句，祝圓便撂了筆。

另一頭的謝崢也頗為滿意地放下筆。小丫頭活潑依舊，雖仍然惱他，好歹是不怕他，那便無須太過擔心。

再者，為了哄小丫頭開顏，埋在祝家的一枚釘子已經折了進去，斷不可能再折了其他線，所幸她還在氣頭上……再緩緩吧。

於是，他便將祝圓擱到一邊，再次投入忙碌之中。
兩人之間再次進入詭異的沈默，你寫你的，我寫我的，互不相干，互不搭理。

回到京城休息了幾天，祝圓便開始折騰她的玉蘭妝了。
沒錯，她的玉蘭妝。
為了防止別人插手，張靜姝直接在祝老夫人面前過了明路，說是自己掏嫁妝給祝圓練手開鋪子，做得好了就給她當添妝，做不好……自己親閨女，咬咬牙認了。
她這話撂下了，祝老夫人及大房諸人自然不好過問，於是，這玉蘭妝便明明白白地過在祝圓名下——當然，賺來的錢，她還是要跟她娘這個大股東分紅的。
她與張靜姝商量過後，找伢子在距離興旺街道不遠的地方買了套小宅，然後裝修，並且按照她的想法大改。
好在她現在儼然就是個小富婆，再有張靜姝合股，這點錢還是出得起。加上玉蘭妝的原班人馬已經被調教得很好，錢給到位了，祝圓便只需要遠程遙控，偶爾過去溜達一圈便足夠了。
再然後，她便被張靜姝抓去串門子，開啟京城的應酬生活了。本來應該更早一些的，奈何她最近長高了許多，去年的衣裳都不合穿了，等新衣裳等了一段日子。
說起應酬，就不得不提祝家的交際圈。
張靜姝前些年不在京裡，以前結識的圈子人脈皆已淡去不少，加上她娘家在儋川，不在此處，這能走動的人家便更少了。

好在剛回京的時候，祝老夫人給了份名帖讓張靜姝去走禮，趁著送禮，她便透了幾分意思出去——比如她家兒子拿下童生試，準備明年考秀才啊，比如她家女兒今年十四還沒個著落啊，云云。

於是，轉月，便陸續有帖子送到祝家，邀請張靜姝去吃酒參宴，祝圓便是在這種狀況下被趕鴨子上架。

這是祝圓正式在京城亮相的第一場宴席，張靜姝分外重視，一大早過來盯著她梳洗上妝不說，還親自給她挑了身桃紅色長裙。

完了她盯著祝圓看了半晌，嘆了口氣。「真是長大了呀……我知妳性子，妳這人看似安靜，實則性子野得很。」

祝圓抬頭看她。

「妳這般性子，將來定然不可能安於後宅，每日只與人談論妝花器飾……娘希望妳將來也是開開心心，想做什麼便做什麼，習字看書掙錢——」

祝圓希冀地看著她。「那我能不嫁人嗎？」

張靜姝板起臉。「不行。」

祝圓沮喪。

張靜姝軟下語氣。「姑娘家怎麼能不嫁人呢？妳萬不可有此想法。」她溫溫柔柔地誘導。「我們現在相看人家，不就是為了將來日子好過嗎？我們家有妳爹有妳哥，並不需要妳去為家裡博前程，妳的日子過得好，我們才能安心。」
「既然有爹有哥哥，為啥我不能自己過啊……」祝圓嘟囔。「再不濟，讓我自己挑也行。」
「現在不是帶妳出門自己挑嗎？」
祝圓撇嘴。「又看不著人。」
張靜姝皺眉。「哪個姑娘成親前能見著人？」她諄諄善誘。「男人還是得看人品及才學，皮相只是外在，若是能找到那些個家裡關係簡單的，妳嫁過去省心省事，手裡又有錢，日子不是過得舒舒服服的嗎？」
祝圓嘟囔。「那也還得看男人和公婆臉色。」
張靜姝好笑。「公婆也不可能一輩子處著，再說，妳看妳爹給我臉色了嗎？」她摸摸祝圓鬢髮。「有些東西不需要硬要，咱們是女人，要用女人的辦法去讓男人服軟。」
女人的辦法……祝圓詭異地看向張靜姝。她娘這是在開車嗎？
被她這麼一看，張靜姝總覺得不對味，索性拍拍她腦袋。「反正聽我的沒錯。」
然後便帶著她出門了。
第一場去吃的是祝老太爺往日的同僚、正六品翰林院修撰張家孫輩的百日宴，故而祝家老夫人並王玉欣母女亦有同行，尤其是後者，也不知是不是上回被張靜姝懟了，王玉欣這回終於帶著祝玥出門了。
一行人來到宴席上，祝玥便罷了，好歹還是出過幾次門，這第一回見人的祝圓一進門，好些人都眼睛一亮。

眉如翠羽，肌如白雪，加上那身桃紅色裙裳，襯得那杏眼桃腮更為嬌俏，活脫脫小美人一枚。只這年歲尚小，再出落兩年，必定更為漂亮，還有就是不愛笑，瞧著木訥得很。

整場宴席下來，祝圓真沒有半分笑模樣——廢話，被人當商品一般評頭論足，問這問那的，誰開心得起來？

可惜，即便她不笑，條件擺在那兒呢！通讀詩書，略懂書琴，還會管事理家掙錢，再加上這外貌……還有個十三歲便過了童生試的哥哥。

最重要的是，其爹爹是章口新上任的縣令——章口！

自從水泥路通了後，各方經濟彙聚，章口已經不再是當年的小縣城了，除了地方小些，它與州府也無甚差別了。尤其這地兒就在天子腳下，倘若做得好，功績無人敢搶，祝修齊將來的前途不可限量。

再加上張靜姝笑談間流露出去的幾個條件……什麼不拘家世門第，只求人品端方、家裡簡單、識文通墨等等。

總而言之，就是要低嫁！

這裡可是京城，別說高門大戶多，低門小戶的讀書人那真真是滿地跑，不說別的，翰林院那一圈子的人都知道了。

沒過兩天，張靜姝便收到許多帖子，這個賞花那個看景的，各種名目都有，喜得向來溫婉文靜的張靜姝笑得見牙不見眼。

祝圓聽說明兒又得出門，暗嘆了口氣，慢騰騰挪回屋裡。

心情不好，練琴也練得亂七八糟，她索性去練字。

剛寫了幾個字，蒼勁的墨字陡然浮現——

「妳前兩日出門吃酒了。」

肯定句。

祝圓本就心情糟糕，看到這話，那股子火氣便蹭得一下冒出來，提筆就問：「你監視我?!我們家是不是還有你的人？」

謝崢不答反問。「妳在相看人家？」

祝圓冷笑。「關你屁事？」

謝崢擰眉。「不可污言。」

「哦。」祝圓從善如流。「那你再問一遍，我剛才沒看清楚。」

謝崢知她必有後招，依然忍不住又問了一遍。

祝圓答曰：「干卿底事？」夠文雅了吧？

謝崢。「……」

沒等他落筆，祝圓接著又道：「是不是又要拿明年的分紅威脅我？我告訴你，我現在不稀罕了！」

錢都不要？謝崢終於反應過來。「誰惹著妳了？」這火氣大的，隔著紙張都燒到他身上了。

祝圓不耐煩。「你裝什麼傻？你在我們祝家放探子，又監視我，你究竟想做什麼？直接點！」

謝峥沈默片刻，道：「我並無惡意，妳誤會了。」

「誤會？你家誤會是隨便往人家裡塞探子、還監視別人家情況的？」

謝峥想了想。「那是特地為妳安插的。」

這廝竟然承認了？祝圓不敢置信。「我該說什麼？不勝榮幸？」

謝峥輕咳一聲。「倒也不必，只送了兩回糕點。」頓住，他恍若隨口般問了句。「點心可適口？」

「……」

……怎麼從這話裡看出幾分討好的味道？祝圓想了想，道：「全扔了。」

祝圓看著紙張上暈開的墨汁，心情陡然漂亮了許多。「嘿嘿，來路不明的東西，換你你吃嗎？」

謝峥無言以對。

半晌，他索性直接問：「那妳喜歡何物？」

祝圓眨眨眼。「幹麼？想討好我？」

「然。」

事出反常必有妖。祝圓戒備。「你想幹麼？」想了想，又警告他。「不許動我分紅！」

開始緊張錢了，看來心情好多了。謝峥輕咳一聲。「慶祝妳回京，以及，慶祝日後妳可以親自投稿。」

不說別的，這丫頭寫的話本確實跌宕起伏，新穎過人。

提起這個祝圓就想揍人。「我可是聽說了，你把我那驚才絕豔的話本給掐了！」

驚才絕豔……謝崢無言以對。

「哼！偌大一間書鋪，竟然只掙了那麼點錢！」那分紅跟前年幾乎差不多，可見聊齋壓根沒掙幾個錢。

謝崢無奈。「廣告未上，費用未回籠。」他還未鋪開廣告的路子便被扔進封坮大營，這些後續發展雖列了企劃書，可掌櫃等人找不到人，也不敢擅自行動，便擱置了。

祝圓眼睛一亮。「打算什麼時候上？四月……哦四月的已經出刊了，那就是五月上？」

「如無意外。」

祝圓嘿嘿笑。「你剛才不是問我喜歡何物嗎？」

「說。」

「幫我個忙～～幫了這個忙，我就既往不咎！」這傢伙送點心、問喜好，不就是想道歉又拉不下面子嘛！既然這傢伙說不出來，那就她自己上！

趁他心虛，狠狠撈一把！

在宮裡的謝崢愉悅地擱下筆，將桌上紙張揭起，團成團，扔進火盆。「準備一下，去趟聊齋。」

「是。」伺候的安瑞偷覷了他一眼，舒了口氣，忙不迭小跑過來點火燒紙。
謝崢聽見了，隨口問道：「好端端為何嘆氣？」
安瑞笑著道：「奴才是感慨。」
謝崢掃了他一眼。
安瑞識趣，乖乖解釋。「這書法果真是跟外頭說的一樣，有安神靜心的功效。主子連著幾天不開懷了，今兒寫了不到半個時辰，都看見笑容了。」
謝崢怔住。
他猛然想起，他問的問題，小丫頭壓根沒回答！他不光沒得到答案，還賠了東西。
眼見謝崢瞬間黑了臉，安瑞以為自己說錯話了，立馬苦下臉。「奴才——」
謝崢深吸口氣，沈聲道：「找人去查一下，我要知道祝家都收了哪些人家的帖子！」
「啊？是！」
收到冷眼，安瑞打了個激靈，急忙應喏。
連問都不需要問，主子要知道的，鐵定又是祝家二房的情況。
近兩年來，他跟安福都處理過數次與之相關的事情……也不知道這家子有什麼值得關注的。
四月二十二，天氣晴好。
今天，張靜姝要帶祝圓去翰林院薛講學薛大人家裡，參加薛老夫人的壽宴。

帖子是前幾日收到的，也提前與長福院那邊打過招呼，吃過早飯後，張靜姝母女便開始梳妝打扮，待捯飭好了，再與王玉欣母女會合，一同出發前往薛家。

地點位於城內，路上人多車多，四人便分坐兩乘小車——輕車出行，較不容易堵塞。

馬車裡，張靜姝看祝圓又開始苦著臉，忍不住嘆氣，忙抓緊時間教訓她。

「妳這倔勁真是隨妳爹。」她無奈不已。「讓妳去吃酒參宴，跟要妳命似的。」

祝圓也想嘆氣。「這種相看……一個個對我評頭論足的，煩人得很。」不知道的還以為她是待價而沽的小姐。

「自古以來便是如此。」張靜姝不以為然。「我給妳找的人家，全是衝著嫡長媳位置去的，影響的可是後世三代子孫，哪個敢輕易定下？挑揀才是必然。」

「那怎麼都是他們挑我，沒有我挑別人？」

「我不是在嗎？」張靜姝放軟語氣。「我們可以挑幾個出來，回頭娘讓人去打聽的時候，再找機會給妳瞅一眼。」

瞅一眼能幹啥？祝圓依舊悶悶不樂。

張靜姝蹙眉。「不然妳當如何？」她靈光一閃，想到某件事情，登時神色大變，壓低聲音問：「難不成，妳與什麼人有了那什麼……」私相授受？

祝圓還沒反應過來，茫然看她。「有了啥？」

張靜姝想了想，委婉道：「妳是不是認識了什麼外男？」

祝圓愣住。「娘，我天天跟妳在一塊，去哪裡認識人？」

「那妳為何不樂意相看，還總說要自己找？」張靜姝盯著她，聲音又低了幾分。「上回那兩份點心，妳當真不知道是誰給的？」

祝圓頓了一下。

張靜姝心一沈。「妳竟然——」她氣急敗壞。「妳是不是犯傻了？這種事情都——」

「沒有沒有！娘！我沒有！」祝圓嚇了一跳，急忙摟住她胳膊，另一手舉起做發誓狀。「我對天發誓，絕對沒有與任何外男有任何私底下的接觸，倘若我騙人，就讓我天打雷劈不得好——」

「呸呸呸！」張靜姝一把捂住她嘴巴，訓斥道：「沒有便沒有，怎麼能胡亂說話？」完了鬆開她，雙手合十，閉上眼睛喃喃。「孩子不懂事瞎說話，老天有怪莫怪！」完了瞪她一眼。

祝圓無辜極了，若不是她胡亂猜測，自己何必發誓……

好在張靜姝也沒時間訓斥她，薛府到了。

馬車駛入二院門口，下了車，幾人在僕婦們的引導下來到薛老夫人的居所，照例先是一番寒暄和介紹。

祝圓面上一直維持著禮貌性的淺笑，待行禮寒暄終於過了，坐下來，她便收了笑容，坐在微笑從容的祝玥旁邊安靜地當個木頭人。

屋裡的客人越來越多，掃到她身上的視線也越發多了，祝圓煩不勝煩，索性捧起茶碗，低頭裝喝茶，茶杯就擺在嘴邊，下意識的總會抿上一口，幾次下來，她的杯子就空了。

她環視一圈，看著滿屋子目的不純的夫人姑娘們，暗嘆了口氣，繼續捧著空茶碗裝死。

不知誰打趣了句，一群婦人連帶上座的薛老夫人全都哄笑出聲，氣氛正熱絡呢，一名丫鬟疾步從外頭進來，完全顧不上行禮，附耳到薛老夫人耳邊說了幾句。

後者的臉色立馬便變了。「當真？」

丫鬟點頭。

「快快，趕快把人請進來！」薛老夫人一迭連聲道。

丫鬟掃了眼眾人，遲疑了下。

「愣著幹什麼?!」薛老夫人呵斥。

丫鬟嚇了一跳，應了聲便急急轉身出去，薛老夫人忙又招手讓另一丫鬟扶自己起身。

大夥面面相覷，有那與薛家相熟的正想開口問，眼角一掃，便看到一名身姿挺拔的少年走了進來。

看到的人還在想這是哪家的孩子？這般沒禮數——

薛老夫人卻已然迎了上去，顫巍巍跪下。「見過三殿下！不知殿下前來，有失遠迎，萬望恕罪！」

眾人懵了。這位是三皇子？怎的闖入後宅地方？

那少年正是謝崢。

見老人家跪下，他忙伸手欲扶。「老人家快快請起。」

無須他示意，跟在後頭的安瑞已然箭步過去，把薛老夫人攙扶起來。

眾人哪還敢愣著，紛紛跪下行禮。

祝圓聽見動靜的時候還有些愣怔，待看清楚那名似有幾分眼熟的少年，心裡頓時奔過一群草泥馬。

一番行禮過後，陪同在側的薛大人朝眾人拱了拱手，歉然道：「打擾諸位了。」

謝崢溫聲解釋。「今日拜訪薛先生，沒想到竟是老夫人壽辰，便進來給老夫人道聲吉祥，擾了諸位夫人興致，萬望見諒。」

眾人紛紛說不打緊，薛老夫人也連連擺手。「不礙事不礙事，殿下這般客氣，老身才是受寵若驚。」

謝崢正色，朝她拱手行禮。「晚輩謝崢，祝老夫人松鶴長春、後福無疆。」

「謝殿下金口！」薛老夫人激動不已，回了半禮。

說完祝語，謝崢放下手，神色溫和道：「我此次拜訪薛先生，未曾料到老夫人壽辰，空手而來，倍感不安，今日先給您道個福，回頭再讓人給您補份厚禮。」

「使不得使不得！」薛老夫人急忙搖頭。

薛先生捋了捋長鬚，笑呵呵道：「娘您別為難殿下了，收了便是了。」

謝崢拱手。「先生明理。」

薛老夫人這才應了。

道了福，全了禮數，略微寒暄了幾句，謝崢便要告辭離開，被丫鬟攙扶著的薛老夫人要送，謝崢又停下勸她。

「老人家不必客氣，此處還有許多客人等著您招呼，無須太過——」他視線一掃，頓住，似乎頗為意外。「祝夫人竟也在此？」

候在邊上的張靜姝與王玉欣同時抬頭，前者愕然，後者驚喜，連薛老夫人也詫異。

「殿下，您見過祝家夫人？」

謝崢略解釋了句。「有幸見過一面。」然後朝張靜姝道：「不知道夫人可還記得我？」

王玉欣面上的驚喜還沒來得及收起便僵住了，薛老夫人等人跟著看向張靜姝。

張靜姝無奈，走前兩步，福了一禮。「妾身見過三殿下，殿下萬福金安。」然後才回話。「兩年未見，殿下長大了不少。」言外之意，還是記得的。

謝崢狀似感慨。「沒想到蘆州一別，竟在京城相見。對了，庭舟是否也回來了？」

「是，也在京裡。」

謝崢點頭。「回頭我去找他敘敘舊。」頓了頓，他又問：「我記得當初你們是去蘆州尋醫……祝姑娘如今身體可好？」

話音剛落，眼角便掃到一抹身影往後挪動，他眼底閃過一抹笑意。

張靜姝不卑不亢。「勞殿下惦記，小女身體安康，與常人並無不同。」

謝崢點頭。「那就好，她年紀還小，早調理早好。若是有需要，可派人到聊齋傳訊，我幫你們找名好大夫看看。」

「謝殿下關心。」張靜姝猶豫片刻，終於還是道：「小女也在此處，且讓她給殿下見個禮。」回頭，低喚了聲。「圓圓。」

縮在祝玥後頭的祝圓僵了僵，不甘不願地走出來，也不上前，只遠遠福了福身，垂眉斂目道：「民女祝三見過三殿下。」

皎若太陽升朝霞，灼若芙蕖出淥波。身著桃紅色裙裳的十四歲姑娘已初見韶容，再長兩年，怕更是豔色逼人。

比之上一回驚鴻一瞥所見的樸素清麗，還要灼人。

謝崢眼底飛快閃過驚豔，好在他畢竟不是真的十幾歲少年，驚豔之感稍縱即逝。

眾人只見他輕輕點頭，一副長輩模樣，道：「長大了啊，差點認不出來了。」

裝模作樣！這話讓她怎麼接？祝圓心裡暗罵，面上可不敢顯露出來，所有人都盯著她呢。

她假裝躊躇，緊張地往張靜姝方向望去，後者朝她搖搖頭。

意思是，不用她多說？

果不其然，謝崢確實也沒打算讓她回答，說完這一句話便轉回身去，朝張靜姝道：「此處不便多聊，日後有機會必定登門拜訪。」

「是，祝家必定掃榻相迎。」張靜姝福身。

謝崢點點頭，轉回去再次與薛老夫人辭行，一番推拒後，終是把老夫人勸下，由薛先生送出門。

等他們出了院子，在座的婦孺們齊齊鬆了口氣，動作太一致，導致呼氣的動靜一清二楚，大夥頓時笑了。

薛老夫人笑著自嘲了句。「三殿下雖說年紀小，可這氣勢……我一把年紀了，與他說話竟然都有些哆嗦。」

「可不是，我大氣都不敢喘一下的。」

「不過殿下長得真不錯，看起來一點也不文弱，若不是那一身貴氣，我都不敢信了。」

「聽說他前些日子被皇上罰了，在封圻大營練了大半年呢，看來是把身板都練起來了。」

下首的祝圓立馬豎起耳朵。

「怪不得。」

有人不服氣了。「皇子皇孫下軍營，都是為了鍍金，哪有實打實去練的？」

「這妳就不知道了，我家那位與封圻大營的田指揮使還算熟，這位田指揮使，那是出了名的鐵面無私，三殿下又是被罰進去的，在裡面怕是沒討著好……」

「噓！」

「哎喲，瞧我們，這話題都拐到哪兒了——誒，對了，張姊姊，妳竟然與三殿下認識，可不曾聽妳說過啊。」

張靜姝正聽著呢，突然一群人齊刷刷看過來，她動作一頓，笑道：「不過是巧合。」然後便將當年帶兒女前往蘆州考試求醫的事簡單說了幾句。

「倒也是巧……」

「哎，沒想到三殿下還記著。」

「說起來三殿下也該議親了……」
「早就開始了，若不是他被困封坮大營大半年，指不定都定了呢。」
「也不知道哪家姑娘有福氣，別的不說，三殿下掙錢的能力可真是一等一的。」
「對對，看那聊齋，每天多少人啊……」
上首的長輩們說說笑笑，彷彿無事發生。
底下的小輩們定力不如她們，注意力幾乎都集中在低頭喝茶的祝圓身上。
竊竊私語便罷了，那時不時掃過的視線刺得祝圓渾身難受，一直跟她挨在一起的祝玥更彷彿突然活潑了起來，與另一邊的小姑娘聊得熱火朝天，理都沒理她。
雖然她參宴的時候也不愛說話……可自主當透明跟被排斥，是兩碼事好吧。
無妄之災。
好不容易熬到宴席結束，上了馬車後，終於不用面對眾人矚目的祝圓長舒了口氣，張靜姝也同時嘆了口氣。
兩人對視，忍不住齊齊笑了起來。
也就笑了一會兒，張靜姝很快便恢復冷靜，彷彿自語般道：「這位三殿下竟然還記得我們家，當真是記性好？」
祝圓乾笑。「他是不是與哥哥很投契？前年不是還送了禮到家裡，祝賀他過了童生試嗎？」
「是嗎？」張靜姝總覺得有什麼地方不對。

祝圓煞有介事地道：「或許有爹爹的因素在。爹不是剛調回章口嗎？他一空頭皇子，肯定是看好爹爹，才過來套近乎的。」

「或許吧。」話雖如此，張靜姝依然沒有開懷，甚至又嘆了口氣。

祝圓以為她還在發愁，遂道：「那都是爹爹跟哥哥該煩惱的事，您就別想了。」

張靜姝沒好氣。「誰說我愁他們，我是愁妳這丫頭。」

「啊？」

「妳爹說了，妳哥如今學業為重，等他入了書院考到功名再議親也不晚，倒是妳……」

祝圓忙道：「我也不急，我還小呢！」

張靜姝白她一眼，再次嘆氣。「如今這三皇子橫插一腳……妳這親事啊，短期內是沒人敢問了。」

祝圓。「……」

「就因為那傢伙跟我說了兩句話？」她不相信。

「他何止說了兩句，」張靜姝咬牙。「他還惦記了妳兩年呢！」

祝圓張大眼，別說這種磣人的話！

「不是，他就客套那麼一句，而且不是還說了哥哥嗎？」祝圓抗議。

張靜姝皺眉。「他在京裡十幾年，滿屋子的姑娘，難不成就只見過妳嗎？天真。」

祝圓。「……」

張靜姝愁容滿面，想了又想，她道：「不行，這兩日我得去趟章口。」看看祝修齊怎麼說，接下來該怎麼辦。

祝圓不敢吭聲了。

回到祝府已是申時，張靜姝換了身衣服，略歇了歇，又去了長福院。

祝圓估計她是要去跟老夫人談談今天三殿下到場的問題，別的都好，就怕大房打小報告亂說話。

有老娘出動，祝圓是半點不擔心，她換了身衣服便躲回自己屋裡發呆去了。

剛癱了片刻，熟悉的蒼勁墨字便在牆上字畫裡顯現。

祝圓登時回魂，瞪著那墨字咬牙切齒，夏至剛巧經過，嚇了一跳，忙問：「姑娘怎麼了？」

祝圓回神，朝她擺擺手，有氣無力道：「沒事，我的臉笑僵了，做做臉部運動舒緩舒緩。」

夏至眨眨眼，噗哧一聲笑了。「那您慢慢做啊——」

「等等。」祝圓一咕嚕爬起來。「幫我磨墨，我練會兒字。」她心情不好，某些人也別想好過！

「……是。」

不到一會兒，夏至便磨好墨，將硯台挪到祝圓手邊，福了福身，出去忙活了。

祝圓鋪好紙張，看著她出了門，才提筆蘸墨。

「狗蛋，你學箭嗎？」

對面的謝崢挑了挑眉，答曰：「然。」

謝家先祖是從馬背上得來的天下，箭法是謝家子孫必學之項。不說別人，承嘉帝的箭法便是很不錯的。

不過，這麼多日，小丫頭第一回主動找他，為何問這個問題？

他正想問，對面祝圓寫字了。

「還真學箭！這麼多兵器你不學，偏學箭！真是人如其箭！」

謝崢。「……」

他是不是被罵了？

慫人祝圓罵完就跑，半分都不多耽擱的。

謝崢握著筆呆了半晌，見熟悉的墨字半天都沒有再出現，終於確認——他真的是被罵了。

他啞然失笑。

被人罵「賤」，他竟生不出半分惱怒……

謝崢搖了搖頭，放下狼毫，安瑞給他遞上帕子擦手，笑著道：「許久不見殿下這般愉快了。」

謝崢頓住，笑容微斂。「是嗎？」他隨口道：「許是最近忙吧。」

積壓大半年的工作，全在半個月內完成，確實是忙了些，他也就這兩天才開始閒下來。

他擦拭指尖墨汁，隨口問道：「剛才是不是誰來了？」他剛才彷彿聽見玉容的聲音。
安瑞「誒」了聲，稟道：「娘娘讓您待會過去用晚膳。」
謝崢的好心情頓時沒了。
他沈下臉，將帕子扔回去。「所為何事？」
「……奴才不知。」
謝崢暗嘆了口氣。「罷了，過去便知了。」看看天色。「走吧。」既然是去用晚膳，這個點差不多了。
謝崢一路不疾不徐，抵達昭純宮時不過酉時一刻，十一歲的謝峍已經在那兒等著了。看到他進院門，謝峍飛也似的衝過來，摟住他大腿。「哥，你忙完沒有啊？你好久沒帶我出去玩了！」
謝崢進了封坮大營大半年，他便大半年沒出過宮門，悶都悶死了。
謝崢摸摸他腦袋。「這兩天帶你去聊齋晃晃。」
「耶～～哥哥最好了！」謝峍歡呼。「一言為定不許反悔啊！」
「不會！」謝崢頓了頓，瞟了眼昭純宮正殿，低聲問：「母妃為何突然讓我過來用飯？」他都多少年沒過來吃過飯了。
謝峍配合地壓低聲音。「父皇下晌傳話過來，說要一起吃頓飯的。」
懂了。謝崢拍拍他腦袋。「知道了！」

「你放心，母妃最近忙著寫稿子去投月刊，沒工夫搭理你呢。」

謝崢以為自己聽錯了。「你說母妃在忙什麼？」

「寫稿啊！」謝峍嘿嘿笑，開始給他打小報告。「三月的時候，《大衍月刊》登了一篇嫻妃娘娘的詩作，好傢伙，整個後宮都轟動了，全都卯足了勁拚命寫詩寫話本。」

謝崢。「……」

謝峍完全不能理解。「以往父皇給誰賞賜，也沒見她們這麼激動，不就是篇詩作嗎？聽說稿費才二兩！」他伸出兩根手指。「二兩啊！連糕點都買不了幾塊，也不知道她們在較個什麼勁。」

謝崢也不理解。不過有了這豆丁的報告，今晚想必不難過。

恰好通傳的丫鬟出來了，兩人遂停下說話，入內行禮。

果真如謝峍所言，淑妃娘娘正坐在小花廳裡抓著毛筆冥思苦想，看到謝崢，隨意擺了擺手。「免禮，帶你弟弟去外頭耍去，我這邊剛有點頭緒，別擾了我。」

謝崢。「……」

帶弟弟去外頭耍……是什麼鬼？

謝峍朝他擠眉弄眼，口語道：「我說的沒錯吧？」

玉容給謝崢端來茶水，輕聲解釋道：「娘娘想在五月刊截稿前多寫幾篇詩稿，勞您多擔待了。」

謝崢微微點頭。

淑妃不搭理他們兄弟，謝崢閒著也是閒著，索性揪住謝峍開始查看他的學習情況，發現這傢伙這段時間又開始懈怠，連篇文章都背不全。

他也不廢話，直接把人按腿上開揍——他記得祝家那丫頭總是用這招對付她家裡的調皮小弟。

但他沒想到，祝圓那力道與他這種剛從軍營出來的，壓根是兩碼事。

一巴掌下去，謝峍還沒反應過來，第二掌落下立馬開始鬼哭狼嚎拚命掙扎。

自然是掙不開，謝峍結結實實受了好幾巴掌，疼得開始哇哇叫，謝峍的太監敢怒不敢言。

「以後還敢不敢了？」謝崢冷聲問道。

「嗚嗚嗚不敢了嗚嗚嗚～～」形勢不由人，謝峍當即哭著認錯。

動靜這般大，裡間專心寫稿的淑妃自然聽見了，遂皺著眉頭走出來詢問，聽說謝崢打了弟弟，登時惱了，立馬開始教訓他。

正鬧哄哄，承嘉帝進門了。「怎麼了這是？」一進院子就聽見這裡的動靜了。

母子三人忙跪下行禮。

承嘉帝掃了一圈，問眼淚鼻涕糊了一臉的謝峍。「你說說，發生什麼事了？」

謝峍抽抽噎噎地把事情說了。

承嘉帝。「……」

淑妃當即道：「陛下你看，這傢伙是把軍營裡的臭毛病給帶出來了！」

承嘉帝問謝崢。「你有何話說？」

謝崢面無表情。「尋常父子兄弟都是這般管教，兒臣何錯之有？」

「您聽聽，都把弟弟揍成這樣了，還振振有詞！峠兒平時磕著碰著都不會哭，肯定是打狠才這樣！」淑妃說完猶覺不足，拉過謝峠便想脫他褲子查看。

謝峠一蹦三尺高，捂著屁股躲到謝崢背後，嚷嚷道：「我沒背好文章，我哥揍我怎麼啦？這是我哥！」

淑妃氣不打一處來。「你是不是傻了？被揍了還幫著他！」

承嘉帝捏了捏眉心。「行了行了。」先瞪了眼謝峠。「讓你天天顧著玩耍不好好學習。」再跟淑妃道：「兄弟感情好不挺好的嗎？有老三管著峠兒，妳該鬆口氣才對。」

淑妃頓時委屈了。「教歸教，哪有打孩子的——」

「母妃，我記得月刊裡頭登載過一篇故事，也有這場景呢，那挨打的小孩最後還考上了狀元。」謝峠第一時間站出來吐槽他娘。「您當時還拿出來恐嚇我來著！」

淑妃登時脹紅臉，謝崢都有些同情她了。

承嘉帝好笑。「好了好了，這不是說明他們兄弟感情好嗎？妳由得他們鬧便是了，老三性子穩，讓他壓一壓峠兒也好。」

然後便讓人傳膳——他忙了一下午，餓了。

皇家講究食不言寢不語，即便淑妃心裡憋屈，一頓飯也是吃得安安靜靜。

飯罷，幾人移步花廳，坐著喝茶聊天。

承嘉帝先問幾句淑妃的詩句，讚揚了幾句，再問謝嶧功課，皺眉批評一番，最後問謝崢。「聽說你今天去薛欽府上了？」

薛欽是給皇子授課的翰林院講學之一，也即是今天辦母親壽宴的薛先生。

謝崢坦蕩蕩，直接道：「想請薛先生給下一期月刊寫篇稿子。」

承嘉帝了然。「怪不得……」然後打趣。「聽說你進後院去給老夫人祝壽的時候，見了許多小美人？」

謝崢面無表情。「那倒是沒注意。」

承嘉帝笑著搖頭。「你也不小了，該注意起來了！」轉頭看向淑妃。「妳也該上上心，老三今年都十七了，該相看的人家就得相看起來。」

淑妃抿了抿唇。「是，臣妾省得了。」

承嘉帝點點頭，接著便把話題轉向別處，謝崢暗鬆了口氣，又聊了幾句，他便帶著謝嶧告退了。

出了昭純宮，謝嶧便哭喪著臉。「哥，我屁股疼。」

謝崢把人提回院子，扒下褲子一看，腫了。

得，謝嶧直接賴下不走了。

謝崢理虧，只得捏著鼻子認了。

第二天，屁股腫了一圈的謝嶧身殘志堅，依然要跟著謝崢出宮去聊齋逛逛。

到了聊齋，謝峍立馬將自己的傷拋諸腦後，帶著下人滿鋪子亂竄。

謝崢也不管他，逕自去後院辦公處，打算仔細看看莊子裡的研究專案，不料還未走近辦公室，便聽得編輯部方向傳來激動的爭論聲。

他腳步一拐，便轉了過去。

看到他進門，幾位參與稿件審核的編輯及管事忙過來行禮。

謝崢擺手。「下期刊印可有問題？」

「稟殿下，一切順利！」

謝崢詫異。「那你們在討論何事？」如此激動。

一名管事忙遞上一沓稿子。「我們在討論這份稿件。」

謝崢接過來，一目十行看了幾句，皺眉。「也無甚——」他神情一凝，盯著紙上熟悉的字體。「這是誰的稿件？」

那名管事以為他沒看清楚，催促他。「殿下，您仔細看看，這文章雖然文句直白，但情節波譎雲詭、跌宕起伏，開篇便是——」

謝崢打斷他。「我是問，這是誰送來的稿件。」

那名管事頓住，下意識看向站在另一頭的江成。

謝崢的視線隨之轉過去，看到俊朗斯文的江成，眉峰便下意識皺起。

江成未發現，拱了拱手，道：「這是從投稿箱裡翻出來的，隨著稿件還附送了筆者介紹和生平，略有些奇怪。」他雙眼發亮。「這些便罷了，最重要的是，這位先生一口氣投了足足三十回的稿子——小的們都看過了，實在是精彩，若是拿來連載，不管男女老少，一定都會被吸引！」

聽說是從投稿箱拿出來的，謝崢下意識鬆了口氣，道：「都覺得不錯的話，你們便刊了吧。」他彷彿不經意般地提了一句。「筆者說了如何取稿費嗎？」

江成點頭。「稿件上寫了，讓我們將稿費送到東二街六十二號。」

謝崢略一想，便明白是哪兒。「行。」應當是小ㄚ頭那家鋪子的門面。

江成朝他拱了拱手，轉回去，嘿嘿笑著朝各位同僚作揖。「各位先生各位前輩啊，在座就我年紀小，跑腿的事兒自然該交給我。以後這位先生的稿費，我去送，誰也別跟我搶啊！」

謝崢皺眉，不由得想起小ㄚ頭曾經對江成的評價和期待……

江成猶不自覺。「能寫出這般風雲的先生，必定是有大格局大眼界的，我定要去結識一番，日後指不定……嘿嘿嘿……」若是能得到先生青睞，日常指點一番，將來他必定學識大長！

謝崢卻瞬間黑了臉。

「不許去！」他冷聲道：「這位先生的稿費，由我親自去送！」

江成&眾管事。「……」啊？

第十六章

薛府宴席回來後的隔日，張靜姝便去了章口，還把銀環跟兩娃娃都帶上了，一塊兒去見祝修齊。

也不知道是不是因為昨天薛府宴席的插曲，又許是因為張靜姝天剛亮就出門了，今晨的長福院聚會，祝老夫人只草草聊了幾句瑣事，便讓大夥散了。

祝庭舟在祝圓的引導下，已經能看出不少問題，出了長福院，他便問祝圓是不是發生了什麼事——張靜姝總讓他學業為重，這些瑣事向來都不告訴他。

想到祝庭舟也算當事人之一，祝圓便將昨日之事簡明扼要地轉述給他聽。

「三殿下要找我敘舊？」祝庭舟先是有些詫異，然後便反應過來。「妳說他記得妳、還找妳說話了？」

祝圓點頭。

「玥兒呢？他問玥兒了嗎？」祝府上下都知道祝玥的親事壓著，就是在等三皇子殿下呢。

祝圓搖頭。

「怪不得……」祝庭舟點頭。「我還以為娘去章口真是為了送溫暖。」送溫暖這詞，還是跟祝圓學的。

的。

祝圓眨巴眼睛。「所以，你今天要給弟弟妹妹們送溫暖嗎？」比如，帶他們出去玩什麼送溫暖了啊～～」

祝庭舟啞然，拍拍她腦袋。「今天我要跟庭清出去認識幾個朋友，盈盈、庭方就交給妳什麼？竟然還要把弟妹扔給她？祝圓抗議。「起碼得帶一個。」帶誰，那是不言而喻。

祝庭舟輕咳一聲。「我們是要去聽經講，庭方肯定坐不住的。」不等祝圓再說話。「啊，時間差不多了，庭清肯定在等我，我得趕緊走了。」還不忘朝她吩咐。「好好照顧弟妹啊！」

祝圓。「……」

臭哥哥，越來越不可愛了！

一回身，就對上弟妹期待的目光，下一瞬，祝庭方便跑過來撒嬌。「姊姊，我要出去玩！」祝盈也巴巴地看著她。

這段日子她忙著玉蘭妝，還要跟著張靜姝到處參宴，祝庭舟也常出去會友參講，這兩孩子天天待家裡，確實是悶得很。

祝圓想了想，無奈道：「那我帶你們出去。」然後跟他們商量。「我待會先帶你們去聊齋逛一逛，在外頭吃完午飯，就得跟姊姊去玉蘭妝哦！」

京城的地頭她還不熟悉，帶著兩孩子，自然優先考慮熟悉的地方。

兩孩子登時興奮地蹦蹦跳，祝圓心裡警鈴大作，連忙警告熊孩子出去不許亂跑，收穫一迭連聲的保證。

她不放心也沒法，安排好院裡的雜事，再讓人去長福院打聲招呼，得到「知道了」的回覆後，她便帶著弟妹出門了。

三人一路嘰嘰喳喳，沒一會兒呢，聊齋便到了。

祝圓分別給他們倆掛了個小錢袋，然後叮囑他們。「我就在裡頭看書，你們自個兒去找喜歡的看。這裡有十五枚銅板、半兩碎銀，都裝好了，要是看到喜歡的書就買了，不夠的話再找我。」

兩人摸著小錢包，齊齊點頭。

「還有，要是不小心跟丫鬟走散了，你們就找聊齋的書僮帶你們去水榭，巳時左右我就會去水榭那邊結帳，記得嗎？」

「好。」

給他們理好衣服，戴上淺露的祝圓領著他們下馬車。

對他們倆的丫鬟囑咐了幾句後，祝圓才放心地讓他們離開，自己帶著夏至進了史學紗牆屋。

拿一本書翻幾頁，再拿一本翻幾頁，時間便過得飛快，待小滿氣喘吁吁跑過來找她時，她才發現已經快到巳時了。

她將手裡書冊放到夏至手上，隨口道：「都到水榭了嗎？那我們現在過去——」

「不是！」小滿喘了口氣，急急道：「六少爺跟人吵起來了，姑娘您快去看看！」

祝圓一驚，臭小子！

將挑好的書交給屋裡的書僮，她快步隨小滿前往事發地。

三人直奔鋪子後邊，剛到前後院交接的院牆處，便看到了對峙雙方。

七歲的祝庭方經常被祝圓攆著跑跳，長得虎頭虎腦，帶著丫鬟走出去，還是挺能唬人的。而他對面的是個圓滾滾的半大小孩，比祝庭方足足高了一個頭，也帶著一名二十來歲的下人。

就這麼一個半大小孩，祝圓到來時，卻看到他正抹著眼淚跟祝庭方對吼。

祝圓詫異。這孩子看著比祝庭方高大許多啊，男孩子發育都慢一點，這小胖墩說不定有多大，怎麼還哭了？難道祝庭方動手了？

倒是小胖墩身後不停勸和的下人……衣衫彷彿有些眼熟……

未等她想清楚，就見兩孩子開始捋袖子，一副要動手的模樣。

祝圓眼皮一跳，顧不上別的，疾步過去一把揪住祝庭方耳朵，嬌斥道：「臭小子，你是不是打人了？我出門的時候怎麼跟你說的？啊？膽兒肥了是吧？」

「哎喲！」祝庭方痛呼，都不需要抬頭就知道是誰揪住自己耳朵。

他踮起腳試圖減輕痛楚，同時開始嚷嚷。「沒有沒有！姊姊妳不要冤枉我！我還小呢，怎麼打得過他？他自個兒摔著了怪我！」然後可憐兮兮。「姊姊好疼啊～～」

諒他也不敢撒謊。祝圓鬆開他，轉頭看向對面，柔聲問道：「小朋友，你跟姊姊說說，剛才發生什麼事了？」

對面小胖孩及其下人看得一愣一愣的，小胖孩指著祝庭方，告狀般道：「他撞到我，害我摔倒了，還笑話我！」

祝圓傻眼，還沒等她說話呢，祝庭方就跳出來了。「誰知道你這麼大塊頭經看不經用，擦一下就摔倒！路就這麼點寬，你大塊頭我也不小塊，你占著地方慢吞吞的，我要越過你不是很正常嗎？」他刮了刮臉。「摔地上就哭鼻子，羞不羞？」

是這個理。祝圓聽了心裡直點讚，不愧是她一手帶大的孩子。

「你！」小胖孩氣憤，捋起袖子。「我那是有傷在身！你撞了人還有理了？不應該先向我賠禮道歉嗎？你還說我愛哭鬼！」

「我道歉了啊！是你說我敷衍——嗷！」祝庭方後腦勺再次挨了一記。

到了這兒，祝圓已經大概知道怎麼回事了。

她斥道：「道歉就好好道歉。」然後按住他腦袋，朝那小胖孩彎腰。「我弟弟撞了你是他不對，我讓他給你好好道歉。」

對面那小胖孩還沒反應過來呢，被按著的祝庭方已經鞠了一個大躬，大聲道：「對不起，害你摔倒！」

小胖孩。「……」

祝圓又按。「還有呢？」

祝庭方再次鞠躬。「對不起，我不應該嘲笑你！」

祝圓這才鬆開手，然後解下祝庭方腰間懸掛的小錢袋，遞給小胖孩。「這是他這個月的零花，你拿去買點傷藥，當做他給你的補償。」
意思是，他這個月沒有零花錢了？祝庭方如遭雷劈。「姊姊，又不是我害他受傷的！妳不能這樣對我！」
小胖孩原本還在猶豫，看他這般激動，立即搶過去。「好，那咱們就兩清——噭！」他腦袋也挨了一記爆栗。
「祝姑娘。」不知何處冒出來的挺拔少年看著她，變聲期特有的嘶啞嗓音帶著幾不可察的愉悅。「又見面了。」
祝圓。「……」冤魂不散！
沒錯，這位不知道啥時候到來的少年，正是謝崢。
祝圓不甘不願福身——
謝崢掃了眼廊上看熱鬧的人群，朝她勾勾手。「進來說話。」
說完也不等她回答，揪住小胖孩的後衣領，直接把人往後院拽。小胖孩不敢吭聲，縮著脖子乖乖跟上。
祝圓瞪了祝庭方一眼——成事不足敗事有餘！回去剝了他的皮！
走進門洞的謝崢沒聽到腳步聲，停下，微微側頭。「怎麼，不敢進來？」
祝圓頓住，半晌，擠出一句。「民女不敢。」
謝崢彷彿笑了聲。「那就走吧。」
祝圓磨了磨牙，只能乖乖跟上——眾目睽睽之下，諒他不敢做什麼。

走了兩步，祝圓腳步一頓，試圖做最後的掙扎。「且慢。」

謝崢停步。

「民女妹妹還在書鋪裡，待會她找不著——」

「安福。」

「在。」一名白面中年人躬身，身上的穿著打扮，與小胖墩身邊的下人一模一樣。

祝圓暗忖，怪不得剛才看著熟悉，原來是太監服。

只聽謝崢下令。「讓人把祝小姑娘接進來。」

「是。」

「如此，可以走了？」謝崢還頗有耐心地問祝圓。

祝圓訕訕。還能怎麼辦？走唄。

跟在謝崢後邊，祝圓偷偷打量這家皇家書鋪的後院。

東西廂房都是辦公室，什麼營運部、詩稿部、經講部、國策部……前邊是個掛著「會議室」牌子的花廳。

這會兒各部門還在忙碌，身著不同深淺藍色制服的人來來去去，經過謝崢身邊時皆會停步，躬身拱手便匆匆離開。

祝圓隔著淺露打量這些人，從十來歲小夥子到四、五十歲長鬚老者皆有之，每人皆是行走如飛、幹勁十足。

不過，這聊齋書鋪確實算得上是國企、鐵飯碗、有錢途！還是跟文字打交道，體面！她越想越心動，開始盯著那些年輕小夥子們看。

越過東廂，穿過花廳，細細碎碎的說話聲便彷彿遠了許多，小鮮肉也沒了，祝圓失望地收回視線，又走了幾步。

「就這兒吧，清靜些。」

祝圓瞬間回神，前頭的謝崢自然不知道她在偷看小鮮肉，提溜著謝峍走進一座小涼亭。

祝圓遲疑了下，略微提起裙襬，慢步跟上。

此涼亭位於院子西北角，與花廳遙相對望，既不會太過偏僻，也不會人來人往，倒是挺適合說話的。再者，亭子邊上有株枝葉繁茂的大松樹，恰好將越發炙熱的日光擋在外頭，亭子裡陰涼清爽，和風徐徐，倒也涼快。

別人如何祝圓不知道，她戴著淺露走在大太陽下，都快熱死了。

「坐。」謝崢扔下小胖孩謝峍，率先落坐。

被鬆開衣領的謝峍「哎喲哎喲」地扶住石桌，他的貼身太監忙不迭攙著他慢慢落坐。

一路都在四處張望的祝庭方收回目光，好奇地看著他。「你這是傷哪兒了？」他年紀小，完全感受不到自家姊姊的緊張忐忑。

謝峍瞪他。「要你管！」

「謝峍！」謝崢輕斥。

謝峍撇了撇嘴，不說話了。

謝崢轉向祝圓，皺眉。「為何不坐？」

祝圓下意識看向花廳方向。

「別擔心，無人敢過來打擾。」

重點在這裡嗎？祝圓暗罵了句。

「殿下，於禮不合。若是殿下覺得民女適才的處理不太妥當，那請殿下明示。」她如是道。亭子就這麼點大，她若是跟他坐一起，傳出去不知道會鬧出什麼風波，多一事不如少一事。

謝崢敲了敲桌子，重申。「坐下說話。」

祝圓想罵人，但明面上還得福身推拒。「謝殿下賜座，民女何德何能，豈敢與殿下同坐。」多虧戴了淺露，否則怕不是要把人得罪狠了。

謝崢輕哼。「三番四次推拒落坐，我看妳並無半分敬意。」

祝圓沈默以對，隔著淺露，也看不分明她的神色。

兩人僵持，亭子裡靜默了許久，連愛鬧的謝峍也不敢說話。

片刻後，謝崢先敗下陣來。他並無意為難她，再繼續只會惹得這丫頭更惱……

他無奈道：「罷了罷了。倒看不出來妳性子這般倔強……」後面半句含在嘴裡，連他身後的安福也聽不真切。

祝圓只聽他說「罷了」，頓時鬆了口氣。

謝崢移開視線，看向謝峍。「適才怎麼回事？出門前才提醒你不許惹事。」

謝嵂抗議。「我沒有惹事！是他撞我！」然後巴拉巴拉把事情說了一遍。

謝崢皺眉，看看他，再看看緊貼著祝圓的小男孩，問祝圓。「妳弟弟？幾歲？」

「回殿下，七歲。」

謝崢。「……」

謝嵂不敢置信。「你才七歲？」

謝崢瞪他。「你被七歲小孩撞倒了還有臉哭鼻子？」

謝嵂不服氣了。「我是傷者！要不是你打傷我，我怎麼會被人欺負？」

謝崢沒好氣。「連皮都沒破，算什麼傷！」

謝嵂震驚。「你還想見血？我是你親弟弟，你竟然這樣對我！你以前不是這樣的！」

這控訴的語氣……不知道的還以為在看什麼偶像劇，被強迫跟進來而心情不佳的祝圓差點被逗笑。

謝崢正無語呢，眼角一掃，看到她頭上的淺露晃了晃。他心裡一動，勾了勾唇，朝謝嵂道：「我是跟她學的，你要怪就怪她吧。」

祝圓。「？？？」

這是人幹的事嗎？

好在，謝嵂也不是傻子，他愣了愣，怒瞪其兄。「你耍我？」

謝崢下巴朝祝庭方一點。「你問他。」

謝嵂立馬掉頭，問祝庭方。「喂，你姊姊平日會不會揍你？」

祝庭方先抬頭看祝圓，後者張口。「不——」

謝崢敲敲桌子。「祝姑娘，讓他說。」

祝圓忿忿閉嘴。

祝庭方不敢說話了。

謝峍催促。「你快說啊！」

祝圓摸摸弟弟腦袋，輕聲說：「別怕，說吧。」這位三殿下討厭歸討厭，眼下應當不會拿他們怎樣的。

謝峍急了。「你為啥不說了，是不是怕你姊姊打你？你姊姊是不是很凶？」

「才不會！」祝庭方不樂意了。「我姊姊才不凶！」

「那她是不是不打你？」謝峍執著不已。

祝庭方嘟囔了句什麼。

「什麼？」謝峍急死了。「你是不是沒吃飯，說話跟大姑娘似的！」

「你會不會說話啊？你才大姑娘呢！」祝庭方氣不過，跳出來指著他。「你這樣的，一看就是家裡抽得少——嗷！」

後腦勺挨了一記狠的，後頭的祝圓語帶威脅。「不許手指指著別人說話！」

「哦。」

謝崢眼底閃過抹笑意。

謝峍還沒反應過來，祝庭方放下手，改成雙手扠腰，老氣橫秋地教訓他。「你懂什麼？

我姊說了，打是親，罵是愛，疼你愛你才會管教你、才會打你！換了別人，才懶得理你咧！那些天天給你糖果點心，不教你規矩不教你學識的，都是捧殺，壞得很！」

謝峍愕然。

謝崢拍拍他腦袋。「聽到沒有？」他回憶了下，補了句。「以後不許天天吃糖果點心了，你這一身的肉，全是虛的，還不夠人七歲娃娃撞一下。」

謝峍跳起來。「我——哎喲——」扯到痛處，疼得一陣哆嗦，貼身太監急忙湊過來攙扶。

謝崢沒再管他，轉向祝圓，面帶微笑道：「愛之不以道，適所以害之也。祝姑娘實在高瞻遠矚。」

這不是她曾經跟狗蛋說過的話嗎？祝圓暗暗一驚，順勢福了福身。「民女弟弟不懂事，衝撞了六殿下，回頭定讓人補一份厚禮——」

「不必了，區區小事，無須再提。」

那就最好。「既然如此，那民女先行告退。」

謝崢。「……」

祝圓見他不說話，當他默認，二話不說，拉著祝庭方的手便開始後退。

「慢著。」謝崢想嘆氣。「我還沒問完話。」

祝圓極為不情願，甚至還往後退了兩步才停下。「殿下有事請說。」

語氣恭敬，表現出來的態度卻彷彿避之唯恐不及。

謝崢察覺出不妥。小丫頭有這般在意男女大防，還是僅僅……針對他？

他將此前種種聯繫一起，心裡陡然有了某些臆測。他掃了眼懵懂的祝庭方和氣憤不已的謝峍，索性也不拐彎抹角了，直接問她。「金庸先生可是妳的字號？」

隔著淺露，祝圓彷彿很詫異。「金庸先生？民女囿於後宅，所識之人少之又少，並不認識什麼金庸先生，殿下應當是弄錯了。」

謝崢怔住了。

「如無他事，民女先告退了。」祝圓福了福身，拉著祝庭方退下台階，轉身疾步離開。

謝崢眼睜睜看著她下台階、看著她逃也似的離開，心裡陡然升起一股詭異又複雜的情緒——小丫頭……不想與他相認？

當天下午，謝崢一直走神，不管在忙什麼，總是下意識尋找紙張，看看上頭有沒有墨字。

直至下晌，他已回到宮中，坐在書桌前打算練字靜心，那手已然算得上秀麗疏朗的字體才緩緩浮現紙上。

謝崢眼睛一亮，立馬打招呼。「小丫頭。」

對面的祝圓剛起個頭就被他打斷，停頓片刻，緩緩畫了個「？」。

謝崢問她。「聊齋收到一份稿件，署名金庸先生，是妳投的？妳改字號了？」原來不是叫佩奇嗎？

「不是，金庸先生另有其人。」

謝崢瞇眼。不可能，他絕對不可能認錯祝圓的字！

果不其然，墨字繼續浮現。

「我只是代筆。」

謝崢想到白日裡那短暫的幾句對話……狼毫懸在紙上半天，落在紙上，問題還是換了個方向。「何時有空把《絕情書生農家妻》的後續寫一寫？」

祝圓冷笑。「你不是找人寫續稿了嗎？找我幹麼？」

「旁人不及妳。」

哦，若是續得好，就是另一種說法了吧？「想要繼續連載此文？」

「當然。」

「求我啊～～」

謝崢。「……」

還是熟悉的語氣，看起來並無不妥，那為何她不願與自己坦然相對？

要不到稿，《絕情書生農家妻》便只能暫時擱置，他索性略過這個話題，隨意換了個話題。

「金庸先生是妳爹還是妳哥？」他在心裡將祝家上下過了一遍，只有這兩人最符合，有學識有——

「你不認識的人。」

不認識？謝崢瞇眼。「祝家大房？」

祝圓敷衍道：「說了你不認識的，別猜了。」

謝崢皺眉。「妳不要被旁人騙了。」

騙？那是金庸先生耶！祝圓嘖嘖。「我樂意啊～～」

謝崢怒意頓生。「妳怎可如此不自重！把此人告訴我，我讓人去查查底細。」

查查查！祝圓也怒了。「我認識什麼人、跟什麼人來往，關你什麼事？」

謝崢察覺對面的怒意，放緩語氣。「妳還小，不能辨別輕重，我幫妳看看此人是否靠譜。」

「不需要！」祝圓斷然拒絕。「人靠不靠譜我自己能看出來，再說，金庸先生已經作古多年，你查什麼查?!」對不起金庸大老，大人不記小人過啊～～

作古了？謝崢不自覺鬆了口氣，想了想，猶自不放心，叮囑道：「姑娘家不要與外男有過多接觸。」

呵呵呵，雙標狗！「那是當然，尤其是那些不懷好意的，我肯定離得遠遠的！」她意有所指。

謝崢沒有察覺，甚至滿意極了。「這樣便對了。」至於為何作古先生的手稿會被祝圓知道，他並不關心。

祝圓翻了個白眼。「以前怎麼不見你這麼囉嗦？」

謝崢噎住，不過這話倒是提醒他了。「妳今天為——」

「我有點事，回頭聊。」祝圓秒遁。

謝崢。「……」

這丫頭在搞什麼鬼？

話題只能暫時擱置，接下來兩人都陷入忙碌。

祝圓自不必說，張靜姝不在，她得管著蘅芷院、得管著調皮鬼祝庭方，得帶著祝盈學管家女紅，還得盯著玉蘭妝那邊的裝修進度，以及材料採購、貨品籌備等，除此之外，她還得抽空寫《大衍月刊》的稿子。

要不是祝盈和祝庭方兩人的功課有祝庭舟管著，她怕是要忙瘋了——

狗蛋？那是誰？一個給她分紅的工具人網友罷了！

不說祝圓這邊，另一邊的謝崢也不得空。

他理完大半年的帳冊，便開始天天騎馬去京郊莊子，早晚來回，白天大部分時間都在莊子裡，裡頭人多口雜，自然沒法好好與祝圓聊天。

撇開這個不提，他去莊子，除了要驗看過去大半年弄出來的新品，還得跟幕僚商討這些新品的經營方案。

沒錯，他終於有了自己的幕僚團隊了。

年前安福招聘聊齋人手的時候，順便也找了幾個看著不錯的收到莊子裡。這些人除了統一參與聊齋的培訓、摸索學習聊齋的經營方式，還得打理莊子。

如今莊子已經不是原來的莊子，兩年多的時間，莊子裡參與研發的匠人已高達三百人。

加上匠人家屬、打雜的奴僕、管理的幕僚，還有試驗場所需要的用地……原來的小莊子已經擴建成占地上百畝的大莊園。

好在水泥分成不錯，不然靠他的皇子俸祿，大家都得喝西北風了。若是被祝家丫頭知道，怕是又要說他敗家……

不過聊齋從五月起便能有大筆收入，屆時應當能鬆快些。

他的幕僚團隊也確實不錯，每一項專案研發之前，都會按照他丟下的要求做好市場調查與規劃，費用支出也列得明明白白。

就是出來的成品……似乎有些詭異，比如眼前這個。

謝崢問：「我不是讓你們研究減輕馬蹄鐵損耗的東西嗎？你們怎麼弄出這玩意？」

一名幕僚輕咳一聲。「有了這東西，便無須再騎馬上路，既節約草糧，速度也不慢，在水泥路上行走更是快如疾風，中短途路程時間能縮短一大半，還能載物——」

謝崢沒好氣。「能上水泥路的，哪家沒有牛馬拉車？哪家養不起車夫？難不成你們要讓那些個少爺姑娘自己上路？」

眾人心虛，其中一名站出來，小心翼翼道：「可以賣給那些供養不起車夫、沒有馬車的人家。我們核算過了，一輛車只需幾兩銀子，我們加些利潤，最貴不過十幾兩，也只比牛貴一點，富庶些的老百姓還是買得起——」

「老百姓買牛還能耕種，買這種車有何用？」再說，那是貴一點的問題嗎？

眾人不敢吭聲了。

謝崢再次看了眼擺在面前的冊子，捏了捏眉心，沈聲道：「這款東西，光研發經費便已經用掉一千多兩，成品既然出來，也不是毫無用途……你們回去商量一下，把目標客群、目標用途想清楚，定一個方案出來。」

「是！」

謝崢再次翻看下一個。「這個又是何物？怎麼做了如此高額的營收預估？」

立刻有人端來一樣東西，面上是難以抑制的激動。「殿下，請看。」

是一款光彩奪目的簪子。

謝崢挑眉，撿起來細細打量。

那名幕僚主動解釋起來。「咱們去年擴建莊子，自己搭了窯燒磚，莊子蓋好後，這窯就閒置下來，匠人們得空弄點東西燒著玩，就搗鼓出這玩意。我們瞅著比那皇宮裡的琉璃瓦還要漂亮，就加了經費讓匠人們加以改進，折騰出各種擺件和首飾。」

謝崢點頭。「這個不錯，目前做了什麼款式？」

「杯碗較多，首飾少許。首飾較為考驗工夫，尤其是要鑲嵌金銀，難度更大，需得出了圖紙讓匠人試做幾番才敢多做。」

謝崢將他們呈遞上來的方案翻了翻，直接拍板。「這個不錯，把方案細化一下再找我申請經費，獎金和規章制度參考聊齋那邊。還有，研發有成的匠人該獎勵的要獎勵，帶學徒也得按照規矩給學費，不可抹了他們的功勞。」

「是。」

謝崢想了想。「如今手上有多少？挑些不錯的，我帶回去送人。」

能讓皇子送禮的，不是皇親便是國戚，眾人自然不敢馬虎，從庫房裡挑了最上等的一批給他。

謝崢一一看過後，點頭。「確實不錯，匠人當賞。」

他說了兩回賞匠人，底下人自然不敢含糊。當天傍晚，那名隨便找些砂石土燒著玩的匠人捧著二百兩銀票喜極而泣……

謝崢回到宮裡，先挑了兩根簪子出來，交給安福。「這個送去祝府。」

安福恭敬地接過來，然後有些遲疑。「主子，要是再折掉一個探子……」

謝崢無語，提醒道：「找人悄悄送去玉蘭妝。」

「是。」送那邊的話便容易多了。

謝崢掃了眼剩下的琉璃製品，隨口道：「餘下的拿去給父皇、母妃和秦家分了。」

「……是。」

安福滿臉複雜地退出書房。

第二天，祝圓慣例到玉蘭妝晃悠。

剛進門，管事便將她請到辦公室，避開人群，遞給她一份綢布包裹著的小匣子。

「給我的？哪來的？」

這名管事是張靜姝的陪嫁丫鬟之一，她在蕪山縣是幫祝圓打理生意的，張靜姝已將其身契給了祝圓，將來是要隨著祝圓出嫁的。
只聽她稟道：「昨夜裡突然出現在奴才屋裡，上書『祝家三姑娘親啟』。」
祝圓。「……」
除了某個傢伙再無旁人了。
她隨手接過來。「我知道了。」想了想，她道：「這事不要漏了風聲，也不許告訴我娘。」
「是。」
待管事出去了，夏至擔心不已。「姑娘，是不是上回送糕點的人？」
祝圓頭也不抬。「看看便知了。」順手解開綢布包裹，打開木匣。
滿滿一匣子的錦緞。
祝圓直接伸手進去扒拉，摸出兩個分別用錦帕包住的長條物——是兩根簪子，一根是通體透亮泛著紅光的梅花簪子，一根是點綴著幾粒彩華珠子的金簪。
祝圓愣住，夏至更是震驚了。「這、這是何物？竟有七彩光華！這梅花簪子是水頭上好的紅寶石嗎？這、這……」
祝圓卻切了一聲，麻溜地將東西裹回去，塞給她。「拿著。」
夏至哆哆嗦嗦接過來，哭喪著臉。「萬、萬一被奴婢砸碎了……」
「放心！碎了也不會賣了妳！」
祝圓淡定地提裙出去，繼續查看玉蘭妝的情況。

夏至全程戰戰兢兢，首飾匣子一直籠在袖中抱在懷裡，一有靠近之人，立即尖叫出聲，擾得祝圓頭疼不已。

所幸玉蘭妝裡一切進度正常，她趕緊領著這丫頭回祝府。

待回到她房裡，夏至的後背衫子都濕透了。

這才四月底，熱肯定是熱不著，這是被嚇的？祝圓無語極了。「……瞧妳這沒見過世面的模樣。」

夏至哭喪著臉。「姑娘，咱要不送回去吧？這玩意太貴重了，天下怕是找不出幾件……萬一被發現了，咱們就是跳進河裡也洗不清啊！」

也是。這簡直就是擺在台上的把柄。祝圓嘆氣。「我想想辦法。」將匣子放在桌上。「妳看看妳，趕緊回去洗洗換身衣服吧，我在屋裡練會兒字。」

夏至猶豫，祝圓頭疼。

「我把門鎖了，不讓任何一個人進屋行吧？今天娘就回來了，晚點我親自交給她，行了吧？」

夏至這才不甘不願地離開。

祝圓將門一閂、紙一鋪——

「狗蛋，出來！」剛進屋還看見他寫字，這會兒肯定還在。

果然，蒼勁墨字很快浮現。「何事？」

「簪子是你送的？」

皇宮裡的謝崢勾唇。「喜歡嗎？」
還真是。祝圓沒好氣。「你是不是偷聽我們說話了？」
謝崢不解。「何出此言？」
「上回我們才說你摳門，大費周章地就送幾塊點心過來……你要是不知道的話，怎麼突然改送首飾了？」
送點心就是摳門？謝崢額角跳了跳。
「不過……」
還未等他寫字反駁，對面祝圓又繼續了。
「這回似乎也沒好到哪裡去，改成送砂子了。」
謝崢。「？？？」
胡說八道，他送的明明是琉璃首飾，還是成品裡頭最漂亮的兩件！
謝崢很快反應過來。「妳知道琉璃原料？」
祝圓笑了。「《格古要論》記載：『雪白罐子玉，系北方用藥於罐子內燒成者。若無氣眼者，與真玉相似。』這不就是你剛做出來的嗎？只是有些典籍稱之為琉璃。」
開玩笑，她這幾年的書可不是白看的……在這裡啥娛樂都沒有，除了看書就是看書，她看的書沒有上千也有上百，就這麼點書，悶起來還得二刷三刷N刷，有什麼記不住的？
當然，實際到底怎麼製作、用什麼材料，她是沒見過，反正狗蛋也不知道，管他呢。
謝崢確實也沒打算深究。「即便有記載，尋常人家也做不出來。」

不說建窯，光是燒窯的煤炭便不知幾何。還得有燒窯匠、能快速雕花成型的首飾匠，還得承受這研發過程中的許多耗費。

祝圓一想也是。「那倒是……這麼說，你這簪子還滿值錢的。好好捯飭，將來又是錢生錢的好東西，看來你的錢包又要鼓起來了。」

「承妳貴言。」

「就是你這審美……」祝圓再瞅了眼兩根簪子，開始吐槽。「通體紅色的琉璃簪？金色簪子配紅色琉璃？你說，你是不是用腳選的？」

謝崢。「？？？」

「紅梅用紅色琉璃，金色貴重，配紅珠大氣。」他特地選出的簪子，好看得很。

祝圓給他分析。「通體紅梅，看起來太凶煞了。要是換成銀簪子、木簪子配紅梅珠子，那就好看多了。金配紅也沒問題，但你這風格有問題，太華麗了，琉璃駕馭不住吧？琉璃飾品應當偏雅致……」若是彩色就顯得低檔、有塑膠感，若是純色，更接近玉石，當然還是雅致點好。「你還是趕緊找個好點的珠寶師傅好好設計一些，別辛辛苦苦折騰出來，還把自家招牌砸了。」

謝崢。「……」他只是覺得雅致的物件不適合，以祝圓之姿容，華貴之物才襯得起。

祝圓沒等他接話，話鋒一轉。「不過呢，我找你不是為了這事。你什麼時候得空，讓人把簪子偷渡回去唄？」

謝崢回神，皺眉道：「我送出去的東西，從不收回。」

祝圓翻了個白眼。「我吃下去的東西還從不吐出來呢！」

謝崢。「……」

「我說，你是不是想毀我名聲？」

謝崢詫異。「何出此言？」

「那你天天往我這裡塞東西作甚？我一黃花大閨女，收受外男東西，像話嗎？」

「不會有人知道。」

祝圓大手一揮，正義凜然道：「世上沒有不透風的牆，也沒有永遠的秘密！做人做事怎麼能抱有僥倖心態？這樣是不對滴！」

謝崢。「……」

還沒等他說什麼，祝圓又放軟了語氣。「大哥，咱們打個商量唄？」

謝崢莞爾。「說。」

「你看，我在蕪山縣的時候，我們是不是聊得很開心？」

似乎她比較開心，自己就差每天挨罵了……謝崢暗忖。

「你看，我除了紙上念個幾句，從未害過你，還給了你好些點子，對你也算可以了吧？念在我沒有功勞也有苦勞的分上，以後你少關注我行嗎？」

謝崢怔住。

「你就當我一直在蕪山縣未歸，咱們繼續當個紙上談天的好筆友，別牽扯到生活中，行嗎？」祝圓說得小心翼翼。「我只是個婦道人家，將來還要嫁人，倘若不小心被未來夫家發現，我將來該如何自處？」

只需看看夏至的態度，便知婦人生活有多不容易。既然她這輩子逃不開嫁人……她不能給自己留把柄。

謝崢握著狼毫的手緊了緊。

「再說，咱們這聊天方式，也不知道是因何而起、會有何弊端，持續下去終歸是個隱患，還是得找個法子斷了比較好，這樣你我都清靜些。你說對吧？

「如果你還想要點子，我就繼續給，分紅你可以跟著稿費一塊兒讓人送到玉蘭妝，這樣便低調許多，也能過個明路。你要是不想要點子，那就你賺你的錢，我過我的日子，咱們各自精彩，互不干擾，不也挺好的嗎？」

祝圓刷刷刷地寫完一大段，等了許久，都沒等到對面回覆。

她撓撓頭。「大哥，我寫了這麼多，你覺得如何？」

「……」

「狗蛋？」

「……」

「在不在都出個聲啊！」

「……」

「混帳，離開也不打聲招呼！」

「……」

對面人終於憤而棄筆。

墨字漸漸隱去，紙頁重歸平靜。

狼毫猶懸在紙上，「啪」地一聲輕響，蘸滿的墨汁滴落紙面，洇出一灘墨色。

「主子？」安福瞅著不對，低喚了聲。

謝崢瞬間回神，才發現自己抓著狼毫的指節已有些發白。

他慢慢鬆開手，擱下狼毫筆，輕聲道：「燒了。」

燒了什麼，自不必詳述。

安福目不斜視，快速將桌上帶墨的紙張抄起，團成團扔火盆裡點火。

撂了筆的謝崢卻坐在那兒發呆，祝圓……竟是不想跟他有絲毫瓜葛？

也是，她也不再是小丫頭，是得注意分寸了。她助自己良多，不能害了她……

將自己的想法擺出來後，祝圓很快便將此事丟諸腦後。

此時張靜姝一行人從章口回來了，也帶來了祝修齊的意見——

一切照舊，甚至還要將姿態擺得更分明，如此才能打消別人的顧慮。

祝圓自然沒意見，於是，距離上回宴席不過三天，祝圓便再次跟著張靜姝四處參宴，今兒吃東府的添丁宴，明兒吃西府的壽宴，每一回都得被張靜姝拉出來介紹幾句，再開玩笑似的說幾句不捨得，但年紀到了，還是得開始相看人家云云。

幾次下來，大夥便知道祝府的態度，再看那宮裡，沒有半分動靜，得，上回可見是純屬巧合，這姑娘沒被定下呢！

於是，張靜姝收到的帖子再次多了起來。

她忙，祝圓也得跟著忙，天天早起更衣打扮，從出門便得裝端莊得體，累得都沒心思搭理狗蛋。

不光她們倆，王玉欣也不知是不是幡然醒悟，一改以往的矜持保守，也帶著祝玥天天出門串門子。

祝家這邊熱熱鬧鬧，安福幾人自然不會錯漏消息——

此時三皇子院落裡，安瑞等人視線一對，撒丫子就跑，留下今日當值的安福氣得跳腳，指著他們的背影臭罵。

「兔崽子！好事輪不上我，這種事就我去受！都給我記著！」還不敢放開嗓子罵，生怕擾了屋裡看書的謝峥。

即便如此，屋裡的謝峥還是聽到了。

「安福。」

「誒！」正跳腳的安福一秒變臉，恭恭敬敬地走進去。「主子有何吩咐？」

屋裡，難得清閒的謝峥正懶懶地靠在臥榻上，手裡捧著本書慢慢翻開著。

聽見聲音，他頭也不抬，隨口問了句。「在外頭嘀咕啥？」

安福的臉僵住了。

謝峥沒聽見回答，視線從書冊挪開，落到他面上。「說。」

聲線不大，安福卻聽得一個激靈。

他撲通一聲跪下來，嚥了口口水，索性一口氣彙報清楚。「主子……祝家二房這兩天又開始相看人家了，兩天工夫，祝家三姑娘已經去過了國子監的劉大人家和欽天監的許大人家……除此之外，祝家二房手裡還多了十二張帖子。」預計還會有更多……後面半句他不敢說了。

謝崢神色似有些茫然。

「主子……」安福惴惴不安地喚道。

謝崢回神，輕「嗯」了聲，語氣淡淡道：「知道了，出去吧。」

安福微鬆口氣，磕了個頭，安靜地退了出去。

謝崢的視線重新落在紙頁上，卻再也看不進半個字。

他兩世為人，心裡眼裡從來只盯著那至尊貴之位——勾心鬥角、爾虞我詐，每日殫精竭慮，心裡眼裡全是算計。

從不分心。

也從未有過這種——彷彿抓不到東西的……空落、無力之感。

謝崢捏緊手裡書冊，喃喃道：「各自精彩，互不打擾……嗎？」

最近幾日，三皇子院落裡安靜得很。

往常也安靜，但這幾日的靜與往常又不太一樣。

到底哪處不一樣，誰也說不上來，只是人人都噤聲踮足，恨不得縮起脖子將自己藏起來。

下人尚且如此，貼身伺候的安福幾人更是如坐針氈。

「你說，這都什麼事兒嘛！」安福恨鐵不成鋼。「不就是一……嗎？隨手一抓一大把的！」

安瑞噓他。「你不要命啦?!主子的事也敢說嘴！」

安福抓頭髮。「總不能就這樣看著吧？」

「主子還小呢，等他想清楚了便好！」

「不小了，擱村裡頭，娃娃都能滿地跑了。」

「呸，拿主子跟這些——」

「安福。」一低沈的嗓音陡然插入。

撲通幾聲，湊在一起八卦的幾人頓時跪倒在地。

「主、主子恕罪！」安福差點口吃。

走出書房的謝崢莫名其妙，掃了幾人一眼，皺眉。「怎麼都在這兒？發生何事？」

安福幾人忙一迭連聲說無事，就是湊一起瞎聊天。

謝崢也不多問，朝安福吩咐道：「查一下那幾戶人家的情況。」

安福還沒來得及鬆口氣呢，聽了這話頓時茫然。「哪幾家？」

安瑞卻立馬反應過來，小心翼翼詢問。「主子，可是國子監劉大人那幾家？」

「嗯。」謝崢神色輕鬆，只吩咐道：「仔細查，事無巨細，大到人情往來，小到通房侍妾，全都查。」

「……是。」

謝崢交代完便又進了書房，安福幾人面面相覷。

安瑞壓低聲音問：「主子這是想幹麼？怎麼我瞧著心情似乎好多了？」

安福攤手。「誰知道呢？」

謝崢想幹麼呢？

他覺得祝圓不願意與自己交往，是怕將來夫家發現。

既然如此，那他可以替她找一個穩妥、開明的夫家，若是能將其拉攏進自己勢力，以後自己便是她最強大的靠山，再無人敢欺她。

這樣，兩人便能繼續來往了吧？祝家丫頭便再無別的忌憚了吧？

謝崢越想越妥當。現在只等安福等人將祝圓相看的人家查探一番，他替其擇出最合適的人選了！

困擾他數日的問題一下終於理順想通，他整個人都輕鬆不少。

安福幾人如果知道他這想法，估計都得吐血了。

可惜，沒有如果。

第十七章

時間過得飛快，進入五月，《大衍月刊》如期上市。

月刊還是那本月刊，但這期的月刊多了許多東西——多了許多花裡胡哨的東西。

比如，好詩鑒賞那頁下方，單獨留出一個小框，框裡印著「春日詩社」四個大字，還有幾行簡介和地址。

比如，短篇故事那頁也有個小框，框裡是「飄香茶樓」，一樣附了簡介、地址。

比如，連載話本那頁也有個小框，「玉蘭妝」三字看著就漂亮，同樣，還有介紹和地址。

有人便好奇了，順著月刊上介紹的這幾家店逐一看過，還真的都是存在的。

大夥登時震驚了，還能這樣玩？這可是皇帝名下的刊物，能在上面出個名號，這店鋪一定有過人之處！

一時間，這些鋪子全都火爆起來，剛開業的玉蘭妝也順利進入大眾目光。

沒錯，《大衍月刊》發行一年，終於開始規劃廣告版位了。原本這件事去年便要做，可謝崢被抓進封圵大營大半年，萬掌櫃不敢擅自做主，便擱置了。

第一次收取的刊登費不高，主要做個範本效果出來，但每期十幾萬份銷量，價格再低也低不到哪裡去。

這幾家店鋪都是以往生意冷淡，在聊齋管事的遊說下抱著試一試的心態才投了一期，沒想到效果驚人，廣告出去後，這些鋪子一改往日冷清模樣，生意火爆得差點把屋子擠塌。聊齋的廣告部終於可以挺直腰桿了，再不用到處求爺爺告奶奶的招商，坐在辦公室裡就有生意上門……

這些店家之中，只有玉蘭妝是沒交錢的——不，準確的說，玉蘭妝的廣告費，是謝崢自己掏腰包填的。

祝圓說了，只要幫她刊登一期廣告，便將他幾月不聯繫、且找人給《絕情書生農家妻》續寫之事一筆勾銷——小事一樁，他自是欣然應允。

但大家都不傻，雖然名義上聊齋是承嘉帝名下鋪子，但從策劃到執行都是謝崢，連下面幹活的管事們也全是認他，看在別有用心的人眼裡，這鋪子跟他的也無甚兩樣了。

這種情況下，他自然不會將祝圓架在火上烤，索性便自己掏錢把廣告費給結了。

玉蘭妝趁此東風好好掙了一筆，起碼前期投入的裝修費用是掙回來了，要知道，以祝圓的性格和審美觀，這玉蘭妝的裝修，跟重新買一家院子也無甚差別了。

好在成果是喜人的，玉蘭妝獨樹一格的裝潢，將大部分因月刊而來的顧客拿了下來，前期準備的產品銷售一空不說，還接了許多訂單。

那幾日，祝圓忙得連宴席都顧不上，直接坐鎮玉蘭妝，以便能及時處理各種突發事件。待玉蘭妝那邊終於步入正軌，時間已過去近半個月，祝圓這才得以抽出時間好好感謝謝崢，彩虹屁那是一把接一把，直把謝崢哄得心情美美的。

前些日子兩人都忙，聊得也少，再者，上回祝圓才說了類似絕交的話，後腳狗蛋就給自己登了廣告，祝圓心裡有些過意不去，便隨口找了個話題跟他聊起來。

「月刊現在每月刊印多少本？」

謝崢也不瞞著。「約莫十五萬。」

祝圓心裡算了算，詫異。「一年了吧？怎麼才這麼點？」沒記錯的話，去年這個時候就有三萬份了吧？

滿京城多少赴考學子，又有多少官員富戶，還有那些衝著詩作、話本去的後宅女子們……這月刊不貴，一戶人家就能買上好幾冊，這還不算那許多商人訂購一大批帶去各自府城售賣的量。

怎的一年過去了，才十幾萬份？

自然有原因，只是裡頭有些曲折，謝崢不想與她說太多，便隨便搪塞了句。「基本只在京城售賣，十幾萬份差不多了。」

「不是說有許多商人會囤一堆，拉去別的地方售賣嗎？」

「路途遙遠，商販要賺回差價便得加價，許多人就買不起了。」

祝圓懂了。「哎……所以還是派送問題，交通不發達，經濟都發展不起來。」要是有車就好了。

謝崢不以為然。「水泥路已經很好了。」

「也是，慢慢來吧。」祝圓便沒再多說了。

安靜了一瞬。

眼看多日不曾出現的祝圓又要跑了，謝崢遲疑了下，提筆問道：「妳最近還有相看人家嗎？」有沒有，他其實知道得清清楚楚。

提起這個祝圓就頭疼。「前幾天不是忙嗎？跟我娘請了幾天假……明兒又得繼續了。」

謝崢皺眉，心裡頭那股若有若無的彆扭又出來了。

他停了片刻，接著問：「前些日子也看了不少，比較中意哪家？」想了想，又補了句。「我幫妳參詳參詳。」

「你能參詳啥？你又不知道我喜歡啥樣的。」祝圓不以為然。

「我能幫妳查他們底細。」

祝圓愣了愣，繼而眼睛一亮。「對哦，你如此神通廣大，查他們肯定輕而易舉。」這人都能往微不足道的祝家塞探子，查幾家人想必也不難！

「嗯。」謝崢被拍了句馬屁，心裡舒坦多了，順勢也將那一絲絲的不對勁丟諸腦後。「想知道哪些人家的情況？」他手邊都有。

祝圓喜孜孜開始列。「國子監劉司業劉大人家的長子，欽天監許官正家的嫡次子……」她一口氣列了四戶人家，然後接著道：「這幾家你記一下，回頭幫忙查一下！」

謝崢停了片刻，再次蘸墨。「全都要？」

「當然啊，這幾家我娘都挺滿意的，回頭我娘說要找機會看看人，如果差不多就留著備選。」

那股若有若無的彆扭勁又來了。謝崢用力捏了捏筆，定了定神。「是嗎？」

「嗯。不過，我對我娘看人的眼光有些懷疑。樣樣都是其次的，你幫我查的時候，多留意人品，比如會不會隨意打罵奴僕，會不會去喝花酒什麼的，對了，一定要查清楚他們有沒有侍妾通房外室！」

謝崢皺眉，看了眼手邊資料。他記得安福讓人查回來的資料裡，全都是各家的關係網，比如人情往來……

小丫頭既然要這些，再讓人查便是了。

如是，他便應下了。

「謝啦！」祝圓大大鬆了口氣。「我正愁怎麼挖這些人的底呢。」

「舉手之勞罷了。」

「嘿嘿嘿，就知道狗蛋你神通廣大。若是幫我找到好對象，回頭給你送——」祝圓頓住。她前幾日剛說了不要私相授受來著……她撓了撓頭，拐了個彎。「回頭我再想幾個點子讓你發家致富啊！」

謝崢興致不高。「嗯。」

恰好安瑞來回事，他丟下一句「回頭聊」便擱了筆。

承嘉十二年，二皇子謝峸被封為寧王，賜親王府，婚配吏部左侍郎張忠敏之女。

謝家祖訓，為防外戚專政，皇子皇孫不許與三品以上大員聯姻。

踩著謝家祖訓品階線找的兒媳……還是吏部這種重要部門的大員，狼子野心昭然若揭，謝崢的幕僚們都緊張了。

「殿下，若是吏部被他們抓在手裡，將來如何是好？」

謝崢擺手。「無妨，張侍郎若是敢輕舉妄動，父皇第一個不饒他，謝峸討不了好。」

「可是……」

「依我之見，當務之急，應當是給殿下找個更好的姑娘。他們跟三品大員結親，咱們也能。」

「對，咱們也找個。他們找吏部侍郎，咱們去找戶部侍郎——」

旁聽的安瑞沒好氣。「吳先生，戶部侍郎之女今年都快抱孫子了。」

「……」

謝崢捏了捏眉心。「我不需要靠妻族，擇妻之事無須你們擔憂。」

話已至此，大夥自然不好再說什麼。

那名吳先生想了想，又道：「或許我們可以查一查這位張大人經手的官員，看看有沒有問題。」他解釋。「自古以來，但凡敢明目張膽走姻親關係的，要麼就是行得正坐得端，要麼就是藏得深，鄙人不認為這位張大人真有這般清正廉潔。」

其餘人一想也是，紛紛下場提供方向和意見。

謝崢由得他們討論，低眉看向浮現墨字的紙頁。

祝家丫頭開始幹活了，幕僚們還在商討，他索性放鬆身體靠向椅背，半合眼簾靜看對面列帳。

站在他側後方的安瑞眼角一掃，瞅見敞開的房門外探頭探腦的人影，忙附耳過來。「主子，安福回來了，奴才去把人叫進來吧？」

謝崢抬眸掃了眼，點頭。

安瑞躬了躬身，悄無聲息退出去，然後領著安福貼著牆走進來。

「主子。」安福行了個禮，爬起來，恭敬地將手裡冊子遞給他，小聲道：「這是劉大人那幾家孩子的資料。」

這麼大的活人來來去去，幕僚們自然不會忽略，安福彙報的時候，他們便都停了下來，怕擾了主子大事。

謝崢點頭，順手接過來。「都按照要求查清楚了？」

安福抹了把汗。「查清楚了。」就差把人尿床到幾歲給挖出來了。

謝崢不再說話，接過來，先草草翻了遍，確認有哪些人家，確認無誤後，他才開始詳看。

祝圓的筆跡還在頁面中浮現，但畢竟是在辦事，不如習字時頻繁，斷斷續續，時隱時現，不影響他看書冊內容。

他優先看的是「國子監劉司業」那一冊，與祝圓相看的是劉大人家嫡長子。

祝圓曾說過她希望將來訂親的人選身家清白、人品端方，最好是家裡人口簡單些，如此便沒有那許多的勾心鬥角。

這位國子監司業劉大人，文人出身，在國子監任職，品性不錯，家風應當不差。劉茂全本人也只有一妻一妾，除卻與祝圓相看的嫡長子，劉家只有庶子一名、姊妹數名，符合祝圓所說的人口簡單。

倘若祝圓嫁過去，過個幾年便是持家主母，以她的性格，日子定然可以過得不錯。

謝崢最開始屬意的是這家，自然先翻這家——

劉新之，國子監司業劉茂全之嫡長子……這名字，算中規中矩吧。

年二十……祝圓才十四，年紀太大了，肯定和祝圓無話可說！

相端正……只是端正？祝圓如此漂亮，這廝如何配得上？

擅畫……祝圓喜歡書法和古琴，不喜歡畫畫，將來肯定聊不起來。

好詩詞……祝圓最煩那些天天吟詩作對的矯情貨了。

等等，這廝竟然會跟狐朋狗友附庸風雅去喝花酒？

謝崢「啪」地一下合上冊子，扔給安福，冷聲道：「劉家這位不行。」

安福「啊」了聲，還想問上一句，謝崢已經接著翻下一冊了。

下一冊是欽天監許官正家的嫡次子，謝崢剛翻了兩頁臉便黑了，罵道：「竟然已有通房？年紀輕輕便貪圖美色，將來必定不成大器！」

冊子一扔。「這個，不行！」

安福。「……」

其餘人等面面相覷。殿下這是……在選什麼人才嗎？

「當爹的竟然寵妾忘妻？一家子沒規沒矩！不行！……一個月請三回大夫？英年早逝之兆，不行！……」

謝崢一口氣看完四冊本子，怒瞪安福。

「這些都是什麼人家，一個比一個不靠譜！」

安福垮下臉來，小聲道：「主子，這些都是……那家夫人看中的。」而且，剛才他說的那些，不都是小問題而已嗎？

再說，哪家人沒個這樣那樣的毛病，無傷大雅就算了吧，沒得累死下面。

謝崢擰眉，冷聲道：「讓人悄悄將這些消息遞過去！」

「……是。」

謝崢越想越不得勁。「不行，他們家接的那些帖子，我看都不靠譜，查！全都得查一遍！」

安福苦著臉嘟囔了句，安瑞耳朵尖聽見了，趕緊給他一個肘子讓他閉嘴。

謝崢冷冷掃過來。「有何意見？」

安福一激靈，立馬道：「奴才不敢。」

謝崢這才作罷。

眾幕僚可沒漏掉這番對話，適才的吳先生再次站出來。「殿下，可是遇到了什麼難處？」

謝崢擺擺手。「私事罷了。」

「殿下不妨說出來，或許我們幾個能為您分憂。」

也有道理。謝崢遲疑了下，慢慢道：「我這邊需要為……友人之女擇一良婿，諸位若是有那合適人選，不妨告訴安福，讓他查查是否合適。」

眾人詫異，吳先生再次拱手。「敢問這位友人之女年幾何？」若不是太著急，慢慢相看也行。

既然都說了，謝崢也不瞞著，直接道：「時年十四。」

眾人面露異色，又有人站出來問了句。「敢問殿下，此女……可是有何不妥之處？」

謝崢皺眉。「沒有。」

見眾人不信，他難得耐心地解釋。「此女性情可愛，外貌出眾，才學過人，堪稱先生！」即便囿於後宅，祝圓之才也不會泯然眾人，假以時日，必定揚名人前。

幕僚們不解了。

「既無不妥，又是如此佳女，怎會找不著人家？」

「我何曾說過找不著？」謝崢微怒。「我是要為她找個妥帖的人家，讓她日後過得順心順遂！」

原來如此……眾人聯想到適才他與安福的對話，恍然大悟。

吳先生摸了摸下巴，問：「如何算妥帖？」

這次終於問到點上，謝崢面色稍霽。「安富尊榮。」

安定、富裕、尊貴、榮華，一個詞幾乎囊括了世間婦人最好的人生和想望。

眾人面色更詭異了。

謝崢察覺不妥，眯眼問：「有何不妥？」

吳先生張口欲言，對上他身後兩位殺雞抹脖拚命使眼色的太監，忙閉上嘴。

謝崢倏地扭頭看去，安福、安瑞立馬低頭裝傻。

謝崢瞪了他們一眼，轉回來。「吳先生有話不妨直說。」

吳先生遲疑了下，問：「殿下，此女既然如此……」他斟酌了下，道：「珍貴，您為何不納入自己後宅？若是當真才華橫溢、外貌出眾，王妃之位以待也是使得，如此一來，安富尊榮便都得了。」

謝崢怔住了。

安福、安瑞兩人大氣也不敢喘一聲。

吳先生看看後頭縮成烏龜的兩太監，以為自己猜錯了，小心翼翼道：「可是有何不便之處？其父官階太高了？輩分不對？」畢竟能讓皇子殿下勞心勞力的，指不定是什麼高門貴女或皇親國戚，這兩者，依照大衍皇家規矩，都是不行的。

謝崢回神。「不……」

吳先生點頭。「那便好。」接著又道：「是否擔心年齡太小？唔……十四歲也確實是小了點。不過鄙人以為，殿下大才，尋常女子配不上，若是這位姑娘有此才能，等上一、兩年也無妨。」

有幕僚不贊同，站起來道：「十四歲的小姑娘能有何大才？找那些家族得力、父兄有前景的人家才是正理。」

「在下不贊同。」又有人跳出來。「父兄妻族不過錦上添花，若是主母賢良，一能打理後宅，讓殿下無後顧之憂；二能圓融關係，讓殿下行事更為通暢，三能教育子女、福澤後人……加上得力的父兄妻族，豈不美哉！」

「這好話都被你說完了……殿下還未說這名姑娘是否能當此任呢！」

眾人齊齊看向謝崢。

後者也不知道在想什麼，怔了片刻，才緩緩道：「此女之才……舉世無雙。」

眾人側目。這讚譽著實高啊……

吳先生也很意外。「當真如此？」

謝崢卻不欲多言了。

吳先生偷覷了他一眼，順著往下說道：「若真有如此才華，那更該收入麾下，甚至還需以主母之位待之。」

「太小了。」有人反駁。「鄙人以為，尚未及笄的孩子，說才華還太早。」

又有人建議。「若是覺得此女年歲太小，可先娶妻，待她長大再迎為側室。」

「不可！萬萬不可！」吳先生當即反對。「有才之人豈會甘願屈居人下？若是主母勢弱，側室過強，後宅定然生亂！此法萬萬不可！」他連說兩句萬萬不可，表示此舉實屬下策。

「對，我贊同吳先生，一山不容二虎，斷不可貪心誤了大事。若是等不及，如殿下前頭所說，找戶好人家嫁了，以後多多照拂，也算是結個善緣。」

「鄙人亦然。」有人不以為意。「女子才華再出眾，也不過是管家理事、相夫教子，何須太過在意。」

謝崢視線掃過去，面無表情道：「《大衍月刊》，乃是她的主意。」

眾人倒吸一口涼氣。

《大衍月刊》！

雖說月刊現在掛在承嘉帝名下，可好處是實實在在的——別的不說，多少舉子對月刊感恩戴德。他們是因地位和消息來源所限，以為恩惠來自皇帝，若是他們將來為官拜相，豈會不知謝崢之功？

再有，多少人家因為撰寫稿子獲得月刊刊載換得更高名利，他們可不是無知無覺的平民舉子，面上不說，心裡會不會對謝崢心懷感激？

綜此種種，再過數年，文人一眾，便幾乎是謝崢的隱形支持者，還有許多他們尚在研究、考量的好處……全都是來自《大衍月刊》。

現在謝崢說，這個主意，來自一名十四歲的閨閣女子？

眾人震驚不已。

好一會兒，吳先生率先回神，激動道：「若是如此——若是如此——」他深吸了口氣。「此女若是不收為己有，則必須要……」他伸掌，在脖頸處向下一劃。「斬草除根，絕不能讓此女被旁人得去，尤其是幾位皇子。」

眾幕僚紛紛點頭。「吳先生所言極是！」
謝崢。「……」
大夏天的，書房內彷彿憑空生出寒意，眾人為之一滯。
立馬有人識趣改口。「還是聘回來的好，聘回來當主母！」
「沒錯沒錯，應當聘回來為殿下效勞！」
吳先生也感慨。「如此奇女子，等上兩年也是值得的。」
「真沒想到，《大衍月刊》如此奇招，竟是來自一名小姑娘……」
「等等，月刊是前年開始籌備、去年開始發行……若是這麼算，那小姑娘前年才十二?!」
「天縱奇才！天縱奇才啊！」
屋裡吵吵嚷嚷，謝崢卻陷入了沈思——聘祝家丫頭為妻？
修長指節輕叩木桌。聽起來，似乎不賴啊……他原先怎麼沒想到這一點？
雖然那丫頭也算是他看著長大，可她都開始談婚論嫁了，怎麼自己完全沒想到過？
定然是因為兩人相識之時，祝圓正當年幼，性子又跳脫……加上自己兩世為人，與其交往，自己便習慣以長輩自居。
初始印象和觀感若是固定了，便很難扭轉過來。
這，約莫就是燈下黑了吧？
最重要的是，若是他娶了丫頭，那丫頭便再無理由與他保持距離、斷絕來往，日後他們不光能紙上談心，亦可……

想到日後可與丫頭耳鬢廝磨，謝崢竟覺得邊上冰盤似乎不太管用，書房怎麼突然變得悶熱了許多……

他端起放涼的茶盞灌了兩口，待得冷靜些了，再繼續往下琢磨。

若是由他娶丫頭，他便能親自護著她，富貴榮華更是唾手可得，他也無須再查探諸多京城少年——這些庸俗之輩，如何配得上他家丫頭！

他家丫頭……唔，這稱呼順口多了！

謝崢沈鬱多日的心情陡然為之一鬆，彷彿雨過天晴，又如久逢甘霖，舒爽得他想出去跑馬射箭。

望了眼猶自熱烈討論著的眾幕僚，謝崢輕舒了口氣，沈聲道：「好了，還有其他事嗎？」

眾人這才醒過神，撂下話題，轉回正事。

快刀斬亂麻地將餘下事情處理完畢，謝崢當即打馬回宮。

按照規矩，進宮後得下馬行走，謝崢扔了韁繩，大步流星往前走，安福、安瑞等人在後頭快步疾追。

一路疾行進了自家院子，謝崢便直奔書房。

安福抹了把汗，小跑著追上去——

「不用伺候了。」

砰！被拒之門外的安福。「……」

下一刻，謝崢又打開了門。

還目瞪口呆的安福連忙閉上嘴，嚥了口口水，問：「主子？」

謝崢深吸了口氣，道：「準備一下，我去演武廳練練。」

「……是。」

於是，不知道受了何種刺激的謝崢整個下午都耗在演武廳，騎馬、射箭、搏擊比武……完了他整個人才平靜下來，按照往常的節奏，沐浴更衣，處理雜事……

第二天一早，慣例的鍛鍊過後，謝崢再次梳洗更衣，沈靜地步入書房。

與往常一般，只要沒有參宴，祝圓這個時間便已經在習字了。

今日當值的安平磨好墨、鋪好紙，將他慣用的幾支狼毫推至他手邊，謝崢微微頷首。

「這裡不需要伺候，出去吧。」

「是。」

待安平出去掩上門，謝崢才將目光收回，落在紙上。

刨去他在軍營的大半年，兩年多時間的相處，浮現的墨字與自己的字跡已有幾分相像，卻偏向秀麗疏朗，一眼便能看出是女子筆鋒，卻又比尋常女子要大氣許多。

他深吸了口氣，提筆、蘸墨、落紙——

「丫頭。」

「喲，來啦，早安安啊～～」

謝崢卻頓住了。他想，總不能一上來便與丫頭談及親事吧？於禮不合！

這麼一想，他再落筆，話題便拐了個彎兒。「妳上回讓我查的四家人，已經查出來了。」

對面的祝圓驚喜。「這麼快?!快快快，快給我說說，這幾家的情況如何！」

刷刷刷地就是一排墨字，激動之情顯而易見。

謝崢頓時有些不喜。「只是相看，妳何須如此激動？」

「事關後半輩子呢，不激動行嗎？別拖拖拉拉的了，快說啊～～」

也罷。謝崢輕哼，然後開始給她列舉查到的資料——

「國子監劉司業之嫡長子，年紀太大，相貌太差，酸腐氣過重，又好附庸風雅，好喝花酒，不好。」

祝圓眨眨眼。「這麼糟糕嗎？怎麼我聽我娘說的，彷彿不是那麼一回事啊？」

謝崢皺眉。「她如何說？」

祝圓回憶了下，道：「性子儒雅，相貌端正，詩畫俱備……總之，就是文雅書生一名！」

謝崢。「……」

不知為何，他竟有幾分心虛。

「知人知面不知心，妳娘不過是道聽塗說，何從辨別？」總而言之，聽他的沒錯。

「也是。那這個劉家就算了，欽天監許官正家呢？這家家風聽說不錯來著，我還遠遠見過那位公子，長得……嘿嘿嘿，還挺好看的。」

見過？謝崢眼一眯，他怎麼不知道？安福怎麼辦事的？

遠在聊齋辦事的安福狠狠打了兩個噴嚏，嚇得他急忙竄去後廚。「趕緊給我來杯薑茶，可不能著涼了！」

再看三皇子院落這邊——

謝崢冷笑一聲，落筆道：「此子已有通房。」

「……」

謝崢看著紙上那幾個墨點，舒爽了。

「剩下兩家呢？你一次說了吧！」祝圓嘆氣。

「羅家家風敗壞，寵妾忘妻，不行。陳家之子病體沈屙，不可託付。」

總而言之，沒一家好的。

祝圓哭了。「三條腿的蛤蟆找不著，怎麼兩條腿的男人也這麼難找？」

謝崢。「……」

「要不，我給妳介紹？」他試探般問道。

祝圓有氣無力。「介紹啥……再怎麼介紹也是盲婚啞嫁，回頭還得過我爹娘的明路，想想就折騰，算了吧——哎，不過你別說，我還真有個人選，我見過幾回了！」她轉而又喜孜孜道：「長得還很俊！」

謝崢摸了摸自己臉頰，暗忖道，他長相隨母，應該算……俊？再數了數自己與祝圓見面的次數，他心緒稍穩，提筆問道：「誰？」

祝圓大筆一揮。「江成啊，你認識的。」

謝崢一頓，一口血哽在嗓子眼，差點噴出來。

他深吸口氣。「妳三番五次提及江成，那我們先來談談他。」

「談啥？」

「妳為何覺得江成不錯？」

祝圓反問。「那我問你，江成不俊嗎？」

……俊。

倘若真不俊，這丫頭也不會念念不忘，他也就不會吃味了——沒錯，他現在知道，自己就是在吃味。

祝圓又問：「江成不是秀才嗎？」

是，但也僅僅是秀才而已。

「還在聊齋當管事，每月領高薪！」

每月不過十兩，算高薪？

祝圓最後總結。「你看，不是挺好的嗎？有顏值有才華還有穩定工作，不比前頭那幾個還在念書啃老的傢伙好嗎？」江成這種，擱現代就是白領菁英！

「胡鬧！」

祝圓不以為意。「哎呀，你是不是想說門不當戶不對？」
謝崢忍怒。「既然妳已知道，為何還惦記著他？」
「誰說我惦記他了？我就是覺得江成合適而已。」
不是看上江成就行。謝崢心裡這才舒坦些。「合適？此話怎講？」
「你看，江成有秀才功名可免除徭役，又在聊齋當差，想必沒有精力考舉人，一輩子秀才，多好？只要我爹穩穩的，我哥出息了，他就不敢欺負我，我又有嫁妝，嫁過去，日子肯定很舒服～～」
謝崢懂了。「類似入贅？」
祝圓嘿嘿笑。「別那麼直接嘛～～」
謝崢無語。「妳怎會有此想法？妻憑夫貴，夫君身分低微，妳也討不了好。」
「我需要這麼高身分做什麼？夫君身分高了指不定怎麼欺負我呢。」
「妳出嫁後，父兄關係便遠了。夫君才是妳將來的靠山，若是他身居高位，妳的日子——」
「才難過。」祝圓打斷他。「父兄都靠不住的話，夫君更靠不住。再說，我也沒指望夫君多厲害，掙錢我來，男人嘛，好好相妻教子就行了，不用太努力！」
謝崢。「？？？」
「妳這是……」他停頓許久，艱難地寫出後面幾字。「養面首？」
祝圓眼睛一亮。「對對對，就是這樣的感覺！你真是懂我哈哈哈～～」

謝崢。「……」他不懂。
謝崢捏捏眉心。「妳為何有這種想法？」
「男人有權就會變壞，最好一輩子庸庸碌碌。」
與庸碌毫無關係的謝崢。「……」
「所以你看，江成多合適啊，地位既不太低，又不會高，簡直就是為我量身而定！」祝圓越想越對路。「我得去想想辦法，只要能說服我娘，這事兒就成了一半！」
說完她撂下筆就跑了。
謝崢。「……」
好心情消失殆盡。
謝崢足足練了半個時辰的字，不光沒有冷靜下來，還越寫越氣。
他索性把筆一扔，直奔聊齋。

新一期稿件又到了，此時書鋪的各部門都在忙碌的選稿校稿。
江成因為嘴皮子索利，上個月又被萬掌櫃調去搞廣告洽談，第一期廣告上線效果明顯，臨近截稿，他自然是忙得腳不沾地。
聽到有人喊，他一下沒轉過彎來，擺手道：「排隊排隊，六月刊已經訂好了，想要上廣告的留資料在對面桌子，回頭我們再約時間詳談──」
「江成！」來人鑽過人群朝他後腦勺就是一巴掌。「我看你是想不幹了？」

「嗷！」江成抬頭。「萬叔你幹麼呢？沒看我忙著嗎？」

「臭小子，叫你好幾聲了！」萬掌櫃瞪他，然後道：「趕緊去東邊辦公室，那邊找你！」

東邊辦公室是他們私下的稱呼，其實就是三皇子的辦公室。

江成「啊」了聲，忙不迭站起來。「你怎麼不早說——誒各位抱歉，突然有事，暫且失陪，暫且失陪啊！」

話音未落，他已經跑出辦公室不見人影。

「誒江小哥——」

「各位稍安勿躁，他一會兒就回來，稍安勿躁啊～～」

江成一路小跑，直奔東邊一處獨立院子——此處就是他們口中的東邊辦公室，也是謝崢新弄出來的辦公室。

因謝崢平日事情較多，月刊的營運、聊齋營運，還有莊子裡的各項研發進度和營運推廣，聊齋裡原本的辦公室人多口雜，每月截稿前幾天更是人聲鼎沸，他索性將東邊一處院子買下來，裝修成自己的辦公室，各處人馬找他彙報事情也方便，偶爾他也能在此處歇歇。

因此，聽說東邊辦公室找，江成就差沒用飛的飛過去。

穿過巷子，已經有人在後門處等著他了。

隨著那名小太監走進院子，江成有些戰戰兢兢，低聲打聽。「小公公啊，知不知道殿下找小的是所為何事啊？」

那名小太監自然不知，將他引到書房前交給安平便離開了。

「主子。」安平叩門。「江成到了。」

「帶進來。」

「是。」安平回身，朝裡伸手，半彎腰道：「江管事，請。」

「誒，有勞公公了。」江成整了整身上的聊齋制服，恭敬地走了進去。

「江成見過三殿下。」江成進了屋子，朝著上座躬身行禮。

「免禮。」

「謝殿下。」

江成直起身，視線下垂，恭敬地問道：「殿下尋小的過來，可是有事吩咐？」雖然他是秀才，但是他們這批跟聊齋簽訂了合同的管事，在謝崢面前都是以謝崢家僕、幕僚自居。

書房裡卻靜可聞落針。

江成詫異，忍不住偷偷往上座瞟，冷不防對上一雙審視的冷眸，嚇得一激靈，急忙收回目光，然後便不敢再動彈，眼睛盯著腳下一畝三分地。

好在謝崢終於開口了。

「江成，你幾歲？」

江成愣了一瞬，忙拱手作答。「回殿下，小的今年二十有二。」

竟然二十二？年紀太大了！祝圓一定不喜歡。謝崢如是想道。

接著他問：「婚否？」
江成更懵了。「還、還沒呢。」
謝崢瞇眼。「這個年紀了，為何不成親？」
江成丈二金剛摸不著頭腦，小心翼翼解釋道：「前些年為了專心科舉，一直沒顧上，去年進了聊齋……」他打了個哈哈。「這不還沒來得及嘛。」
謝崢卻沒搭理他的話，又問：「父母長輩俱在？兄弟幾個？」
「有、有父母和祖父，還有兩個弟弟。」
「父親作何營生？」
「啊，在、在京郊村裡當先生。」
謝崢越聽越有危機感。竟然除了年齡略大些，全都還挺符合祝圓的要求？
江成嚥了口口水。「殿下，難道您是想……」給他介紹對象嗎？
謝崢冷冷地掃他一眼。「我什麼都沒想。」
江成。「……」
謝崢忍著氣仔細打量他。
眉毛太濃，一看就氣性大；眼睛骨碌碌亂轉，肯定不安分；面皮太白，彷彿病入膏肓，不是長壽之相。
「你家長輩可有為你相看人家？」他問道。
江成擔心他真要當媒人，想了想，小心道：「小的長輩已經相看好了人家，最晚年底就能成親了。」

謝崢暗鬆了口氣，盯著他。「記住你說的話，今年若是沒有娶妻——」

江成打了個激靈。「一定成，一定成親！」

謝崢似乎輕哼了聲，擺手。「出去吧。」

「是！小的告退！」

第二天早上，祝圓正練字呢，謝崢再次冒出來。

「丫頭。」

祝圓頓了頓，換了張紙。「早～～」最近很反常啊，這廝竟然都主動打招呼。

「我查過了，江成年內就要完婚。」謝崢如是寫道。

啊……祝圓失望不已。「難得有個這麼合適的。」

謝崢暗自磨牙，忍不住補了句。「即便他沒訂親，妳也不會喜歡。」

「怎麼說？」

謝崢小心眼道：「他沒有八塊肌。」這麼瘦，肯定沒有。

祝圓。「……」

「幸好我還沒想好怎麼跟我娘開口。」

謝崢暗鬆了口氣。

「妳為何只盯著聊齋？」

「聊齋是朝廷單位啊，在裡頭工作，有後台又體面，多好！」

這丫頭壓根沒開竅呢。

謝崢暗嘆了口氣，想了想，他問：「我這邊有一個合適的人選，妳要不要看看是否合適？」

「也是朝廷單位的嗎？」

「然。」

祝圓期待。「俊不俊？」

謝崢想了想。「不如我安排一下，讓妳見他一見，妳若是覺得滿意，再往下談。」

祝圓登時驚喜。「真的嗎？」狗蛋也太好了吧！這個網友可以交啊！值了！

滿心歡喜的她沒有注意到，對面的狗蛋完全沒提——倘若她要是不喜歡，又是怎樣……

「且等我安排一二。」

「沒問題！」她一閨閣女子要見外男當然不容易，不過狗蛋既然答應安排，肯定會搞定，她放心得很。「兄弟，姊的終身大事就靠你了！」

謝崢勾唇。「放心。」

這話題便過去了。

祝圓原本以為要等上一段日子才能得到答覆呢，誰知，沒過兩天，她就被通知——可以見面了。

祝圓有點懵，算了下日子，不敢置信道：「這才兩天，你就安排好了？」

「區區小事，兩天足矣。」

若不是為了避人耳目，他也不需要等兩天。而且就這麼兩天時間，祝家女眷就又參加了一場宴席，還是早點定下為好。

他說得輕巧，祝圓卻有些猶豫。「明天啊……就這樣出去嗎？有帖子嗎？」

謝崢指點她。「妳直接去聊齋，我讓人去接妳。」

祝圓皺眉。「接我去哪？不是湊到宴席裡偷偷瞄一眼嗎？」

一些比較輕鬆的相親宴，雖然男女分開，但其實都隔得不遠，若是安排得當，也能在安靜些的角落近距離見個面。

謝崢回答了。「我何曾說過要在宴席上碰面？」

祝圓當即升起一股危機感。「我不會跟外男單獨見面的，咱們相交多年，你可不能害我。」

謝崢好笑。「我豈會讓妳單獨與外男見面，妳是月刊大股東，出了事誰賠得起？」

祝圓這才放心些，然後往下問：「那你打算怎麼安排？我去聊齋，然後呢？」

「別擔心，還是在聊齋，只是避開別人耳目繞道去聊齋辦公室，會安排我的心腹下屬陪同。」謝崢哄她。「倘若遇到別人，可以說是在商討稿子的問題，既光明正大，也安靜。」

意思是，狗蛋不會出現，而且有人陪同，還是在聊齋的辦公室。祝圓想到上回晃過一圈的聊齋後院，確實很多工作人員來來去去，她鬆了口氣。

「這樣聽起來穩妥多了。」

謝崢勾唇。「妳何曾見我辦事出紕漏？」

祝圓吐槽他。「你就吹吧，就你這性子，出了紕漏你也不會告訴別人！」

謝崢。「……」

「萬一你騙我怎麼辦？或者，真出了差錯呢？」

謝崢想了想，提議道：「妳可以讓妳兄長作陪。」

誒？對哦！哥哥不就是用來坑的嗎？就讓祝庭舟來當保鏢跟陪客吧！

祝圓滿意了。「小夥子腦子轉得挺快的，賞！」

謝崢。「……」

這主子的做派……挺好，是當主母的料！

祝圓要是知道自己隨口一說都會被這樣想歪，會把他罵上天。

可惜，沒有如果。

祝圓想起一事。「對了，那位小哥哥也給月刊供稿嗎？」不然怎麼能以談稿子的名目約到聊齋後頭去？

謝崢頓了頓，寫道：「那是自然，此人年紀輕輕便學富五車、博學多才，為月刊供稿是輕而易舉。」

「哇！」祝圓驚嘆。「難得見你誇人啊。」

謝崢。「……」

「除了才華，性子呢？」

謝崢皺眉，看向邊上的安瑞。「安瑞，你覺得我性子如何？」

安瑞驚了下，結結巴巴。「主、主子性子？沈穩？深謀遠慮？」

謝崢想了想。「還行。」低頭寫字。「沈穩。」

「不錯，男人就是得穩重！」

謝崢勾唇。

「對了，人品呢？」

這題他會。謝崢面不改色。「克己奉公，高風亮節。」

「這麼正派？」祝圓驚了。「我總覺得人無完人，若是表現得太過正派，總有種偽君子之感啊……」比如岳不群。

謝崢。「……」

這丫頭怎麼這麼難伺候？

「行吧。明兒見了人再說，說不定你看人不準呢～～」祝圓不無樂觀道：「還有，小哥哥家裡的情況呢？」

「父母俱全，還有一嫡親弟弟。」其他都是無關緊要的人。

祝圓眼睛一亮。「可以！我最喜歡這種人口簡單的家庭了！」

身處全天下最複雜家庭的謝崢心虛不已。

約定好明日抵達聊齋的時間，謝崢便擱了筆。

祝圓將所有細節過了一遍，確認沒有太大問題，便去找娘親申請明日出門許可，因她經常出門，後者沒多想便允了。

之後祝圓又跑去磨祝庭舟，用的也是跟狗蛋商量好的理由，祝庭舟自然不會拒絕，完了祝圓便喜孜孜回房。

第二天很快到來。

祝圓想到要跟小鮮肉近距離接觸，激動不已，特地挑了身顯膚色的藕荷色裙子，還仔細地描了眉、塗了顯白的口紅——她皮膚白，有了這些，不敷粉也勝似敷粉。

準時到了聊齋，祝圓與祝庭舟分男女道進入鋪子。

小滿太跳脫，祝圓今天帶的是夏至。

夏至以為她是要去後頭校稿，絲毫沒有懷疑，祝圓心虛地瞟了她一眼，快步前行。

順利來到二門處，祝庭舟及其小廝已經等在那兒了。

與上回不同，這次二門處還站著兩個穿著聊齋制服的小廝，看他們要往裡走，攔住他們問所為何事。

祝庭舟回了句是依約前來校稿，那兩人便放行了，祝圓猜想上回應當是有三皇子在才沒被攔。

如是，一行四人順利進入後院。

狗蛋說約見的辦公室在會議室東側，來過這兒一次的祝圓自然記得。

她當先領路，直奔花廳，沿途還遇到了幾名聊齋的工作人員，這些工作人員對外人進來似乎見怪不怪，經過時還朝他們行書生禮，祝圓更為安心了。

到了花廳前面，果真發現旁邊有條安靜小徑，彎彎曲曲，兩側栽有林木花草，看起來頗為雅致。

幾人順勢拐進去，穿過林木小徑，卻是院牆及一扇小門。

門邊還候著幾個人，其中一名，是與祝圓有過兩面之緣的白面中年人。

一次在薛家後院，一次在這院子裡。

這不是安福公公嗎？祝圓驚了一下，想到狗蛋曾說過會讓他的心腹過來，便放鬆下來。

祝庭舟還未發現不妥，詫異地看看左右。「不是說這邊是辦公室嗎？」

安福走前兩步，朝兩人拱手。「祝公子、祝姑娘日安！」

祝庭舟疑惑。「您是？」

「奴才奉三殿下之命，前來接祝姑娘。」

祝庭舟皺眉。「三殿下？」轉頭對上祝圓心虛的神情，他微怒。「這是怎麼回事？」

安福微笑。「祝公子無須擔憂，祝姑娘去去便回，待她回來，再與您解釋。」也不等祝庭舟接話，他朝祝圓道：「祝姑娘，請！」

「圓圓！」祝庭舟自然不肯，正要攔，兩名太監圍了過來。

祝圓覺得有點不對了。

「這位公公，為何不讓我兄長一塊兒走？」

安福笑咪咪。「姑娘到了便知了。」伸手。「請。」

祝庭舟過不來，開始嚷嚷。「圓圓，不許——唔——」

兩名太監飛快捂住祝庭舟嘴巴，將其拖走。

祝圓驚了，立馬後退。「我、我不去了——」剛退一步，便撞到同樣嚇著了的夏至身上。

而她們身後，不知何時也圍了兩名太監。

祝圓害怕了。「你、你們想幹麼？」

安福笑得和藹。「祝姑娘別為難奴才幾個了，主子正等著您呢。」

祝圓茫然。

主子？三皇子？

狗蛋不是給她約的小哥哥嗎？

電光石火之間，祝圓終於明白過來——壓根沒有什麼俊氣小哥哥，只有狗蛋！

他竟然騙她?!祝圓氣瘋了。

第十八章

「祝姑娘？」安福依然保持著躬身伸掌的姿勢詢問地看著她。

此情此景，不去也得去，也無須糾結了！祝圓深吸口氣，壓下滿腔怒意，冷聲道：「帶路。」

安福「誒」了聲。「請。」

「姑娘！」夏至擔憂極了。

祝圓搖了搖頭，率先走出小門。

外頭是安靜的小巷，左右無人，緊跟在側的安福笑著說了句。「祝姑娘放心，不會有人看見。」

不是巷口有人守著，就是這片地都是謝狗蛋的。

她面無表情，安福也不再多說，領著她沿著巷子走了幾步，走到斜對面一扇敞開的木門前。

「請。」

輕裙不動，蓮步上階，祝圓沈靜地步入木門。

門裡倒像是普通院子，幾株矮木、幾盆盆景，便沒了。

祝圓剛打量完周遭，就聽見後頭「咿呀」一聲輕響，她下意識回頭，恰好看到一名太監將木門落栓。

夏至緊張地貼近祝圓，生怕這些人要做出什麼。

安福忙安撫她們。「姑娘莫慌，落栓不過是預防聊齋的管事過來，待妳離開，這門便會再次打開。」

祝圓掃了他一眼。「公公帶路吧。」說這些廢話有何用，難道她說不關便不關了嗎？

「誒。」

一行人繼續前行，院子似乎不大，只過了道院門，再穿過一條長廊，便到了一處稍大些的院子，另有一名略瘦的無鬚男人候在廊下。

看到她們進來，此人眼睛一亮，急忙迎上來，恭敬地行了個禮。「祝姑娘，奴才安瑞，給您見禮了。」

祝圓。「……」這太監為何這般恭敬？

笑咪咪跟在邊上的安福怔了怔，彷彿想到什麼，一個眼刀子就飛到安瑞身上。

安瑞絲毫沒管他，躬著身要引祝圓往屋裡走。「姑娘請這邊走，主子已經等候多時了。」

祝圓遲疑。

安瑞也不催她，面上笑咪咪的，只耐心地等著。

祝圓的視線掃過前邊敞開的房門，掃了眼一左一右候著她的安福、安瑞，祝圓一咬牙，往前走——都到這兒了，等著也改變不了什麼。

「夏至姑娘。」安福一個箭步，攔住亦步亦趨跟在她身後的夏至。「且煩勞妳在此處候著。」

「你們想幹什麼？我要陪著我家姑娘——」

竟然連她丫鬟也不給進？祝圓怒了，停步回頭。「不要——」

「吵吵鬧鬧的作甚？」

低沈的嗓音插了進來，院子裡瞬間安靜下來。

祝圓僵住。

安瑞腆著臉笑道：「殿下，奴才正準備領祝姑娘進去呢……」

謝崢輕「嗯」了聲，視線停在祝圓身上。

祝圓低著頭轉回來，福身。「民女見過三殿下。」

看到祝圓，謝崢的唇角便忍不住上揚。

他仔細打量她，鑲綠玉玄木釵，藕荷色長裙，腰間墜著塊帶流蘇的綠玉禁步。雅致是雅致，素了點。

謝崢皺了皺眉，收回視線。「進來吧。」

祝圓頓了頓，視線定在地上磚縫處，道：「殿下有事便在此直說吧，民女自當洗耳恭聽。」

換言之，倘若沒事，她就走了。

謝崢收起笑意，皺眉盯著她頭頂烏髮。「我找妳所為何事，妳清楚得很，還是說，妳要我在他們面前與妳詳談？」

祝圓。「……」無恥。

不是，他們壓根無事可談啊……可她不敢說。

謝崢輕哼了聲，丟下一句「進來」，轉身進了屋。

王八！祝圓咬了咬牙，抬腳跟上。

安瑞等人偷眼看著兩人一前一後進了屋，齊齊鬆了口氣。

夏至擔心極了，往前一步——安瑞攔住她。「夏至姑娘，主子們講話，妳在外頭等著便是了。」

夏至又怒又驚，呵斥道：「我家姑娘還未訂親呢，你們怎麼能……你們居心何在？」

安瑞笑咪咪。「以後就是一家人，何必在意這些細節呢，對吧？」

夏至怔住了。

旁邊的安福也開始捋袖子。「好你個安瑞！我說今兒你怎麼盡往回縮——合著這得罪人的事情就交給我了？」

安瑞佯詫。「不是你自己向主子請纓的嗎？」

「我呸！」安福抓住他衣領。「你裝孫子，就把我架火上烤了嗎？」

安瑞哎喲哎喲。「你這話說的，接姑娘的任務難不成是苦差？」

「呸呸呸。你就陰我吧！」安福扔了他衣領，開始長噓短嘆。「常在河邊走哪有不濕鞋，罷了罷了，反正我就認主子一人。」

安瑞攤手。「這不就得了，你瞎操心什麼？」

安福瞪他。「那你怎麼對那位恭恭敬敬的？」

安瑞嘿嘿笑。「咱們都是奴才，對誰不得恭恭敬敬的？」

「得得得……說不過你。」

另一邊。

祝圓跟在謝崢後頭，進了屋便開始悄悄打量四周。

屋裡窗戶全都打開了，光線明亮，空氣中飄著淺淡的香薰味。西北兩邊都擺著書架，裡間靠牆處擺著一張大大的書桌。

祝圓掃了眼桌後牆上那幅波瀾壯闊的山水畫，暗鬆了口氣——真的是書房，看來不會有什麼危險……吧？

當先進屋的謝崢已經走到窗下茶几邊，回身落坐，下巴朝邊上一點，道：「坐下說話。」

祝圓掃了眼那兩把並列而置的椅子，除了中間一張擺茶盞的小几，兩個位置就差肩挨肩了。她斂眉，停在幾步開外，不卑不亢道：「於禮不合，民女不敢僭越。」

謝崢微微皺眉。「讓妳坐著便坐著。」

祝圓沈默，以示抗議。

謝崢盯著她片刻，換了個方式。「妳從外頭過來繞了好大一段路吧？坐下歇會兒。」

「謝殿下關心。」祝圓抿了抿唇。「倘若民女說累，是不是可以自行離開？」

「不行！」謝崢拒絕完後，頓了頓，似乎終於反應過來。「妳在生氣？」

祝圓不吭聲。

這便是默認了，謝崢看了眼外頭，皺眉。「是不是安福請妳過來的時候說了什麼？」

祝圓忍不住譏諷了句。「看不出來殿下手下的太監，還頗有當劫匪的天賦。」

謝崢。「……」

他輕咳一聲。「安福這人雖然有點不知變通，忠心還是可以的……」又咳。「回頭我訓他兩句，讓他給妳賠罪。」

祝圓。「……」

虛偽！能在皇子身邊混，地位還不低，哪個是傻子？自然是主子怎麼吩咐下人怎麼做！

彷彿是心虛，謝崢迅速將話題轉走。「往常妳活潑得很，怎麼到了這兒就變成悶葫蘆了？」

變？她沒有！祝圓垂死掙扎。「殿下是不是弄錯人了，民女向來沈默寡言——」

「叩叩。」謝崢敲敲茶几打斷她。「別裝了，妳我的聯繫，豈是妳三言兩語便能否定？還是說，妳想在我這兒留下幾行字？」

祝圓憋屈死了。

謝崢心情愉悅。「難得看妳吃癟。」

祝圓心裡直吐槽。最煩這種人，網聊就網聊，非要人肉、非要見面，這就算了，她就當有些人心裡陰暗又膽小，不敢與不知身分之人來往。

既然網友身分都查清楚了，還要見面，那就是純粹的以勢壓人……王八就是王八！

她在這邊嘀嘀咕咕罵翻天，對面的謝崢卻放鬆身體，靠到椅背上，正式步入正題。「不是說要看看嗎？可以看了。」

祝圓有點懵。「殿下讓民女看什麼？」

謝崢。「……」

他沒好氣地道：「抬頭。」

祝圓下意識照做，對上一雙幽深如墨的狹長雙眸——

劍眉星目，鷹鼻薄唇，似笑非笑的時候，還、還挺帥的……

「如何？」墨色深眸裡帶著笑意。

祝圓急忙收回視線，再問一遍。「殿下讓民女看什麼？」

謝崢敲桌。「妳今兒怎麼傻乎乎的？不是妳要看我嗎？」

祝圓一愣。她看他幹麼？她是說要相看，是相看小哥哥——等下！

祝圓震驚。這人什麼意思？這是讓她相看……他？

太過驚詫，她都忘了低頭，直愣愣看向謝崢。

謝崢被她那雙水汪汪的杏眼看得通體舒暢，勾唇道：「看來妳對我的長相頗為滿意，那就進行下一步吧……妳想問什麼？」

「等等！」祝圓終於忍不住，小心翼翼問：「殿下您，是不是搞錯了？」

「搞錯什麼？」

祝圓嚥了口口水。「殿下天潢貴胄，只有您相看別人的分，怎能被別人看呢？」

謝崢淡定。「妳不是別人。」

吼！祝圓登時嚇得倒退一步，戰戰兢兢道：「殿下，民女、民女是……」她一閉眼，撲通跪下。「民女何德何能……民女高攀不起，請殿下三思。」

謝崢皺眉。「跪著作甚？」他索性離開座位，俯身伸手打算去扶她。「我們相識多年——」

跪著的祝圓嚇得往後坐倒，下一瞬見了鬼般迅速爬退躲避。「殿、殿下——」她停在三尺外，驚叫道：「民女、民女絕無此意！」

謝崢愣住，伸出的手懸在半空。

祝圓爬起來跪好，閉上眼睛，頭朝地，磕了個實實在在的頭，完了跪伏在地，請罪道：「若是民女何處沒做好，讓殿下誤會了，請殿下恕罪！請殿下、請殿下……放過民女！」

謝崢。「……」

書房裡安靜得嚇人。

祝圓緊張地跪伏在地，等著面前皇子的惱羞成怒和轟趕，卻聽得一聲嘆氣。

「惱我了？因為我騙妳過來相看？」這丫頭裝得太過，反而不像。

祝圓蹙眉。這廝怎麼不生氣？她腦子瘋狂轉動——

黑影籠過來，她一驚，正準備躲開，手臂便被握住。

「起來說話。」

祝圓嚇死了，立馬掙扎。

謝崢輕哼了聲。「妳再折騰，今天就別回去了，然後滿京城都知道妳留宿此地，過個幾天咱們便能直接成親洞房。」

祝圓。「……」

這威脅太狠了，她只能乖乖就範了。

謝崢將祝圓拉起來，順手塞到椅子上，拍拍她腦袋。「坐好了。」

祝圓。「……」拍狗呢?!

謝崢盯著祝圓嬌美的側顏。「想必妳也猜出來了，沒錯，我打算聘妳為妃。」

他聲音低沈，落在祝圓耳裡卻恍如驚雷。

她攥住衣襬。「民女——」

「我不是在跟妳商量。」謝崢語氣淡淡。「我只是在告訴妳。」

祝圓。「……」

這王八，當皇子的沒有一個好東西！

謝崢也沒打算等她回答。「我有無數種方法讓妳無知無覺，直至聖旨下來。」

祝圓沈默。

「但我還是約了妳，見了妳。」謝崢盯著她。「我自認對妳還有幾分了解，妳看似活潑隨和，實則要強，主意又正。若是不讓妳走這一遭，與妳商量商量，妳將來怕是會惱我許久。」他嘆了口氣。「妳這性子，若是惱了我，我也沒有好日子過啊……」
這意思是……她在紙上展露的性子，他也能接受？
回想起過去兩、三年的相處，祝圓嘴唇動了動。
謝崢一直盯著她呢，自然沒漏看，遂道：「有話不妨直說。」
祝圓一咬牙，輕聲道：「若是我不願意呢？」
謝崢沒聽清。「什麼？」
祝圓深吸口氣，直起腰，抬頭直視他。「若是我不願意呢？」
謝崢皺眉。「為何不？多少人想當王妃而不得——」
「那您便去找那些想當王妃的姑娘。」祝圓忍不住開懟。
謝崢掃了眼這丫頭攥緊衣襬的纖細手指，嘆了口氣。「我知道妳想找一些家裡簡單的——」
「既然您知道，為何還要找民女？」事已至此，祝圓索性攤牌。「我自認過去助您良多，也沒有對不起您的地方，您為何要害我？」
謝崢微怒。「我以正妃之位待妳，何來害妳之說？」小丫頭不知好歹！
祝圓譏諷。「可委屈您了，還得從後院騰一院子給民女。」
謝崢理解錯了。「妳擔心這個？」他解釋。「妳雖是姑娘家，聰慧智敏卻不輸男兒，囿於後宅才是可惜，若妳成了我王妃，我必定尊妳敬妳，不光後宅全權交予妳手上，也不會限制妳的行動，妳想開店便開店，想寫稿便寫稿。」

不限後宅……祝圓可恥地動搖了。

不行不行，她定了定神，反駁道：「你上頭還有皇上跟淑妃娘娘，你說了不算！」不管了，再不爭取，她的後半輩子就完蛋了！

謝崢。「……」

他沒好氣。「除非妳嫁去那些父母長輩皆亡的獨門，否則，妳永遠躲不開這些。」

祝圓撇嘴。「我找低門第的，只要面子上過得去，誰敢欺負我？」

彷彿是那麼回事……他捏了捏眉心，提醒道：「妳忘了，皇子成親便要離宮開府，獨自成家嗎？」

好像是哦……祝圓眨眨眼。「那節日什麼的，總得進宮伺候吧？」

謝崢不以為意。「那與參宴做客有何區別？」

「有啊！誰家敢對客人打罵責罰，甚至還可能殺頭掉腦袋？」

謝崢瞪她。「妳是不是話本寫多了？妳當王妃，是他們的兒媳，他們除了罵妳兩句，還能真罰妳不成？」

比如淑妃，自己各種不服從管教，她也只是罰抄書了事，再多的便沒有了。她對自己尚且如此，換成兒媳，她估計又是那名溫婉可親的淑妃娘娘了。

祝圓「啊」了聲，問：「倘若做了大大的錯事呢？」

「……比如？」

祝圓一頓。好像還真沒？等等——「奪嫡爭位失敗怎麼辦？」杏眼瞪過去。「你別裝模作樣說是孝子賢孫、不爭帝位！」

破罐子破摔的她火力全開，謝崢都被驚住了。

這丫頭……真是什麼都敢說啊！

「哼，不敢說了吧？」祝圓一副果然如此的模樣。「若是嫁進尋常人家，哪來這種抄家滅族的禍事！」

謝崢嘆了口氣。「妳為何對我沒信心？」他敲了敲桌子。「妳知道從潞州之行開始，我這幾年遭遇了多少回刺殺嗎？」

祝圓「啊」了聲。「多少？」狗蛋從未提及，她確實不知道。

謝崢報了個數，然後道：「我去歲被關在封坮大營，為了保我安全，田指揮使直接將我扔在兵丁營，混在裡頭，僥倖安全度過八個月。」言外之意，這些刺殺集中在一年半內。

這事祝圓毫無所聞，怪不得這人直接失蹤了八個月，偶爾出現也完全沒跟她交流。

但是聽說他被刺殺如此多次，祝圓更是連連搖頭。「不行不行，這樣更不行。」

謝崢皺眉。「何來不行之說？若不是我太出色，旁人為何要刺殺我？」

祝圓呵呵。「你攤丁入畝得罪多少人，連我剛回京城不到兩月都知道，這些人可跟奪嫡無關！」若是奪嫡爭位，那更是沒完沒了。

「……現在這些都傷不了我半分，我真要做些什麼，還會毫無準備任人來襲嗎？」

「……好吧，就算您說得在理。」

什麼叫算……他本來就在理。謝崢無語。

「那還是不行。」

謝崢長嘆了口氣。「說吧，還有何問題？」

「按照您現在的路子，您要嘛奪嫡成功，然後三宮六院。要嘛就是被刺殺成功，死在奪嫡路上。」祝圓呵呵。「我一不想當老鴇，二不想守寡。」

老鴇是什麼鬼？還有守寡——謝崢臉都青了。

祝圓起身走到幾步外，對著他穩穩跪下去。「狗——殿下，民女懇求您，放民女一條生路。」

找了個理由搪塞了祝庭舟，無視夏至的欲言又止，祝圓一路沈默地回到祝府。

總歸有祝庭舟和夏至兩人在，她索性連張靜姝都不見，進了自己房便關起門來發呆。

張靜姝急吼吼過來扒她裙子的時候，她都懵了。「娘——妳幹麼！」她捂住袖扣拚命往後躲。

張靜姝急紅了眼，壓低聲音。「妳快給娘看看，三——那廝是不是欺負妳了？是不是？」

祝圓差點吐血。「沒有！沒有！誰傳的謠言？哥哥還是夏至？真是睜眼說瞎話！」

聽她說得激動，張靜姝微鬆口氣，仔細打量她，又扯了她衣帶、衣襟什麼的翻看了一遍，才徹底放心，雙手合十道：「菩薩保佑！佛祖保佑！」

祝圓翻了個白眼。

張靜姝瞇眼開始審問。「妳怎麼跟那位勾搭上的？」

「……娘，我也不知道，真的！」祝圓睜著眼睛無辜道。「我之前總共就見他兩回，第一回才十二歲，我怎麼知道？說不定他戀童！」

張靜姝朝她腦袋就是一下。「胡說八道！」然後問她。「那妳今天……」

「我真的以為是去校稿！」祝圓指天發誓。「我啥都不知道！」

張靜姝不信。「那他跟妳說什麼？」

祝圓遲疑片刻，老實道：「他說要娶我為妃。」

張靜姝倒抽了口冷氣，怔怔地看著她。

然後祝圓便看著她臉上慢慢浮現激動和喜悅，頓生不祥預感。

「三殿下竟然喜歡妳，不如——」

「娘！」祝圓撲過去。「我不要！」她病急亂投醫。「上回吃席聽說的邱家，對，就那個邱家公子，不是說他家公子習得一身好武藝，打算今年下場考個武狀元嗎？我覺得這樣的比書生可靠，我喜歡……我們去看看好不好？要是合適我們就訂親，對，立馬訂親！」

張靜姝啐她一口。「相看哪有這般兒戲的？」

「那許家公子也行，妳我都看過，有才華有樣貌，他們家夫人也挺喜歡我的，咱就定這家吧？」

「不就等妳爹定奪嘛～～」張靜姝遲疑。「而且，若是三皇子當真要娶妳——」

「不可能。」祝圓大手一揮。「區區皇子，想都別想！」

張靜姝。「……」

區區？死丫頭，嘴上越來越沒門把。

謝崢在祝圓那兒憋了一肚子氣，還沒來得及緩下，宮裡來人了。

承嘉帝找他。

一路疾行。

剛進御書房，謝崢還未來得及跪下，承嘉帝便不耐煩擺手。「免禮，起來說話。」

謝崢聽令起身，順勢一掃，發現在座除了幾名大學士，剩下的全是翰林院的老頭。

怎麼回事？平日御書房的議事人馬可不是這些老頭。

謝崢心中狐疑，面上不顯，淡定地朝在場諸位大臣行禮。「諸位大人安。」

眾大臣紛紛回禮。「三殿下安。」

上座的承嘉帝擺手。「好了，招呼都打完了，趕緊聊正事。」

謝崢轉回來。「父皇找兒臣過來，可是有何指示？」

「你先看看這個。」承嘉帝示意德慶，後者會意，不知從何處摸出了一本冊子，呈遞給謝崢。

謝崢接過來一看，是《大衍月刊》舊刊，他不解。「有何問題？」

「就是沒有問題才找你。」承嘉帝看向一名長鬚偏瘦的老頭。「老徐你來說。」

這名老者是翰林院徐叢懷徐學士。

只見他站出來，朝上座拱了拱手。「那便由老臣先抛磚引玉。」看向謝崢。「老臣有愧，原先覺得《大衍月刊》不登大雅之堂，後來得知有經解文章和朝政單元，也以為是淺表文章，及至前幾日聽同僚討論才翻看。」

謝崢點頭。「徐大人無須介懷，此月刊初衷便是為百姓茶餘飯後解悶、了解時政所用，不看也無大礙。」

「不不，殿下過謙了，是老臣——」

承嘉帝沒好氣。「行了行了，說完正事再客套。」

「啊……是！」徐大人乾笑一聲，終於拐入正題。「老臣看了之後，只覺其中文章詩句皆與平日所見不同，文字還是那些文字，但明顯淺顯許多，仔細研究後，更發現裡頭多了許多符號，除了與句讀相似的兩者，其餘符號聞所未聞……請問殿下，這些符號可有具體意思？」

謝崢挑眉。「當然。」

徐大人忙問：「可否詳細解說一番？」

謝崢從善如流，隨意翻開一篇文章，指著上面的標點。「這些符號稱之為標點，標號與點號。點號包括句號、頓號、逗號、問號、嘆號、分號及冒號，句、頓、逗，與我們慣用的句讀差別不大，問號、嘆號則是表現語氣語調，比如這個，叫問號，用於問句結尾，表示語句帶疑問或反問……」

不光徐大人仔細聽著，其他大人也好奇地湊過來。

承嘉帝看著台階下擠在一塊的腦袋，摸了摸下巴，悄悄走了下來混進人群裡。

「……大致便是這些。」謝崢難得說這麼多話，說完都覺有些口乾了。

徐大人連連點頭。「加了之後確實明晰許多。」他想了想，問：「但尋常人家如何得知這些符號的意義？貿貿然加上去，是否會讓大家誤解？」

謝崢反問他。「徐大人看月刊之時，可有艱澀之感？」

徐大人回想了下，搖頭。「確實不曾。」

「不能這般比較，」有位老大人站出來。「徐大人您飽讀詩書，理解確實不難，尋常百姓本就識字少，再遇到這些複雜的符號，豈不是更看不懂？」

「黃大人，在此之前您也不知道這些標點符號的意思，您看懂了嗎？」

黃大人一愣。

「這便是標點符號的意義了。標點符號是為了讓人更容易理解句意、文意，而不是讓文章更複雜。有合適的斷句，聯結上下文便能理解其中含義，不明白標點含義的，多看幾篇文章，自然而然地也能知道了。」

徐大人想了想，站出來。「一篇上好的詩詞歌賦，美在韻律和對仗，若是加上標點，豈不是破壞美感？」

這問題謝崢還真考慮過，被丫頭一通好懟來著。他輕咳一聲。「徐大人多慮了，特殊體裁自當特殊對待。標點符號是工具，用之是為了方便閱讀，不必在所有地方強求。」

眾人面面相覷。

徐大人問：「那這標點彷彿有些雞肋了？」

雞肋？無知的人類！

謝崢差點把祝圓罵他的話翻出來，頓了頓，不答反問。「平日朝廷政令下達，各地官員是否需要斷句，揣測其中含義？」

「這是自然。朝廷政令事關重大，若不仔細揣摩，出錯了怎麼辦？」

謝崢視線一掃，看到人堆裡的承嘉帝，怔了怔，朝他身後的德慶道：「德慶公公，可否借紙筆一用？」

德慶看向承嘉帝，後者擺擺手。「去吧。」

眾人這才發現承嘉帝，紛紛退後，拱手告罪。

「誒，別管朕，繼續，繼續。」

好在小太監很快將紙筆送過來，一行人索性移步旁邊茶座。

謝崢直接在几上鋪紙寫字，以申請加印月刊冊數為例，寫了份簡易奏摺。長句短句交雜，通篇辭藻華麗，讀起來酣暢淋漓。

「殿下好文采！」徐大人讚道。

「徐大人過譽了。」謝崢看著那位黃大人。「黃大人看完此文，可知何意？」

黃大人盯著紙張琢磨了片刻，不確定道：「可是說，月刊受民眾歡迎需要加印一事？」

謝崢點頭，低頭在紙張上加了幾個標點，然後問：「黃大人再看，這般有何不同。」

黃大人再次低頭。「不都是那些字——」

「不錯！」湊過來的承嘉帝讚道：「這樣清晰多了。」

徐大人也撫著長鬚連連點頭。「清晰明瞭一看便知，且沒有歧義，標點符號功不可沒。」

「往日我人微言輕不好多言，趁此機會，正好與父皇、諸位大人建議一二，朝廷政令、奏摺等公文，往後書寫方式可做些適當變動。政令通達，上下一致，事情才能事半功倍。」

承嘉帝摸著下巴陷入沈思，諸位大人也面面相覷。

謝崢接著道：「諸位大人或許覺得這不過是細枝末節，不值一提。但在我看來，標點符號一事從長遠來看，是利國利民、百姓開蒙的得力助手。許多人一輩子也就認得幾個字，若是不加標點，他們看話本、看朝政解讀，必定會覺艱澀難懂，若是加上標點符號，再加上精準的用詞語句，百姓便能輕易讀懂朝廷政令……許多事情便不容易被誤解，朝廷辦事能順暢些。」

徐大人捋了捋長鬚。「若不是家中女眷聊起月刊裡的話本情景，老臣還無法發現殿下這貼心的舉措……」他感慨道：「殿下赤心！」

謝崢拱手。「不敢當。若不是有幸得識一名高才之士，我也弄不出如此規整的標點符號。」這高才之士自然是祝圓，也不是祝圓主動建議，只是法子確實是從其身上習得。

有人好奇。「何人如此高才？」

謝崢遲疑了下，坦然道：「是佩奇先生。」

標點符號潤物細無聲，不如水泥、月刊顯眼，將祝圓拉出來，倒是無妨。

眾人茫然。

「佩奇先生？」黃大人皺眉。「老臣竟未曾耳聞。」

承嘉帝卻眼睛一亮。「佩奇先生啊，如此大功，當賞。」然後朝謝崢道：「佩奇先生人在何處？速速讓他來領賞。」

謝崢一頓。「不敢欺瞞父皇，佩奇先生生性瀟灑，視功名如糞土，若是父皇要賞，便賞賜銀錢吧，兒臣會替您轉交。」

徐大人唏噓。「不愧是想出標點符號的大能……」

承嘉帝則瞪向謝崢，謝崢面不改色。「還是父皇連這點銀錢都不捨得？」

承嘉帝磨牙。「賞，自然該賞。來人，筆墨伺候。」

刷刷刷地寫完一道封賞旨意，承嘉帝將筆一扔，掃視眾人一圈，道：「好了，標點符號之事你們也了解清楚了，回去都寫份奏摺，講一講如何教化普及、如何應用。」

「是。」

於是，距離上回談婚……咳咳、見面不到兩天，謝崢再次主動找上祝圓。

「丫頭。」

正在屋裡寫寫畫畫的祝圓倏地停筆。

「看到妳在了，出來。」

祝圓看看左右，輕輕放下筆，打算跑路。

「一千兩白銀，要不要？」

祝圓一看，立馬抓起毛筆。「幹麼？」頓了頓，有些心虛地解釋。「剛才夏至在邊上呢！」

謝崢。「……」

這丫頭平日囂張至極，只有心虛才會解釋。這是不想搭理他？

思及上回祝圓所說之話，謝崢冷笑，看來得多見幾面栽培感情。

謝崢威脅道：「下回再躲我，我便直接上門尋妳。」

祝圓。「……」

還是單純的網路世界好，一下線，恩怨去他丫！再不濟也能拉黑、隱身，總有方法讓對方無知無覺。

這什麼破能力，隨便連結誰不好，怎麼跟這傢伙連上？

祝圓在心裡第一百零八次辱罵這紙上傳書的能力，手下毛筆卻還得好聲好氣哄著。「我說了夏至在嘛，等她出去了我才好寫字啊～～」完了急忙轉移話題。「你剛才說什麼？我跟夏至說話沒看清楚呢。」

只要她裝得像，狗蛋就不能指責她！

謝崢勾唇。「那日未來得及問妳，妳回去後，妳兄長母親，如何表示？」

剛才這廝說的分明是一千兩！故意的！祝圓磨牙。「他們都極力反對！」

謝崢皺眉。「為何？」

「他們才不捨得送我去受苦呢！你看，所有人都覺得嫁給你是去受苦！」要是那一千兩是假的，她就氣死他！

謝崢捏了捏眉心。「改日我親自上門詢問——」

「不行！」祝圓大驚。「說好了給我時間考慮的啊！」

那天她犧牲多大啊，都跪下求情了。

想到她那天對兩人親事的描述，謝崢就頭疼。「我是讓妳考慮清楚，不是讓妳選擇應或者不應。」

呵呵，放狠話誰不會？

祝圓氣憤。「我不想跟你討論這個話題。」

討論了也無解，反正她絕不會坐以待斃。哼！

謝崢點頭。「確實無須討論，妳還小，接下來妳只需在家好好待著，等及笄了我們便完婚。」

還有近一年的時間呢，祝圓不無樂觀。「你就為了這事找我？」錢呢？一千兩呢？

謝崢微哂，順著她換話題。「妳還寫不寫《絕情書生農家妻》？」

「不寫！」祝圓斬釘截鐵。

謝崢皺眉。「為何不寫？」他想了想。「妳若是擔心前兩回被眾人遺忘，我可以重刊。」

祝圓沒直面回答他。「我現在連載的話本不是更好嗎？老少咸宜！」

《絕情》此書，在世人眼裡注定要坑掉，去年的委屈，她記得牢牢的。

那次爭吵，讓她清楚地意識到，即便如狗蛋、即便兩人交情再深……在這個時代的男人眼裡，她就只是一名無足輕重的姑娘家。

道歉，不會有。尊重，很難。

在她知道對面的狗蛋是堂堂皇子之後，她其實也能理解——高高在上慣了的人，怎會輕易低頭呢？

可她不習慣。

她穿越至此，享受著上輩子渴望而不得的親情，快樂是快樂，可是封建社會制度對女性的桎梏，還是會讓她偶爾感覺喘不過氣，長越大，這種感覺越嚴重。

在蕪山縣這種小地方，她爹是縣令，她年紀也小，帶著下人能滿城亂跑。到了京城，卻連出門都得向老夫人報告，開個鋪子要掛她娘的名義，鋪子裡的管事也不能直接來家裡找她……

如此種種，身分、地位，都是她這輩子不能忘記的東西。

那幾個月的時間，她將《絕情書生》的後續全部寫完後便鎖了起來，上了鎖的木盒就擺在觸目可及的書架子上，時刻提醒自己——對面的人只是網友，能從他那兒分到錢都是撿來的，其餘的，不可抱有太高期望。

成親？更不可能。身分地位已經讓她窒息了，她才不會去找位高權重的男人成親，潛力股也不行。

提及正在連載的話本，謝崢也深有同感。「還是這本好一些。」上一本，總覺得過於……俗。
見他不追，祝圓心裡反倒彆扭上了。
好在謝崢立馬又接了句。「妳還記得妳教我標點符號之事嗎？」
祝圓當然記得。「怎麼啦？」
謝崢便將上午之事簡單概括地告訴她，道：「父皇本來要親自見妳，妳現在不好顯露身分，我便給否了……待以後我們成親了，妳再決定是否告訴他。」
祝圓。「……」臉真大，不可能成親的！這輩子都不可能！
跟這老古板講不通，她索性當沒看到，直接問：「所以，皇上賞了我一千兩和一封手諭？」一千兩耶！
不對，最重要的是有聖旨！
拿了這份聖旨，她不管嫁到哪戶人家，妥妥的都不會被欺負了！這簡直是意外驚喜。
對面的謝崢毫無所覺，猶自遺憾。「標點符號功在千秋，一道聖旨已是虧待妳。」若是男兒身，豈止聖旨，加官進爵也是使得。
不過，也幸好是女兒身。
祝圓卻沒想到他想了許多，確定之後登時滿心激動。「那你還拖啥，趕緊拿給我啊！」
「正是要與妳商量此事。」謝崢唇角勾起。「妳知道地方，明天自己過來拿。」
祝圓。「……」
王八！

一千兩！京城一套偏僻位置的一進院子才不過二百兩，一千兩能買五套！

還有聖旨，以後是她耀武揚威的資本啊！

……祝圓妥協了。

第二天，她跟娘親申請出門許可的時候，只說要去聊齋買兩本書，再去玉蘭妝看看情況。

張靜姝一聽聊齋就皺眉。「妳還敢去聊齋？」上回還沒嚇夠？

祝圓心虛極了，面上卻義正言辭。「聊齋是書鋪，我為何不能去？那傢伙上回是騙我收稿呢，我以後不往後頭去，大庭廣眾下，他難不成還敢強搶民女嗎？」

說的也是，但張靜姝還是不放心。「要不要叫庭舟陪妳去？」

「不用了，鋪子裡人多，得男女分開走兩邊，他也陪不了我。」祝圓沒好氣。「再說，上回他被兩個太監一摁就動不了，太菜了，要是真遇上事，去了也沒用！」

張靜姝。「……」

「娘，哥哥的書院還沒敲定嗎？沒敲定之前，讓他去練點什麼唄，他這小身板再不練練，以後科舉怎麼辦？」

「說的也是。」

「那我去幫妳叫哥哥過來。」祝圓起身麻溜往外走。「我晚點就回來，勞您幫我去跟祖母說一下啊。」話音未落，人已經不見了蹤影。

「……這丫頭，火急火燎地幹什麼？我也沒說不允……」

祝圓已經跑遠了，自然聽不見，夏至已經讓人套好了車，她一到門口，兩人便上車出發了。

至於為何還帶夏至？

一回生兩回熟嘛！還省了解釋。

夏至如何擔憂不說，馬車噠噠噠地，很快便到了地方停下來。

祝圓伸了個懶腰。「今兒怎麼感覺有點遠——」

掀了簾子準備出去的夏至驚呼一聲，祝圓皺眉，慢慢放下手。

「夏至姑娘，又見面了。」外面傳來有幾分熟悉的聲音。

祝圓忙不迭鑽出去一看——

「祝姑娘日安~~奴才來接您了~~」笑咪咪伸手過來的白臉太監，不是安福是哪位。

夏至有點緊張，攔在馬車前不讓他接近。

祝圓卻不慌不忙下車，打量四周，是條小巷，空無一人，還不是上回的那條巷子。

「祝姑娘安心，主子安排了另一輛馬車到聊齋門口，屆時還會有人在裡頭晃一圈。」

祝圓。「……」

懂了，瞞天過海。

「姑娘？」

祝圓回神，朝她搖搖頭。「無事，約好了的。」

夏至更擔憂了。

祝圓沒再多說，扶著車門跳下車。「帶路吧。」

「是，姑娘請。」

走進小巷，走了段與上回截然不同的道路，直接進了最裡頭的正院。

祝圓卻步了。「不是去書房？」

安福這回可不敢再強行把人弄走，忙解釋。「那處書房經常有聊齋之人出入，不太妥當，主子說上回是不得已，這回自然得換個清靜地方。」

祝圓。「……」

知道了知道了，上回就是為了哄她這個傻子的！低頭看看自己的小身板……謝崢應當不至於……

她定了定神。「走吧。」

安福登時鬆了口氣，笑咪咪道：「是。」

好在，狗蛋這王八也知道避著些，沒有約在房裡。

看見坐在花架下抓著書本安靜看書的謝崢，祝圓鬆了口氣。

聽見腳步聲，謝崢的視線從書冊上移開，落在她身上。

祝圓正打量他呢，正好看著他緊皺的眉心瞬間鬆開，登時怔住，下意識停下腳步。

謝崢挑眉。「怎麼傻站著？」朝她招手。「過來。」另一手將書冊合上，擱在石桌上。

祝圓走了兩步驚覺不對，急忙回頭，原本跟在她身後的夏至和安福，不知何時已經不見了。

「別找了。」謝崢起身向她走過來。「我讓他們下去了。他們在此，妳說話不自在。」

孤男寡女，危險！祝圓機警。「我沒要說話，你把東西給我，我拿了就走！」

「東西待會兒自會給妳。」謝崢腿長，幾步就到了她面前。

祝圓退後一步，抬起右手攔在身前，戒備地看著他。「為什麼要待會兒？你、您想幹——」

手上一暖，她傻了。

謝崢握住祝圓的手，牽著她走回石桌。「不陪我說會兒話，東西免談。」

可惡！不知道男女授受不親嗎？祝圓心裡咆哮道。

然後她就發現自己竟不由自主跟著走——

她立馬掙扎，腕間桎梏卻瞬間收緊，謝崢停步回頭，帶著兩分不悅。「怎麼了？」

祝圓瞪他。

杏眼圓睜，真可愛。謝崢那兩分不悅瞬間煙消雲散。

祝圓可不知道他心裡已經百轉千迴，朝他的爪子努了努嘴。「男女授受不親，撒手！」

謝崢回頭，上下打量她一遍，心情頗為愉悅道：「妳還小，無妨。」繼續往前走。

哪裡小了？是哪裡小?!祝圓可沒漏看這傢伙剛才的打量。她更不肯動了，氣憤道：「你都打算強娶了，還嫌我小?!」

謝崢無語，再次回頭。「我何時嫌妳了？」視線落在她微微汗濕的額上，他微微皺眉，強硬地拉著她走到藤架下。

藤架安置在東牆下，牆角還有株高大槐木，加上枝葉繁茂的藤架，走入陰影的祝圓瞬間覺得身上涼快許多。

謝崢將她帶到石凳邊上便鬆開她，示意她落坐。

祝圓掃了眼四周，猶豫了下，果斷落坐，嘴裡不忘提醒他。「這是您讓我坐的啊，回頭可不許賴我大不敬啥的！」

謝崢莞爾。「這是自然。」回身，掀起衣襬坐下，一手放在石桌上，一手搭在膝蓋上，目光落在她臉上。

然後就沒有然後了。

石桌就那麼點大，謝崢腿長，坐下的時候得側身，故而他看祝圓，是微微側著頭的。

祝圓視線躲閃，不自在道：「您老人家是叫我過來發呆的嗎？」

謝崢挑眉。「老人家？」

祝圓偷覷他一眼，壯起膽子道：「有些人可是說了，自己已過知天命，兒孫繞膝來著。」

謝崢敲了敲石桌。「有些人也說自己年過三十了。」

兩人對視一眼。

祝圓想到兩人剛認識那時的鬼話，噗哧一聲笑了。

謝崢眼眸裡也帶上笑意，嘆道：「可算是見妳笑一回了……」

祝圓一滯，立馬板起臉。

謝崢。「……」

「此處無外人，妳無須太過拘束。」

話音剛落，安福便端著盤子走進來。

祝圓拿眼角剜他。瞧，這不有人嗎？

謝崢輕咳一聲。「這個不算。」

祝圓暗地裡翻了個白眼。

安福是來送茶的，放下茶盞、羹碗後，他便知趣離開。

祝圓面前的是羹碗——特意冰過的紅豆沙，碗沿還滲著水珠。

六月中的天，已經開始熱了，她身上還穿著不露腳不露臂的裙裳、繡花鞋，再頂著大太陽一路進來，早就出了一身汗，看到這碗冰過的紅豆沙，那股饞意就上來了——祝家還沒有那個能力捯飭冰窖，即便有，誰家冰窖捨得在六月天就開始用起來？

端起茶盞抿了口的謝崢開口了。「月刊這月的廣告費漲了許多，明年妳的分紅應該更高了，還是打算把錢存著嗎？」

祝圓剛摸向羹碗的手頓了頓，默默收回來。「民女——」

「私底下妳我相稱，」謝崢打斷她。「別民女來民女去的，我聽著彆扭，以往我們怎麼相處，往後也怎麼相處。」

祝圓心裡呵呵，懟他。「那……叫你狗——」

「不行！」謝崢板起臉。

「那您還說啥……」祝圓嘟囔。

謝崢沒好氣。「為何不許還用我說嗎？總之就是不行。」完了緩和語氣。「妳可以叫我三哥。」

祝圓不想接話，索性端起覬覦已久的羹碗開吃。

謝崢看她連著舀了兩羹進嘴，眼底閃過抹笑意。「不急，吃完還有。」

祝圓頓住，放下小瓷勺。

「妳那玉蘭妝生意如何？上回給妳做了廣告，都沒來得及問妳結果。」

這話題她能接，祝圓嚥下嘴裡的豆沙。「還不錯，預計要賣到六月底的貨全都賣完了，還有許多訂單。」

謝崢點頭。「有效果便好。」

祝圓又舀了一羹豆沙，完了好奇。「六月刊收了多少錢廣告費？」

「一千多兩吧。」謝崢不太確定。

一年就是一萬多兩了。加上月刊的零售、聊齋裡的書籍……祝圓雙眼發亮。「不錯，再接再厲。」

謝崢看著她。「下月計劃增刊，屆時會去章口等地售賣，各地若有廣告需求，可以為當地製作特版。」總之，明年的業績提成會很客觀。

祝圓連連點頭。「反正京城往周邊縣城的水泥路都打通了，月刊送過去也快！」

「我也是這般想，只是這運送成本略高……我還在讓研發中心想辦法。」

祝圓記得他提過這研發中心，有點好奇。「他們能研究啥？研究更好的鐵蹄？」

提起這個，謝崢便有些沒好氣。「耗費鉅資，折騰出一種雙輪車，至今還沒想出怎麼賣──」

祝圓聽得不對，接了句。「自行車？」

謝崢詫異。「什麼自行車？」

祝圓放下碗，想了想，假裝猜測道：「你不是說雙輪車嗎？那最多只能坐一個人，是不是不需要車夫，得自己一個人坐？那不就是自行了嗎？」差點說漏嘴。

「自行車？名兒倒是貼切。」

「然後呢？」祝圓連忙將話題扯開。「這車不好賣嗎？怎麼還發愁呢？」

謝崢皺眉，將當初斥責管事的話拿出來再說一遍。

祝圓想了想，問：「做了幾輛？」

「似乎是五輛。」

祝圓大手一揮。「那就賣給聊齋。」

「什麼？」

「月刊月刊，讓客人預定一年的刊物，送刊上門。每個月新刊出來，找幾個小夥子騎自行車把刊物送上門，多好。發刊的時候，聊齋門口就不用排長龍了。」

謝崢若有所思。

「再說，自行車主子們騎不了，下人還騎不了嗎？」祝圓彷彿看傻子般看著他。「不說別的，哪家沒個要跑腿送信的時候？」

謝崢。「……」

他捏了捏眉心。「怎麼到了妳這裡，這事便變得如此簡單？」

她站在巨人肩膀上呢。「術業有專攻嘛～～」

謝崢嘆氣。「這些經濟事我著實不擅長，等著妳過門後都交給妳——」

「打住打住！」祝圓頭疼不已。「說好了等我考慮一段日子的。」

謝崢無奈。「妳喜歡這些事，交給妳不好？」

「你是要我當管事嗎？那我沒問題！月銀多少？有年終獎金嗎？」

謝崢。「……」

祝圓苦口婆心。「真的，你看我的才能天賦都在經商上頭，聘回去當個管事真的不虧的！」

謝崢擰眉。「此事免談。」

祝圓氣悶。「你看，你說的就行，我說的就不行……」她嘟囔。「我才不要去給你當下人。」

謝崢詫異。「妳將來是我妻，我只會敬妳重妳，怎麼會是下人呢？管事才是真的下人。」研發中心這些地方的管事，都是帶身契的忠僕。

祝圓啞口了。說不過他，索性低頭扒紅豆沙。

謝崢搖了搖頭。「妳啊……」

祝圓不理他，專心把一羹碗的紅豆沙全吃了，放下碗後，忍不住掩嘴打了個小小的飽嗝。

謝崢眼底閃過抹笑意。

看了看天色，他嘆道：「時間也差不多了，待會讓安福送妳出去。」

祝圓眼睛一亮。「錢呢？聖旨呢？」

謝崢無奈。「記著呢。」要是不給，這丫頭肯定會惱他好幾天。

「別廢話，先拿來！」祝圓毫不客氣伸手。

謝崢又想嘆氣了。

他起身進屋，再出來，手裡便多了個尺長的木匣。

祝圓眼巴巴地看著他，謝崢將匣子遞過去。「妳看看。」

祝圓迫不及待接過來打開，銀票且不說，那卷明黃色的卷軸……

她激動地放下木匣，拿起卷軸緩緩打開——

奉天承運，皇帝詔曰：國家施仁，惠及黎民。今有佩奇先生，智德雙全，變俗易教，善施教化，四海承風，萬民得益。明德有功，獻法太廟，賜白銀千兩、金制狼毫，表勵其功，欽哉。

昭命承嘉十二年六月十六日之寶

結尾處還有大大的承嘉帝印章。

真的是聖旨！真正的聖旨！祝圓眼淚都快出來了，不枉她冒險跑出來這一趟，以後看誰敢欺負她！

謝崢神色溫和。「如何？這下安心了吧？」

雖然問題與祝圓所擔心的大相徑庭，祝圓也興奮得連連點頭。「安了安了。」可以安心找個好人家嫁了！「謝啦，狗──三哥！」

不管如何，謝崢也確實是幫她良多，若不是他，自己還掙不來這麼大一份家底，更拿不到聖旨，這聲謝，值得。

謝崢可沒聽漏她脫口而出的那個字，正想斥責，看著她眉開眼笑的模樣，到嘴的話便變得輕飄飄。「看在妳叫了三哥的分上，放過妳。」

祝圓朝他做了個鬼臉。

第十九章

離了那處小院，安福將祝圓主僕送至巷子口。

祝圓上了馬車，發現車裡竟然還擺著幾冊書，還都是她平日喜歡看的風俗異志。她暗嘆了口氣，坐進車裡，撿起書冊慢慢翻看起來。

夏至的五官都快皺在一起了。「姑娘，咱們就這樣回去嗎？」

「嗯。」祝圓頭也不抬。「別擔心，沒人會知道的。」要是連這點都做不好，謝崢就別肖想那無上寶座了。

夏至看看她手裡翻看的、邊上擺著的書冊，連姑娘出門的藉口都幫忙圓了，那確實是不需要太過擔心。

另一邊，確定祝圓主僕安全回到祝府後，謝崢放下書，起身。「去秦府。」

巳時末午時初，謝崢來到了位於城西的秦府，正好趕上吃午飯。

他提前打過招呼，秦府之人自然不意外。

這兩年他也來過數回，若是有事，自然會選休沐日或讓人通知他們，若是無事，謝崢便只是過來陪老夫人吃頓便飯。

故而，收到招呼的秦家男人們今日該當值的當值、該跑生意的跑生意，半點沒受影響。

謝崢陪外祖母吃了頓飯後，坐在堂屋裡喝茶解膩帶聊天。

秦老太太笑呵呵的。「我那些姊妹朋友們整日跟我念叨你呢。」

謝崢詫異。「為何？」

「你弄出來的《大衍月刊》啊，真是讓我們這些一輩子也沒出過幾次遠門的老婆子們開了眼界，好些風俗我都沒聽過呢。」

原來是為了這事。謝崢抿了口茶，繼續淡定地聽老人家叨叨。

「還有那些話本，好傢伙，比那戲坊演得還精彩，讓我這心啊，天天都惦記著。」秦老夫人問他。「你這月刊非得一個月出一冊嗎？不能多出幾期嗎？這話本看一半停下來，心裡惦記得很吶。」

謝崢溫聲解釋。「月刊基本上是虧損在出，若是多做，要虧更多了。」

「哎喲，那還是一月一刊吧，沒得為了幾個話本虧本的。」

謝崢想了想。「有些話本連載結束的，可以讓人集結成冊，單獨出書……若是真做了，我讓人給外祖母送幾冊來。」

「誒誒，好，好，屆時我就能連著看了。」

又聊了幾句，謝崢將話題拐到親事上。

「外祖母，我看上祝家二房的姑娘了，就是祝家三姑娘，祝圓。」

秦老夫人驚了。「你看上？等等，我記得，你兩年見過她，她那會兒不是才十一、二歲嗎？你——當時就看上了？」最後一句她問得小心翼翼的。

謝崢無奈。「外祖母，我前些日子在薛翰林家也見過她一面。」

秦老夫人微鬆了口氣，笑道：「看來這姑娘長得不差啊！」

謝崢憶起祝圓的杏眼桃腮，忍不住微笑。「挺好的。」

秦老夫人仔細看他幾眼，遲疑道：「可我沒記錯的話，這姑娘，才十四？還是十三？」

「十四。」

秦老夫人皺眉。「那姑娘才十四呢，你若喜歡，待明後年再把她納進府便得了。只是你那府邸這兩月便能建成，屆時你住進去了，連個打理後宅的人都沒得，那怎麼行？」

謝崢搖頭。「不著急，不說大哥，二哥也是今年才訂親，我拖到明年也不礙事。」

秦老夫人急了。「那小姑娘待到明年也才十五，太小了點，如何能幫你打理家事、如何擔得起王府主母的重擔？」

謝崢笑了。「外祖母無須擔心，祝家三姑娘擔得起。」

秦老夫人無奈極了。「你說你怎麼偏看上這麼個小姑娘，我還得等幾年才能抱上外孫呢……」

謝崢輕咳一聲。

秦老夫人不死心，又問：「真不看看其他家的？不說別的地方，京裡也有不少好姑娘啊，找幾名當側室也使得。」

謝崢想到祝圓那句「老鴇」的形容，皺了皺眉，搖頭。「算了。」

秦老夫人不無遺憾。「哎，你這正室還得等一、兩年呢，我往日看的姑娘看來都得算了。」她挑的全是十五、六的姑娘，再過一、兩年年歲更大了，哪家願意一直等著的？到時怕是都嫁了。「可惜了。」

謝崢登時皺眉。「外祖母，不需要等一、兩年，儘早訂下親事。」他想了想。「最好這兩月把親事訂了。」

「啊？兩月？」秦老夫人驚了。「你可不是幹了什麼壞事吧？」

謝崢。「……沒有。」

秦老夫人鬆了口氣，拍著胸口。「還好還好……」然後抱怨。「那你怎麼著急著慌的？兩個月還不夠我查一查她性子、管家手段——」

「無須再查，她的底細我清楚得很。」謝崢打斷她。「祖母只需要擺出姿態，光明正大把人叫過來喝頓茶、說說話便夠了——」停了停，改口道：「多叫幾次。」

「……瞧你這猴急樣。」秦老夫人沒好氣。

她是什麼身分？妥妥的皇三子外祖母，滿京城都知道她正給三皇子相看人家呢，還直接把一小姑娘叫過來喝茶？之前都是去別人宴席拐彎抹角地看來著。

「你是擔心人跑了不成？」

「嗯。」謝崢遲疑了下，老實道：「她不太願意嫁我。」說不太願意還是委婉的。

秦老夫人震驚了。「這姑娘怎麼想的？天底下竟然還有不想嫁給皇子的姑娘？」

謝崢摸摸鼻子。

秦老夫人驚奇地看著他難得顯露的尷尬，陡然有些好笑。「行了，回頭我定要好好看看那姑娘，究竟是什麼樣的人兒，竟惹得我們家三殿下忐忑不安的！」

謝崢輕咳。「煩勞外祖母了。」

秦老夫人擺擺手，最後問了句。「對了，您跟娘娘通過氣沒？」

謝崢皺眉。

辭別秦老夫人，謝崢回到宮裡已是申時。

瞅著天色還早，他打算去昭純宮找淑妃娘娘摸摸底，看看她是什麼想法。

換了身衣服，略收拾了一番，他正準備出門，留在小院裡處理雜事的安瑞急匆匆回來，進了院子，顧不得說話，撲通一聲跪下，撐著地板喘息。

謝崢皺眉。「發生何事？」

「三、三姑娘……」

謝崢心裡一咯噔。「祝圓？她怎麼了？」

安瑞終於喘勻了氣，道：「聽說，三、三姑娘病了，祝府剛找了大夫進去。」

謝崢沈聲。「怎麼回事？大夫怎麼說？」

「沒……」安瑞縮了縮脖子。「那探子來傳訊的時候，大夫還沒進府呢。」頓了頓，小聲道：「聽說是上吐下瀉來著。」

上吐下瀉……謝崢忍怒。「上午看她還好好的，怎麼突然生病了？」他瞪向安福。「回去路上沒照顧好？」

安福忙跪下來，愁眉苦臉。「奴才、奴才也不得而知啊，就乘馬車回去了啊……」

謝崢煩躁。「是不是走漏了消息讓別人下手了？」
安福、安瑞幾人都噤若寒蟬。
謝崢怒喝。「還不趕緊去查?!」
「是！」安瑞手腳並用爬起來便打算跑開。
「慢著！」謝崢深吸口氣。「先派人守著祝府，有消息立馬來報，我要第一時間知道三姑娘的情況。」
「……是！」
安瑞跑走了，留在原地的安福大氣也不敢出一聲。
謝崢站在原地想了半天，甩袖回了書房，安平看了眼緊閉的書房門，悄聲問安福。
「那，今兒還去不去昭純宮了？」
「去什麼去？」安福白了他一眼。「沒看主子魂都沒了嗎？」
安平苦著臉。「那怎麼辦？昭純宮那邊已經打過招呼了啊……」
安福看了眼緊閉的書房，拍拍他肩膀。「沒事，大不了主子再抄幾遍書，罰不到你我頭上！」
安平。「……」
謝崢進了書房，坐在書桌後，只待了片刻，便轉手拿起他昨天擺在一邊的書冊，接著沒看完的部分往下翻，越翻越覺內容枯燥乏味，與昨日體會大相徑庭。
忍著性子再翻了數頁，實在忍受不了，索性扔了，親自起身鋪紙磨墨。

他現在心緒不寧，還是練會兒字吧。

隨手翻了冊書開始謄抄……可抄了幾頁，便忍不住開始想，那丫頭身體不適……嚴重嗎？外頭庸醫遍地，萬一……

不，還是他帶名可靠的太醫過去看看吧。

思及此，他扔了筆便打算出去找太醫，剛抬腳，便見熟悉墨字慢慢浮現。

「你這王八……害死我了……」

謝崢心一緊，下一刻便放鬆下來。還有精力提筆罵他，看來問題不大。

他換了張紙，再次提筆。「發生何事？」既然指責他，想必是跟他有關。

「我吃錯東西了……」

果不其然，謝崢的臉徹底冷下來。

「都怪你的冰豆沙！T_T」

竟然還特地下藥在冰豆沙裡？誰如此不要臉，朝一小姑娘下手？果然是衝著他來的。

「我已經讓人去查了，很快就會找出是誰下的藥。」

「不是，」祝圓沒好氣。「是豆沙太冰了，腸胃沒頂住。」

謝崢傻眼，不是陰謀陷害？不是下毒構陷？

他確認道：「只是受涼了？」

「什麼只是？」祝圓怒了。「我又拉又吐，都虛成麵條了！接下來幾天還得稀粥過日子！你難道不愧疚嗎？」

謝崢。「……」

他皺眉。「大夫怎麼說？」

祝圓鬱悶。「喝藥靜養唄，還能怎麼說？剛才喝了一碗苦藥渣子，已經好多了。」要不然她也不能坐在這兒拿著毛筆劃拉。

謝崢輕吁了口氣。無大礙便好。「看來以後不能再讓妳吃冰的。」

祝圓翻了個白眼。沒有以後！她肯定不會再見他的。

不過，這話便不必告訴他了。

另一頭的謝崢卻想起一件事。「我記得，承嘉九年遇到你們的時候，妳去蘆州似乎是為了調理身體？」

祝圓端起邊上的杯子喝了口溫水，慢騰騰回了句。「對啊，怎麼了？」

「妳的身體有何問題嗎？」

「當然……」沒有問題。這句話沒寫完，祝圓卻停筆了——她想到辦法了！

她雙眼放光，寫出來的話卻字字帶愁。「唉，都是女兒家的毛病啊……」

謝崢皺眉。「怎麼說？」

「你知道女人都要來月事的吧？」祝圓先問了這一句。對面這狗皇子才十六歲呢，這裡又沒有生理課，指不定連女生月事都不知道，要是她說了一大堆，對面人有聽沒有懂，她豈不是白忙活？

謝崢。「……」

猶豫了許久，他終於還是回答了這個問題。「知道。」

為何他會在這裡跟一小姑娘談論月事？謝崢捏眉。

「你知道的話那就好解釋了。」要開始忽悠人了，祝圓全身幹勁。「我小時候受過寒，接著又給庸醫耽誤補過頭，所以我的身體是虛熱實寒，冷不得熱不得，月事也不是很順利。那年去蘆州就是為了調理這個問題。」

謝崢了然，問道：「如今好些了嗎？此次受涼與之相關？」

「或許有些相關吧，畢竟再怎麼調理，底子在那兒呢，終究還是比常人弱一些的。」

謝崢擰眉。「不能徹底調好？」一碗冰過的豆沙甜品都承不住，往後如何是好？

「屬於幼年積弱，難以根治……畢竟，比起別的，這脾胃虛弱的問題算是小事了。」

謝崢的眉頭皺得更緊了。「還有別的問題？」

祝圓嫌棄不已。「我剛不是說了嗎？重點在女兒家問題上，在月事問題上！」完了她假裝鬱悶，以不想提的語氣道：「算了，與你說這些又有何用……」

謝崢自然要聽聽問題所在。「但說無妨，知道問題癥結，我才好給妳找太醫。」

祝圓愣了愣。這傢伙這麼關心她，她竟然有點心虛……不行，她不能輸！

「還是有妨的。這種事情，告訴你似乎不太好……」

「說。」

呸，還裝什麼霸總語氣！祝圓吐槽，筆下卻半推半就。「實不相瞞，我雖然調理了身體，但月事依然不太準時順暢，將來……」她故意停頓片刻，然後緩緩寫道：「將來子嗣，怕是有礙，嚴重的話，或許這輩子都不能擁有自己的孩子。」

謝崢怔住了。

祝圓等了好一會兒，對面墨字半天沒出現，心裡既高興又……難受。

什麼子嗣有礙啊身體有病啊，都是她瞎掰的，但是，萬一呢？萬一她將來真生不出來呢？

她……其實還是挺喜歡狗蛋的。

不說別的，放眼整個大衍，她這種後宅姑娘，除了家裡奴僕，還能認識幾個外人？

不管嫁給誰，都是盲婚啞嫁，在狗蛋這兒才能得幾分喘息。

前兩年她以為狗蛋是已經成親生子的成熟大叔，沒有多想……其實她現在也不敢多想。

只是，上午才說要娶她的人，現在聽說她不能生了便不說話……

祝圓按了按胸口。唔，一定是因為今天不舒服導致的。

對面沒動靜，該說的話還是要繼續寫。

她深吸了口氣。「正是因為這個原因，我才一直想找那些家世、門戶低些的人家。」

謝崢突然明白過來了。只有低嫁，才能最大可能的保障祝圓的身分地位，才能讓她在沒有兒女傍身的情況下，日子不至於太難過。

祝圓還在寫字。「你有野心有實力，將來要走的路，沒有子嗣是萬萬不行。你若是娶了我，一年兩年未有嫡子還可說年輕，三、四年沒有呢？五、六年沒有呢？你如何向你父皇母后交代？如何向世人交代？」

謝崢沈默。

祝圓乘勝追擊道：「或許你會說，可以納側室，讓別人生。那你置我於何地？你如何尊我重我？」

靜默了許久的謝崢終於提筆。「可將庶子庶女記在妳名下。」反正就是要娶她。

她就知道，她就知道會得到這樣的回答。祝圓心裡騰地生起一把火。「我妒心重，做不到。你若是敢納妾，指不定進門就被我弄死，即便我被迫大度……你若是敢把孩子放我名下，我弄不死我也要教殘，大衍天朝，說不定就毀在你手裡。」

謝崢震驚了，半晌才道：「女人當寬容大度──」

「不要給我來這套，《女誡》我比你熟。」祝圓反問他。「人有七情六欲，妒乃天性，我做不到，就是做不到。倘若你能接受你未來妻子養面首，再來與我討論人性的哲學。」

謝崢。「……」

「強詞奪理──」

祝圓打斷他。「我性子倔，你說服不了我，不用多費口舌了。」

謝崢。「……」

「對了，容我提醒一句，我所知道的東西，遠比你想像的還要多。倘若我們保持現狀繼續合作，一切好說。倘若你想仗勢強娶，我能幫你起來，也能幫別人起來。即便我幫不了別人，毀掉你的大事絕對不難。」

謝崢雙眸一冷。「妳不擔心祝家？」

這王八又威脅她！祝圓想拿板磚拍人了。

她咬牙寫道：「不要把我想得太偉大，我只是一個普通人。倘若我過不好，別人過得好不好，又與我何干？」祝家與她的感情不過兩、三年，再好能好到哪去？她願意在社會規則的範圍內聽從安排，不代表願意為了這家人送死。

進皇子後院，與送死也沒什麼兩樣了。

再者，她是在賭，賭謝崢還會顧念些情誼，賭他並不會為了一個女人大費周章、甚至暴露勢力搞死祝家——

或許會打壓祝家。不過，那又有什麼關係？

人是自私的。

謝崢忍怒。「妳安知與我成親便會過得不好？」

祝圓諷刺。「好不好不是你說了算，我說了才算。你想娶我？你不配！」想了想，她又放了句狠話。「不要想著我與你成親便會改變主意，我狠起來，連自己都怕。」

結局自然是不歡而散。

祝圓痛痛快快把這段日子的憋屈勁全撒了出去，覺得天空都藍了許多。

雖然，以後跟狗蛋可能再也沒法自由的聊天了……唉……

人生難兩全。

書房裡傳來一聲巨響！

守在門外的安福、安平嚇了一大跳，急忙推門進去。「主子——」書房裡的狼藉讓他們的聲音戛然而止。

寬大厚實的書桌翻倒在地，筆墨紙硯灑了一地，還有數張紙張飄飛在半空。

再看站在那兒不動的謝崢——

安福兩人齊齊打了個哆嗦，立馬跪下。

謝崢深吸一口氣，冷聲道：「讓人通知外祖母，今日所議之事擱置。如此不賢不德善妒自私之人，不配當我謝崢之妻！」

安福＆安平：「……」

發生什麼事?!

好幾天沒看到謝崢的筆墨，祝圓心裡又高興又難過。

高興的是，這傢伙約莫是終於打消了娶她的念頭，至於難過……不提也罷。

不過，看來這傢伙是搗鼓了什麼法子，讓自己看不到他的筆墨吧？代寫還是印刷呢？

哼，稀罕。

話雖如此，祝圓也是狠狠消沈了兩天，直至又要赴宴。

這回的人家，終於不再是繞著翰林等文官陣地打轉，這次的人家，是上回祝圓向張靜姝提議的邱家。

張靜姝與祝修齊都不贊同祝圓嫁進皇家，這親事便得抓緊了。上回她聽祝圓讚了句邱家，便讓人暗中留意那邱家公子，也就是武官出身、五城兵馬指揮使邱大人本家的姪子，邱志雲。

因文武官交往較少，打聽頗費了番工夫，好不容易才打聽到邱大人家夫人今日要去參加某宴，張靜姝忙不迭弄來宴帖，帶著祝圓出門了。

皇宮，皇子所。

謝崢正在書房裡慢條斯理地疊著活字，安福拿著印刷模框等物件在邊上候著。

屋裡很安靜，安瑞推門而入的聲音便分外明顯，他掃了眼屋裡，躬著身子安靜快速地走到謝崢身後，低聲道：「主子，魚兒上鉤了。」

「哦？」謝崢頭也不抬。「哪條線？」

安瑞的聲音更低了。「江南。」

謝崢手一頓，放下活字。「哪個上鉤了？」

「劉長洲劉副使。」安瑞嘿嘿笑。「主子果然神機妙算，這廝果真是面上君子實好男風，勾了大半年了，終於把這傢伙勾上來了。」

謝崢接過安福識趣遞來的帕子擦手，淡淡問道：「我要的東西呢？弄出來沒有？」

安瑞忙不迭道：「弄出來了，事關重大，留在莊子裡守著呢。」

「嗯。」謝崢扔了帕子。「該走下一步了。」

安瑞不解。「您是說……？」

「之前安頓的那些人呢？」

安瑞眼睛一亮。「都在呢，就等您吩咐了。」

「找人把消息漏給他們，做得隱晦些。」

安瑞很快反應過來，壓低聲音。「主子是想……借刀殺人？」

「這是做好事，怎麼能叫殺人呢？」謝崢勾唇。「大哥吃肉這麼多年，也該緩緩，換個口味了。」

「正是，以後啊，該換咱們吃肉了！」

邊上的安福也很興奮。「若是拿下這一系，咱們手頭便更寬鬆了！」

謝崢搖頭，慢步走到書桌前，視線在書冊紙張上巡視。「這種肉，我看不上。」他斜睨他們一眼。「盯著莊子好好倒騰生意，掙的錢不比這些爛肉香嗎？」

安福、安瑞同時縮了縮脖子。

「京城裡的線都埋上了嗎？」謝崢翻出紙張，安福忙幫著鋪開。

安瑞惴惴不安。「還差幾家。」完了立刻補充。「今年內必定全部補上。」

「不著急，穩妥為上。」謝崢看安福開始磨墨，拉過狼毫架開始挑筆。

「是。」

「還有，北邊盯著點，有什麼風吹草動立馬回來報我。」老二的外祖駐守北邊。

「是。」

謝崢挑好狼毫，盯著桌上紙張看了片刻。

「主子？」安福低聲喚了句。

謝崢回神，將狼毫按進硯台，蘸了蘸，提筆落紙。「我寫封信，讓人送去蘆州給二舅。」

「是。」

今天是通政司參議家孫子的滿月宴，張靜姝帶著祝圓也一道出席了。

這還是透過王玉欣娘家的關係，畢竟對方是通政司參議，正五品，而祝修齊只是個七品縣令，文武官本來也少有交集。

祝玥的親事一波三折，至今沒個著落，王玉欣恨不得將滿京城五品以上官員家的宴帖都搶過來，此番王玉欣正是來相看通政司家的孩子，張靜姝是看上參宴的五城兵馬指揮使邱大人的姪子邱志雲，她便厚著臉皮蹭上來了，還帶著祝圓。

邱志雲的父親沒有官職，他本人也沒有功名，其母也是跟著五城兵馬使的邱夫人過來參宴的。

這種宴席，慣例就是喝茶聊天。

參議家的老夫人、主家夫人等都聚在屋裡與等級差不多的各夫人聊天，其餘相看的、結交人脈的婦人們則在廊下、園子、歇息的花廳裡四處走動、交流。

張靜姝也沒客氣，略坐了坐，便帶著祝圓尋到低聲說著話的幾名婦人身邊。

她面生，幾名婦人看著她都面帶疑惑，再看後頭的祝圓，頓時恍悟——不知道是衝著哪家的兒郎來的。

寒暄見禮過後，張靜姝先自我介紹了一番，然後打著要給祝庭舟找武師傅的理由，向小邱夫人搭話。

邱志雲父親是邱家兄弟中的弟弟，大夥習慣稱其夫人為小邱夫人。

小邱夫人有些受寵若驚，客套了幾句，視線忍不住再次掃向斂眉垂目的祝圓，眼底閃過抹驚豔，然後笑道：「恰好我兒今年也十六，與貴公子同齡，若是祝夫人不嫌棄，可讓他們年輕人一塊兒玩。」她抿了抿唇，有些赧然道：「不過我兒讀書這塊不開竅，希望祝夫人不要嫌棄。」

張靜姝忙搖頭。「如何會嫌棄呢？我高興還來不及呢。學什麼都是學，哪裡有分個高低上下的。」

「就是，我可是聽說妳兒子明年就要下場考武試，說不定成了呢。」

其他人都反應過來，開始笑著幫忙說話了。

「再說，咱們這些人家，讀不讀書也不是太打緊，反正家裡出息夠吃夠喝，日子不愁。」

張靜姝也笑著點頭。「是這個理。」

祝圓站在邊上聽完全場，低垂的眼瞼下是滴溜溜亂轉的眼珠子。

張靜姝還在聊道：「……去年我生孩子坐月子，家中裡裡外外全是我女兒幫襯，從管家到照顧月子、照顧一大家子吃用，人說女兒是貼心小棉襖，我到那時才是真真體會到了。」

小邱夫人真詫異。「去年，妳女兒不是才十三歲嗎？」

「是的。管家可索利了，以往我需要大半天時間打理家事，她上午一個時辰、下午半個時辰，事情便順順當當的，後來我接手回來，學著擺弄一遍，果真簡單……若不是我還有個小的要顧，怕是天天閒在家裡發呆呢。」

「還是您教導有方。」小邱夫人掃向祝圓的視線帶著讚賞，想了想，試探般問道：「回頭我可否派個帖子，請您過來指點一番？我家裡那叫一個亂，每天從早到晚都是事，鬧著還行，遇上節日，那真叫忙瘋了。」

張靜姝眼睛一亮。「自然沒問題，您哪天得空，儘管給我派帖子，屆時我將我家丫頭帶上，我們理不明白的地方，可以讓她給我們理理。」

「好，一言為定！」

宴席結束，坐在自家馬車裡，閉目養神許久的張靜姝長舒了口氣。

祝圓忙給她捏手臂。「累不累？我給您捏捏～～」

張靜姝拍拍她胳膊，道：「這邱家想來問題不大……關鍵是，他們家都不是讀書人，妳真的能接受嗎？」

「這不還沒上門看過嘛，不用這麼著急。」

張靜姝瞪她。「妳不看看妳招了什麼人？我能不著急嗎？」

祝圓縮了縮脖子，弱弱道：「估計就是一時興起，妳看，這不都沒聲沒息的嘛……」

「妳還想要什麼聲息？」張靜姝戳她腦門。「要是外頭有什麼聲息，妳就只能嫁他了事了！」

祝圓委屈巴巴地看著她。

張靜姝沒好氣收回手，打量她。「這兩天好好休息，去邱家的時候精神些，都不知道妳晚上幹麼去了，這幾天蔫蔫的，跟霜打了似的。」

祝圓嘴硬道：「哪有～～」

「我是妳娘，妳撅起屁股我就知道妳幹麼，騙不了我！」

祝圓撇嘴，正想說話，馬車停了。

祝家到了。

兩人先後下車，祝圓還未站穩腳，便聽到留守院子的綠裳向張靜姝低聲彙報。「夫人，三皇子殿下派人送來帖子。」

張靜姝臉色一變，立馬瞪了眼祝圓，然後低聲問：「什麼情況？」

綠裳發現嚇到她了，連忙告罪。「是奴婢傳話不清——是三殿下派人送來帖子，介紹少爺去京城西郊的東陽書院入學。」

祝圓怔住。

大衍崇學尚德，各州府書院林立，京城裡也不遑多讓，並且，京城作為大衍科舉中心，書院更是多如繁星。可書院再多，也不夠諸多學子瓜分。

祝庭舟年僅十三便過了童生試，還得了前三名，祝修齊是極為看好，希望給他找個好書院進去學習鞏固。

張靜姝這段日子不停參宴，除了給祝圓相看人家，也是在為祝庭舟書院之事奔波，只是祝修齊不在，她一婦道人家，聯繫的也全是內宅婦孺，自然一直不得其門。

祝家雖說都是讀書出身，但門第不高，已過世的祝老太爺至死也只是個翰林院史籍修撰，兩個兒子都進士未果。好在舉人身分也足夠，祝老太爺花了大力將祝修遠留在京裡，到了祝修齊，只能離京當個小縣令。

雖然他如今調到章口，但他的品階，在京城真的是最末流的，又鞭長莫及。

連祝修遠都折騰了兩年才把祝庭澤弄進西山書院，如今再推祝庭舟便有些勉強。

所以祝庭舟回京三個月以來，一直都是在家自己修習，只偶爾跟著祝庭清出去交際。

如今三皇子不光給祝庭舟找好了書院，推薦的書院，還是東陽書院！

京城裡目前有兩大書院最難進，一是朝陽書院，二就是東陽書院。

朝陽書院主要是皇親國戚、高官子弟多，全是達官貴人子弟，裡頭的先生自然都是大家，只是講解的東西要駁雜些，尋常舉子並不一定適合。若是官家子弟進去，那真的就是一個平步青雲。

而東陽書院裡，經學大儒雲集，每屆科舉都有東陽書院之人中進士，甚至還出過前三甲。這成績，放眼京城那真的是說第一沒人敢說第二。

三皇子送來東陽書院的推薦帖，何止是舉手之勞……張靜姝又喜又憂。

三皇子光明正大讓人送帖過來的事，祝家沒有不知道的，只是她不在，才讓人轉到綠裳手裡罷了。張靜姝拿了帖子自然不敢自專，揮手讓祝圓回院，匆匆去正院找祝老夫人。

正院那邊如何不提，祝圓面沈如水地回到自己院子。

祝盈聽說她們回來了，正跑過來找她借書看——家裡就她這兒雜書最多了，不光是她，連祝庭舟偶爾也會過來借閱幾冊。

祝圓打起精神問了她幾句學業和生活，才翻了幾冊野史小志給她，然後自己坐到桌前發呆。

她前兩日才跟狗蛋吵完架，她當時的措辭，以狗蛋的性子，怕是惱得很。

而且東陽書院的帖子應該不是這兩天才想辦法弄到，可能是恰好趕在當下這個節骨眼拿到了，不管如何，這帖子肯定是得了狗蛋授意才會送過來。

這人在氣頭上還能給她哥搞定東陽書院……看來祝家還是會好好的，起碼這位高高在上的皇子並無意折騰祝家。

祝圓微微鬆了口氣。她賭對了，謝崢此人，胸襟可以！當得起那高高在上的位置……

只是那東陽書院的帖子……

按照她的性子，帖子肯定是要退回去的，可她的身分……在祝家就是個沒有話語權的小丫頭，她要是敢說送回去，指不定老夫人就能一巴掌搧下來。

都過了明路的東西，退是不可能退。但受著，她心裡也憋屈……

不過，人家都不介意，自己在這糾結什麼呢？拋去那一層完全沒有可能的發展，他們還是生意夥伴，一個東陽書院的帖子，她還是受得起。

這麼一想，她便將此事丟開。

張靜姝與祝老夫人兩人打了套機鋒回來，仍然難掩喜色，甚至顧不上換衣服，便把祝圓叫過來。

「妳找那位要的？」她朝祝圓揚了揚手裡帖子，低聲問道。

祝圓一臉詫異。「怎麼可能？」她反問道：「哥哥在蘆州的時候不是跟他認識了嗎？是不是哥哥回京之後與他見過面了？」

「我問過了，妳哥哥說沒有。」張靜姝仔細打量她。「真不是妳要來的？」

祝圓強調。「真不是。」

張靜姝盯著她看了半晌，嘆了口氣。「這都什麼事……」她憂心忡忡。「妳這親事，我看懸得很啊。」

祝圓安撫她。「不會的。」只要那人有帝王之心，便不會浪費人才，只為娶她回去攪亂後宅。

「希望如此吧。」張靜姝發愁。「只是，這帖子下來，咱們祝家算是被歸到三皇子派系了，要是日後有個什麼……」

祝圓心裡一動。

看來這才是謝崢的目的吧……怪不得如此大度，前腳吵完架，後腳便給她哥送書院帖，合著是防止她投敵呢。

可惡！她是那種人嗎？

不說別的，以他倆的聯繫，她若不是真走投無路，去投敵才是找死。

王八謝崢是當她傻子嗎？祝圓忿忿然。

有了東陽書院的帖子，學業已經耽擱許久的祝庭舟沒幾天便離開家，住進書院就學。祝庭方、祝盈的學業指導責任，頓時又回到祝圓身上。

祝盈倒是簡單，她性子文靜，看書習字管家又是一路帶過來的；祝庭方就真真讓祝圓頭疼，又皮實又好動，回回都得祝圓暴力鎮壓。

如此下來，倒是讓她忘了許多雜事。

沒幾天，小邱夫人送來邀帖。

再隔天，張靜姝便領著祝圓上門赴宴。

寒暄過後，雙方落坐。

小邱夫人第一時間便致歉。「實在抱歉，本想早些約您，可前些日子我家那小子摔著了，一時間都沒好意思給您下帖呢。」

張靜姝嚇了一跳。「摔得怎樣，如今好多了嗎？」

連祝圓也抬頭望過去。

小邱夫人解釋。「就磕了點皮，原是無事，只是剛好磕在臉上，這不是……不好見客嗎？」畢竟大家都知道邀請張靜姝過來是為了何事。

張靜姝微微皺眉。「嚴重嗎？」破相太過可不好。

小邱夫人忙擺手。「不礙事不礙事。」頓了頓，她笑道：「他這會兒在前邊呢，若是貴公子在就好了。」

京城就那麼點大，兩家剛開始接觸，祝庭舟去了書院這麼大事她自然知道，再者，張靜姝來到後也為祝庭舟的缺席致了歉，故而她有此一說。

張靜姝有些遲疑，小邱夫人察覺，看了眼祝圓，提道：「夫人第一次到我們家，若是夫人不介意，讓我那小子進來給您行個禮、見個面，以後也方便讓他跑腿送個信什麼的。」

相看嘛，通融些的人家都會讓小輩們偷偷見個面，倒也無妨。就是這才第一回上門，什麼都沒聊就見面……總覺得有點心急。

不過，破相什麼的，也確實擔心。張靜姝猶豫片刻，終歸還是點頭了。

祝圓也是驚喜，從她的角度來說，能提前見見人再談親事更好了。

小邱夫人跟張靜姝在上座說話，陪著祝圓的是小邱夫人的嫡女邱巧雲，她見兩位長輩聊起來了，便湊過來找祝圓聊些家常瑣事。

沒多會兒，邱志雲到了。

小邱夫人忙看向張靜姝，得她點頭後，才讓丫鬟把人叫進來。

很快，身形頗為高大的邱志雲便大步流星走進來。

祝圓偷眼打量。

此人劍眉虎目，行走如風，一身方便行動的窄袖藍衫顯得整個人精神奕奕。就是鼻子比較塌、嘴唇太厚，不如謝——

呸。

祝圓瞬間回神，收回目光裝文靜。

「來。」小邱夫人笑咪咪招呼邱志雲。「給祝家夫人行個禮，她家有個與你同歲的兒子，日後也多多來往。」

「是。」邱志雲目不斜視朝張靜姝行禮。「晚輩志雲，見過夫人。」

張靜姝仔細打量他。「小夥子看著就精神。」完了問：「聽說前幾日傷著了，可好點了？」

邱志雲有些赧然。「謝夫人關心，不過是長輩們關心則亂，晚輩已經恢復得差不多了。」對上小邱夫人的眼色，他頓了頓，識趣地側過臉，露出耳下至下頷部分。「您看，都已經結痂——」

這一側頭，正好看到擠眉弄眼的邱巧雲——身邊的祝圓。

他登時呆住了。

長輩都看在眼裡，尤其張靜姝，看到他只是在頰側位置被利器刮了道口子，現已結痂，即便長了疤，也不太影響外貌，自然大大鬆了口氣。

略聊了兩句，小邱夫人便識趣地讓邱志雲下去了。

兩位長輩繼續話家常，下首坐著的邱巧雲也跟祝圓嘀咕了。「剛才看見了嗎？我哥傻眼了。」

祝圓垂眸不接話。

邱巧雲似乎也發現說錯了，忙輕輕給了自己一巴掌。「瞧我這不會說話的！」完了急忙拐走話題。「聽說圓姊姊你們好些年沒在京裡，想必都錯過了好多京城裡的節目，比如過幾天會舉行的乞巧廟會，可熱鬧了……」

在邱家吃過午飯又略坐了會兒，張靜姝母女便告辭離開。

回去路上，張靜姝照例與祝圓討論起來。

「這邱家瞧著不太靠譜。」張靜姝看著祝圓。「妳若是喜歡習武的男兒，娘再給妳看看吧？」

祝圓好奇。「怎麼說？」

「規矩不太好。哪有第一回上門就把兒子拉出來見姑娘的？」張靜姝不太高興。

「……我還以為您是擔心他破相呢。」

張靜姝一窒，解釋道：「我以為很嚴重，這不得幫妳看看嗎？誰知就這麼點小傷口。」完了開始勸祝圓。「圓圓啊，要不咱們還是看文人家吧？這文人怎麼說也比這些人家裡守規矩、知禮節。這女兒家呀，最怕夫家不守規矩，不說名聲，光是一個寵妾滅妻，就夠喝一壺的。」

祝圓沈默。

張靜姝摸了摸她鬢髮，嘆道：「我約莫能猜到妳幾分心思。妳啊，書看得太多、想得太多了……咱們女人家，要想的是如何讓自己活得更舒服，旁的便不要想太多了。」

是啊，只能在規則範圍內尋找最好的路了。

不過隔了一天，他們便收到了邱府的帖子——是邱巧雲邀請祝圓一塊兒參加兩天後的乞巧廟會。

張靜姝「哎喲」了聲。「都忙得把這事給忘了。」然後問她。「妳要去嗎？我看妳跟那小丫頭相處得似乎還挺愉快的。」

「嗯，她挺活潑的。」祝圓點頭，繼而搖頭。「咱們還沒定下來，我就不應約了。」

「妳們小姑娘一年到頭就這麼個廟會好玩，不去可惜了。」

「娘，我又不是只能跟她去，我帶盈盈去就好了，再說，二姊姊肯定也要去的。」

張靜姝一想也是。「行，那就拒了吧。」

「誒。」

將邱家的邀約拒絕之後，祝圓便將這家人拋諸腦後。既然乞巧節將至，她連著兩天都拉著祝盈折騰女紅、針線，偶爾還得揍揍弟弟，每天忙得不亦樂乎。

咻的一下，便到了乞巧節這天。

乞巧節來自於七姐誕中的乞巧習俗，傳聞，七姐是天上的織布仙，向七姐乞巧，能讓姑娘更為心靈手巧。

乞巧節的廟會，其實是姑娘家的鬥巧。

京郊周邊的七姐廟皆在乞巧節當天舉辦各種賽巧，未婚的小姑娘們齊聚再次相互鬥巧。贏了，便是得了巧，輸了便得拿出事先準備好的小禮物送給得巧者。

當然，就是圖個好玩，輸贏並無太大關係。

這天一早，慣例吃過早飯去祝老夫人那兒說話，因著今兒乞巧節，家裡的姑娘們都有些興奮，祝老夫人忍俊不禁，也不囉囉嗦嗦礙著孩子們出行，吩咐了幾句注意安全，便放她們離開。

她們要去的是京西郊最大的七姐廟，坐車過去都要半個時辰，加上去的人多，若是遇到堵在路上就不妙，可不得早點出門。

乞巧廟會是京裡進行多年的活動，幾乎全京城的未婚姑娘都會出來遊玩，其中不乏高官貴族，這幾年公主陸續長大，約莫也是會跟著去，安全問題，自然是重中之重，不光京兆尹會派兵丁四處巡視，皇上還會派出京衛營的親兵鎮守各處七姐廟。

即便如此，男人們也只能在廟前止步。

祝家一行人出門早，路上也算順利，抵達目的地的時候，也不過將將巳時末。

作為姊姊的祝玥囑咐了遍安全問題，幾姊妹便齊齊入內，開始參拜七姐。

七姐廟正院裡供奉著七姐像，入內的姑娘家們需得先上一炷香，然後才繞到後頭的院子參與乞巧會。

祝圓是第一次參加這種民俗活動，興奮勁一點都不輸他人，燒了香後立馬拉著祝盈奔向後院。

乞巧乞巧，乞手巧，乞貌巧；乞心通，乞顏容；乞我爹娘千百歲；乞我姊妹千萬年。

穿針乞巧、投針驗巧、淨水視影……心理年齡不小的祝圓眼睛都快看不過來，沒多會兒便興致勃勃地參與其中。

等她意猶未盡地將所有活動玩了大半，才發現身後只剩下滿頭大汗的夏至跟僕婦張嫂。

「盈盈呢？」

她登時大驚失色，急忙四處尋找，只不過剛過午時，參加廟會的人到處都是晃眼的珠釵脂粉，如何找得到人？

夏至揩了把額上汗珠，笑道：「姑娘您忘了啊，剛才您讓她自個兒去玩呢。」

祝圓懊惱。「我們趕緊去找回來，她還小，萬一亂跑就糟了。」

夏至笑了。「有丫鬟和僕婦跟著呢，丟不了，等會兒在門口會合就行了。」

「是嗎？那就好，嚇死我了。」

「沒事沒事。」夏至問：「姑娘還要玩點什麼嗎？」

祝圓看了看天色，估算了下時間，搖頭。「算了，也玩得差不多了，我們先去門口等著吧，說不定她們會提前過去等著。」

夏至兩人自然隨她，於是三人便擠著人流鑽出七姐廟。

這會兒正是熱鬧的時候，到處人頭攢動，有這會兒才來的，有玩了一上午準備離開的，還有尋人等人的，七姐廟門口人多得壓根站不住腳。

祝圓沒法子，索性帶著夏至張嫂往外讓，這一讓，便直接讓到了馬路邊。

這段馬路也鋪了水泥，對面是片空地，原本茂盛的草地已經被各家馬車、下人塞滿，手持長槍的衛兵一隊接一隊的來回巡視。

馬路盡頭似乎還有一隊人馬騎行而來，看方向是剛從城裡出來，也不知是哪家姍姍來遲的人馬。

午間的陽光曬得很，祝圓看看左右，想找個地方避避——

「祝姑娘！」不遠處陡然響起一聲興奮的招呼。

陌生的男聲讓祝圓皺了皺眉，立馬便想退回廟裡。

可惜那人完全沒有半分識趣，幾步便來到跟前。

「祝、祝姑娘，又見面了！」高大的男生雀躍地跳到馬路上，繞到她面前，偏麥色的臉上泛著些許紅暈，也不知是曬的還是興奮的，明亮的眼睛直勾勾盯著她的臉。

竟然是邱志雲……總不能甩袖而去，祝圓無法，只能福了福身。「邱公子。」

「妳、妳怎麼不應約啊？我本來、我妹妹特別喜歡妳，念叨著想跟妳一塊兒來乞巧呢。」

祝圓禮貌笑笑。「與家中姊妹約好了，不太方便呢。」

邱志雲那聲「祝姑娘」半點不小，馬路上騎行而來的隊伍正好將其聽了個正著。

領頭那名高大的、帶著幾分與年齡不符的冷肅年輕人目光一凜，立馬拽住轠繩停了下來，身後隊伍隨之停下。

然後一隊人看著一名約莫十六、七的小夥子興奮地越過馬路，追到一名姑娘身前。

只看那姑娘的側顏，便知其容顏堪比三春之桃。

馬背上的年輕人視線落在她臉上，眉頭便皺了起來。出門竟然不戴淺露，輕浮！

也不知那小夥子說了什麼，那名姑娘隨即露出淺笑，嫋娜福身，看起來，彷彿心情挺好的。

年輕人臉黑了。

這年輕人，正是謝崢。

走在路上突然停馬，後頭的安福嚇了好大一跳，再看，就發現謝崢黑了臉，順著其視線望過去。

誒，祝姑娘？對面那小夥子是哪個？看著不像祝家人啊……

怪不得……

安福只略略看了兩眼，便轉回來，想說話，看到謝崢的黑臉頓了頓，立馬改口問：「主子，要不要過去打聲招呼？」

謝崢倏地回神，捏緊韁繩，冷聲道：「區區一名小丫頭，何必招呼。」一抽馬鞭，宮廷寶馬瞬間疾馳而出。

安福愣了愣，急忙揮鞭跟上。

今天是莊子那邊的例行會議，謝崢一大早便出宮前往，會開完了，也沒有其他事，回程自然慢慢悠悠。

誰知，竟然碰上祝圓……

安福的馬是好馬，比謝崢的卻還是差了一大截，其他護衛的馬兒都是同個類型，謝崢一路疾馳，他們便在後頭拚命抽馬鞭追趕。

好不容易靠近城門人車多了，謝崢才緩下速度。

那一身的冷肅煞氣，嚇得安福等人噤若寒蟬。
到了宮門，謝崢扔了韁繩便大步流星進去。
護衛隊進不了宮，目送他進了皇宮便停下來，領隊的還想找安福問問情況，可安福哪裡顧得上他們？
眼看主子都快走沒影了，他甚至來不及等馬停下就想跳下馬，「砰」一聲滑摔落地，灰頭土臉爬起來立馬狂追上去——反正安平幾人會將馬兒處理妥當，他得顧著主子。
謝崢腿長，又是健步如飛，他一路追過去，進了三皇子院落時差點沒背過氣去。
聽到院裡的行禮聲，正指揮下人打掃屋子的安瑞走出來，看到謝崢，立馬笑著跪下。
「主子您回——」
謝崢一陣風似的颳過去。
「更衣！」
安瑞愣了愣，追進內室，已然張開雙臂的謝崢冷冷地掃他一眼。
安瑞一激靈，忙快步上前幫忙脫衣。
「換武服。」
「是。」一無須安瑞再吩咐，隨後進來的安清立即轉身去拿武服。
很快，謝崢便換好衣服，半刻不停歇，直奔演武場——

第二十章

大中午的，又是夏日，演武場裡沒有多少人，皇子更不會有。

這演武場是專門給皇子們準備的，跑馬射箭俱全，值守的禁衛教頭除了指點皇子們習武射箭，還要負責陪皇子們打鬥。

謝崢帶著一身冷意殺進來，隨手點了個禁衛便下場開打。

他畢竟是皇子，這些禁衛平日一個比一個收著，往常都是與他相熟的趙領隊陪他練習，才能打得盡興些。

今天他情緒不佳，忘了讓人找趙領隊，這些禁衛縮手縮腳，他便越打越火大，拳拳生風，記記到肉，幾下撂倒一個。

「下一個！」

「沒吃飯？」

「下一個！」

陪練的禁衛教頭挨了一頓狠揍，火氣也被打出來了，開始拿出真功夫與他對打。

偌大演武場，只聽得此處賽台上「砰砰」作響，候在旁邊的安福、安瑞看得直縮脖子。

安福想勸兩句，剛張嘴就看到有禁衛一拳頭揍到謝崢臉上，登時驚叫。「幹什——」

安瑞一把捂住他嘴巴，低聲道：「你是不是傻了？主子在氣頭上呢，先讓他打過癮了。」
安福推開他的手，指著場中低嚷。「沒看見他們都朝主子動手了嗎？」
「那你也別管。」
安福急得滿腦門汗。「就這樣看著？」
安瑞點頭，然後悄悄問他。「主子這是怎麼了？前幾日才發了一通火，擺了好幾天冷臉，今天怎麼又來了？」
安福撇嘴，抱怨道：「還不是那祝家丫頭——」
「噓，丫頭是你叫的嗎？」
這下可好，直接挑起安福的火了。「你說這都什麼事啊？不就一七品縣令家姑娘嗎？主子要是喜歡，納回來便是了，怎麼還磨磨唧唧瞻前顧後的？」
「誒，這些情情愛愛的事情，哪裡是我們這種斷根兒的人能想明白的？再說，主子自有主子的考量，你就別管這麼多了！」
「那就看著主子天天心情欠佳——」
「安福！」安瑞擰眉，提醒他。「不要忘了當年那頓板子。」
安福打了個激靈。
「我們做下人的，當為主子排憂解難，不是替主子做主的。」安瑞嚴肅道：「你逾矩了。」
安福驚出一身冷汗。

此時「砰」地一聲，台上傳來一陣騷動，兩人忙循聲望去。

是力竭的謝崢被禁衛教頭摔倒在台上。

兩人大驚失色，急忙奔過去。

禁衛教頭也嚇了一跳，立馬跪下請罪。

謝崢喘了口氣，朝安福兩人擺擺手，自己爬起來，道：「不錯，下回繼續。」

禁衛教頭愣住，謝崢已經領著安福、安瑞揚長而去。

另一頭，祝圓還被邱志雲堵著，完全沒有注意到馬路上剛剛一隊騎隊都盯著她看。

「……都碰上了，待會兒一塊回城吧？」

祝圓笑容微斂。「不必了，我還有姊妹在旁，自行回去便可。」

邱志雲鍥而不捨。「今天乞巧，一路都是車馬，亂糟糟的，我、我家僕從都會武，萬一遇上什麼情況也能照顧一二——」

「不必了。」祝圓微微揚聲打斷他。「謝邱公子美意。」

邱志雲有些失望。「……好吧。」

「如無他事，我們便告辭了。」許是有張靜姝的影響在內，她總覺得這邱志雲不太順眼。

說完這話，她便要領著夏至兩人離開。

邱志雲下意識伸手。「祝姑娘……」

祝圓這下是真的不高興了。不說這時代男女授受不親，她在太陽底下站了這麼久，身上穿得又多，都要熱死了……這人還磨磨唧唧的幹麼？

心情不爽，她便老實不客氣了，直接問：「邱公子還有何事？」

她不知道，她此刻臉泛桃紅、黛眉輕蹙的模樣，像極了那豔情話本裡春情正酣的小嬌娘。

轟的一下，年輕氣盛的邱志雲整張臉都紅了，雙眼都看直了，吶吶然說不出半個字來。

不說祝圓，連夏至、張嫂都看出不妥了，祝圓登時冷下臉，扭頭就走。

邱志雲猶未察覺不對，兩步追上來。「等等——」

「喂！」威嚴的呵斥聲從他們側邊傳來。「看了你許久了，不知道這邊是乞巧場所，男人止步嗎？你纏著人家姑娘作甚？」

是負責巡視的持槍侍衛。

祝圓心下一鬆，忙快步離開。

邱志雲有些慌張。「啊……我、我認識她呢——」扭頭去看，才發現祝圓已經走遠了。

「走走走，認識不認識我們不管，誰都不許進來！」

「……是。」

回到姑娘堆裡的祝圓長舒了口氣。

因著邱志雲這一齣，情緒不高的祝圓也沒心思再玩別的活動，溜溜達達地四處轉悠，最後在剪巧處找到了祝盈，接下來也只專心陪她玩。

及至未時，饑腸轆轆的祝玥等人尋來，一行人才依依不捨地離開。
回到祝府，姊妹幾個湊在一起嘰嘰喳喳地吃完遲來的午飯，才各回各院。
祝圓直接到正院找張靜姝，將遇到邱志雲一事告訴她。
張靜姝想了想，道：「聽對話，並無逾矩之處，就是接連攔了兩回，聽著不妥。」
祝圓遲疑了下，小聲補充道：「眼神也不太正。」
張靜姝登時皺眉。「妳一小丫頭都能覺出不妥，那鐵定是不妥了。」她嘆了口氣。「回頭我找個理由拒了他家吧……」
「嗯。」祝圓點頭。

酣暢淋漓地打了一場，又泡了會熱湯，謝崢終於冷靜許多。
他放鬆身體靠在浴桶邊。
「安福。」
「在。」
「查一下那是誰。」
他也沒說「那」是誰，安福卻瞬間心領會神。「是！」
當天晚上，謝崢便拿到了邱志雲的所有資料。
邱志雲，年十六，父親為五方鏢局總鏢頭，大伯為五城兵馬指揮使邱岳成，母親是商戶之女。其性格爽朗，學識中庸，善長槍……

嫡長子、習武、無侍妾通房、不喝花酒，還只有一個大伯有官職……

謝崢瞬間冷了臉，將手中資料一摔。「這是什麼資料？再查。」

安福張了張口，收回到嘴的話，應了聲「是」，掩上房門，登時垮下臉，轉頭就去找屋裡忙活的安瑞。

後者無奈。「又咋啦？」

安福往書房方向瞅了眼，拽著他走到角落，嘀嘀咕咕將事情一說，完了苦著臉。「都查成這樣了，還要怎麼查？」

安瑞一臉同情。「誰讓你管著京城裡的線呢，查唄。反正最近沒事，你就順手把他們家祖宗十八代的關係都扒出來。」拍拍他肩膀。「看好你哦～～」

安福。「……」

「娘？」

「誒，這兒呢。」聲音從西櫥小間傳來。

祝圓掀簾進去。「怎麼在這兒寫字呢？」

「寫帖子呢。」張靜姝似乎心情不錯，朝她招招手。「來，前兩天我覺得那邱家不妥當，就給劉家寫了帖子，今兒收到他們的回帖了。」

「劉家？」祝圓走過來，挨著她坐下，探頭去看。「哪個劉家？」

「就妳前些日子猶豫，嫌棄人年紀太大的那家呀。」張靜姝笑咪咪。「劉司業家的嫡長子。」

哦，國子監司業劉茂全家，他家的嫡長子……祝圓想起來了。「劉新之？」

「對。」

「這家孩子雖然已經二十，但前些年是因為讀書耽誤了，倒也無礙，再者，年紀大了會疼人——」張靜姝頓住，看她。「介意？」

祝圓搖頭。「不介意。」

以她內裡年齡而言，還嫌棄二十歲太嫩了。

她斟酌道：「我才十四，他們家不介意嗎？」狗蛋似乎還說過，這個劉新之喜歡附庸風雅，整天喝花酒？

張靜姝點頭。「我前些日子正是擔心這點。」她笑了，揚了揚手上帖子。「看這送帖子的速度，可見他們並不介意。」

祝圓回神。

狗蛋對她心懷不軌，說不定這傢伙是故意說人壞話……她還是再看看。

心念電轉不過瞬息工夫，祝圓輕舒了口氣，點頭。「那就去看看。」

張靜姝笑了。「好，明兒咱們接著出門做客！」

「……前幾年希望他潛心讀書，就一直壓著沒給娶媳婦，侍妾、通房這些亂心神的更是不許碰。也就是因著他去年過了院試，拿下了秀才功名，今年才敢給他相看呢。」主位上的夫人略有些胖，說話也溫溫和和的。

這位便是國子監劉司業的夫人，此時張靜姝並祝圓正在他們家做客呢。

閒聊了幾句燕山縣風俗，劉夫人便慢慢悠悠地將話題拐到兒子身上，解釋了為何年滿二十才相看的理由。

張靜姝非常理解。「學業要緊。我兒今年十六，他爹也是壓著不讓相看，說等他專心將秀才功名拿下再說。」她停頓片刻，彷彿不經意般道：「壓了幾年，想必等不及了，今年就得完婚了吧？」

劉夫人笑了。「哪能呢，明年剛好大比之年，得下場應試，今年都不敢讓其分心呢。」

張靜姝意外。「明年就下場？不多磨幾年嗎？」

劉夫人搖頭。「他爹看著呢，說他可以下去試一試。」

也是，人家父親就是國子監司業，無須旁人操心。張靜姝笑道：「一時竟忘了劉大人了。」

若是劉新之明年還要下場大比，那明年中秋之前都斷不可能急著成親……這麼一算，最早也得明年底。

而明年三月，祝圓便及笄了。

張靜姝暗鬆了口氣。

「我一婦道人家也不懂這些，學業有他爹看著，這家裡細務才是我們發揮的地方。」劉夫人笑呵呵。「等他明年大比結束，不管結果如何，親事可就得定下來。」

張靜姝放心許多，聊起來也舒暢多了。「還早呢，少說還有一年工夫。」

「不早了不早了！這若是看好了，兩家人還得多來往，多處處，慢慢熟悉磨合，成親的時候，各種細務才不至於出問題，還是早做打算好。」

張靜姝微詫，繼而笑了。「也是，未雨綢繆是個好習慣。」

「對吧。」劉夫人視線一轉，看向低頭喝茶的祝圓。「妳家閨女，叫祝圓是嗎？」

祝圓忙放下茶盞，就著座椅朝她微微行了個禮。

劉夫人笑得更和善了。

「是的，單名一個圓字。」

「圓圓滿滿，好名兒呢。」劉夫人笑咪咪。「說起這個，我可得請教請教妳了。」

張靜姝不解。

「妳是怎麼把閨女教得這般文雅端靜的？」劉夫人讚道：「我在好幾場宴席見過妳們了，不管旁人怎麼咋呼，她都安安靜靜的，好幾次我還看見她分心照顧小姑娘們，遇到事兒也能快速處理……太厲害了，我年輕的時候可沒這個本事。」

張靜姝母女都驚了，這位劉夫人觀察得好細緻啊。

劉夫人自然察覺了，笑道：「這可怪不得別人觀察仔細。」她揶揄。「妳家閨女長得漂亮，誰不想多看兩眼的。」

祝圓忙低頭裝靦腆。

張靜姝聽得高興啊，嘴上還要謙虛一二。「夫人過譽了，她還小，很多事還沒學全乎呢。」

「這我可不信，我可是聽說了，妳家好長一段時間都是她管家呢。」

「哪裡哪裡，她啊……」

從劉家出來，張靜姝整個人都鬆快了許多。

「哎，早知道就別聽妳的，先來看看再說。」她高興不已道：「這家家風正多了，未有功名、未成親之前不許納妾，成親了也得規勸夫君讀書博取前程。哎，來晚了，幸好他們家沒看上別人！」

祝圓雖然也覺得這位劉夫人比前兩日的邱夫人處得舒服，可這就定了？

「就因為這劉夫人？」她問道。

「妳不懂，這姑娘成親啊，不光要看男人，還得看婆婆。」張靜姝語重心長。「男人大半時間都在外頭奔波，平日裡真就是跟婆婆相處最多，要是婆婆性子不好、或是小心眼些，這日子就難過了……」

完了她還掰碎了給祝圓解釋。「妳看，她家裡還有兩名妾，妾室也都生了兒女，證明她有容人雅量，她……」

祝圓聽她叨叨了一路，好不容易到家了，張靜姝還意猶未盡。「接下來看看他們家怎麼個章程，若是他們有意，上我們家聊一聊，就差不多定了——誒，不說了，我得馬上去找妳祖母說說去。」

幾句話工夫，人就跑沒影了。

祝圓。「……」

行吧，不是劉家也會是李家張家，好歹這家看起來真的是還不錯。

希望那個號稱相貌端正的劉新之性子不難相處……

邱府。

當然，是五方鏢局邱總鏢頭的邱府。

小邱夫人接過丫鬟遞上來的帖子，頗有些不以為然，隨手打開帖子，邊叨叨道：「才隔一天就巴巴送帖子上來，這家姑娘怕不是跟我想的一樣有什麼問——」目光一滯。

帖子裡遣詞文雅，大意是指祝庭舟託三殿下的福，去了東陽書院進學，專心科舉，無心練習武藝，強身健體之事便作罷了云云。

這是指祝庭舟練武作罷嗎？這是說他兩家的親事算了！

「豈有此理！」小邱夫人臉黑了。「合著這是涮我們呢？我呸，就她家女兒那妖妖嬈嬈的禍亂樣，擱誰家不是攪家精？我兒還得考武舉，我還擔心被他們家閨女給迷花了眼呢……不知好歹！」

她本就對祝圓不太欣賞，妖妖媚媚，不像什麼正經姑娘，這麼一想，她便撂了帖子，打算不再理會。

誰知邱志雲不知從何處得知此消息，闖進後院來。

「娘，我喜歡祝家姑娘，我要娶她！」邱志雲跪在小邱夫人膝下，目光執拗道。

祝家忙著相看人家之時，朝堂上卻風起雲湧。

有人到順天府告御狀，告的是江南都轉鹽運使司和地方官府——告他們勾結土豪勢要，私造大船，興販私鹽；告他們放任私鹽販子張旗持兵，沿途但遇往來客商等船，輒肆劫掠，死傷者眾，江河沿岸民眾怨聲載道，官府卻毫無作為。

順天府嘛，就在天子腳下，不光管著京城，還能直達天聽。

只是，御狀也不是那麼好告的——投狀紙前，得先受笞刑五十。

五十下板子，實打實的那種，皮開肉綻都是輕的，有些忍饑挨餓、長途跋涉過來的老百姓，可能沒等撐過五十下就當場沒了。

即便這樣，順天府還是隔三差五的收到御狀，稀疏平常得京城上下都習慣了，要是幾天沒人告了，還會以為是不是自己落伍漏了什麼消息。

這樣的背景下，有人狀告宿懷鹽政、宿懷當地官府，聽起來還是挺正常的。

但是，這次不一樣。

這次告御狀的，拖家帶口足足幾十號人，還大部分是老弱婦孺，除了一名身體看起來稍微強壯些的男子進去送狀紙並挨五十大板，其餘人等全留在門口哭嚎。

待男子的五十大板挨完，順天府收了狀紙，數名老者立馬撞死在順天府門前階上。

真正的慘烈。

大衍朝這些年順風順水，最大的動作就是前兩年的田稅改革，也是獲得百姓們的頌聲載道，突然來這麼一齣，大夥都懵了。

最重要的是，這群人還帶了許多證據，看來江南之事非同小可，順天府尹不敢自專，立馬將狀紙往上遞。

承嘉帝知情後當即勃然大怒。

鹽稅是大衍朝的重要稅收，並關乎百姓民生，堂堂朝廷命官竟然勾結私鹽販子做出這等事情？

查，必須徹查到底！

承嘉帝抽調督察院、戶部數名官員即刻前往江南，同時調臨近州府之巡撫前往江南，全權統籌此事。

這兩年水泥路大興，路通途坦，諸位官員快馬疾鞭，十天不到便抵達江南。

江南上下官員猶自醉生夢死，便被隨同巡撫前來的蘆州、潞州守備一併拿下。

七月中旬，巡撫並諸位協查官員聯合上奏——

江南官員勾結土豪勢要，興販私鹽，動以萬計，屬實。

放任私鹽販子張旗持兵，輒肆劫掠，傷亡百姓，屬實。

除此之外，他們還查出江南鹽政私取鹽息，每份鹽引私自提取白銀三兩的費用，收取的費用每年高達二十多萬兩。

這些費用從未奏報，戶部也從未見過絲毫與之相關的造報派用文冊。

這麼多的銀錢，哪裡去了？

更別說還有受賄索賄之事，區區一名巡鹽御史府裡便搜出八萬多兩白銀，玉器古玩更是多不勝數。這不光是在挖承嘉帝、挖大衍的錢袋子，這分明是挖大衍的根基啊！

天子一怒，伏屍百萬。

江南官員一擼到底，遞補官員飛速上任，除此之外，巡撫等人順藤摸瓜，還摸出了這筆浮費的流向……

然而他們卻不敢查了，所幸任務已經完成，他們便將東西收拾收拾打道回京，然後將所有查出來的東西堆到承嘉帝案前。

承嘉帝一板臉，正想訓斥，對上眾人閃避的目光和緊張的神情，心裡一咯噔，瞬間冷靜下來。

他按捺性子，撿起桌上東西逐一翻看，看著看著，臉便冷了下來。

御書房裡靜可聞落針。

「朕知道了。」承嘉帝面沈如水。「接下來朕會處理。」

諸位官員自然不敢多話。

你道是為什麼？因為這事查下來，跟後宮的安妃、大皇子靖王謝峮掛上了關係。

以大衍朝的祖宗規矩，歷來很少外戚當權之事，禍亂超綱之類的事件，更是百年難見。

再者，鹽鐵此類干係重大，每任帝王都是派遣不偏不倚的皇黨擔任此類重職，承嘉帝自然也不會例外。

剛被擼下來的運鹽使，乃是正經科舉出身，經翰林、轉戶部等部門一步步升上來。白身出身，沒有家世背景，在京城毫無根基，除了兢兢業業為承嘉帝辦事，別無他途。

但，是人就有缺點。

這位野心勃勃的鹽運使大人，以不惑之齡，納了中書省參知政事的同族姪女為妾。納妾後的第三年，便得以擢升，被派往江南監管鹽運。

而中書省的參知政事是誰？

安妃族妹嫁給了他的弟弟。

這關係一捋，大夥頓時不敢查了。

承嘉帝還有什麼不明白的，氣得要命，還得看在自家妃嬪兒子的分上從輕處罰。

結果，參知政事直接降成六品員外郎，後宮裡的安妃被降為嬪，謝岹則月例減半、禁足半年。

聖旨送出去後，靖王府頓時換了一批瓷器。

出了這麼大的事情，自然有許多人回頭去查那群告御狀的老弱病殘，結果卻驚奇地發現，這群人彷彿憑空出現又憑空消失一般，半點痕跡都找不著了。

倘若謝岹一系原來還心存僥倖的話，在遍尋不到告狀之人後，他們還有什麼不明白的？其中必有高人在後指點，這回他們是紮紮實實的跌了一大跤。

調查結果一出來，靖王府又換了一批瓷器。

此案告一段落後，依然待在宮裡的謝崢鬆了一口氣。

經此一役，謝岩一系沒個幾年怕是起不來，以後刺殺想必會少一點了……

「安瑞。」

「在。」

「好生安置那群人，別讓他們的親人白死了。」

「是。」

謝崢沈吟片刻，道：「裡頭若是有得用的苗子，好好栽培。」雖然背後有他們援助，可是能拖著這麼一大群老弱婦孺，能躲過江南鹽政官匪的聯合圍堵，其中必有人才。

安瑞自然明白，忙低聲應了。「誒，奴才省得。」

「劉長洲呢？」

若不是劉長洲，他們也拿不到證據，結果出來可能需要更久的時間，甚至無功而返。劉長洲給出的帳本，居功至偉。

安瑞忙稟告。「已經給他們換了戶牒送到西北邊，後半輩子安安穩穩沒有問題。」

謝崢皺眉。「他們？」

安瑞嘿嘿笑。「奴才也沒想到這劉長洲還是個癡情人，捨了錢財給妻兒，帶著那位小倌雙宿雙飛了。」頓了頓，忙又補充。「他的妻兒也另行安置好了。」

謝崢。「……」

安瑞見他不說話，撓了撓頭，嘿嘿笑道：「奴才是閹人，自然不懂這尋常人家的情情愛愛，讓主子看笑話了。」

謝崢腦中閃過些什麼，但太快了，彷彿只是他一時錯覺。

遠在江南的動盪、朝廷上層官員的更迭，都與祝家無關。

這段日子，祝家與劉家走得越發近了。

國子監司業不管是品階還是名聲，都比祝修齊的要高，故而一開始看對眼的時候，是由張靜姝先送帖到劉家拜訪，以作姿態。

她帶著祝圓去了一回劉家後，兩家正式開始來往。

之後劉夫人也來過祝家一回，這一次則是第二回拜訪，主要是帶著劉新之過來拜會祝老夫人。

彼時，兩家也算是過了明路，會談中間，張靜姝便找了個理由把祝圓叫過來，與劉新之碰面。

與狗蛋口中描述的不一樣，劉新之大約一百七多，不算太高，微胖，五官肖母，不俊，但笑起來有如沐春風之感，說話也是溫溫和和的，看起來脾氣不錯。

祝圓是以送東西的名義過來的，從進門開始，劉新之便一直盯著自己腳上靴子，半點不敢抬頭看，逗得屋裡諸長輩悶笑不已。

劉夫人自嘲道：「哎呀，這小子讀書讀傻了，大家莫要見笑。」

祝老夫人擺手。「哪裡哪裡，這說明您家裡規矩好。」

被誇規矩，劉夫人自然高興，看了眼自家傻兒子猶自呆坐著，趕緊罵他。「剛讚了你呢，怎麼還傻坐著？祝姑娘來了你也不趕緊給人行個禮？」

劉新之急忙站起來，朝前面方向拱手作揖。「抱歉，小生失禮了──」

眾人哄笑。

劉新之茫然，彎著腰不敢動。

劉夫人笑罵道：「你朝誰行禮呢？」

祝圓也忍俊不禁，忍笑提醒道：「劉大哥，我在這邊。」

發現聲音從自己右側傳來，劉新之急忙直起身，轉過來再次行禮。「見過三姑娘，小生有禮了。」

這回聲音小了許多，羞赧的原因，並不僅僅是因為行禮鬧了烏龍。

適才轉身，驚鴻一瞥間，他已然看到堂中那抿唇淺笑的嬌小美人。

祝圓也看清楚了這位與劉夫人有幾分相像的劉新之。她福身回了一禮，輕聲道：「見過劉大哥。」

不錯，比王八狗蛋描述的要好多了。

見過劉新之，確定不會難以接受甚至是接受良好後，祝圓便只剩下一個問題了。

狗蛋曾說過，這位劉新之喜歡喝花酒。

當時她正是因此才跟娘說這人算了的……不過看過劉新之之後，她對謝崢的話已經不太信任了。

但知人知面不知心，萬一呢？

於是她便委婉地跟張靜姝低聲提了幾句。

張靜姝笑咪咪點頭。「放心，早就安排人去打聽了，還得多看一段時間，稍安勿躁。」

祝圓登時鬆了口氣。也是，她娘出自儕川望族，對品性家風這塊尤為重視，豈會遺漏了這個？

有她娘出馬，結果很快便出來了。

劉新之確實有幾名好友，隔三差五也會聚一聚，聚會地點不是茶館便是詩社，有些確實是會有唱曲的歌姬出沒，但那些都是茶館請來熱場子的，與那青樓倌閣裡的又大不相同。

而且，劉新之等人在裡頭也確實是規規矩矩，並沒有因為有歌姬便各種放浪。

這樣一來，祝圓母女都放心了，只等張靜姝尋個時間去章口與祝修齊商量商量了。

短短幾個月便敲定對象，祝圓心裡也不知是個啥滋味。

祝劉兩家走得近也不是什麼秘密，消息很快便傳到邱家耳朵裡。

「兒啊，要不咱們就算了吧？」小邱夫人苦口婆心。

邱志雲眼神漸冷，一咬牙，扭頭跑了。

天氣漸冷，日頭下山也越發早了。

天黑得早，隔三差五要去玉蘭妝幹活的祝圓就鬱悶了，每回都得加緊開會幹活好提前回府，省得祝老夫人不允她出門，也省得張靜姝擔心。

這日，她照例緊趕慢趕，好歹是在酉時一刻將緊急重要的事情處理完，餘下的是實在沒法了。

天已經開始暗下來了，得回去了，祝圓鬱悶不已，只能收拾了些帳冊，準備帶回府裡慢慢翻。

小廝們都等在側門外，祝圓主僕抱著帳冊說說笑笑走出門，小滿搶先一步，準備招呼小廝們。「小——」

一道黑影竄出，捂住她口鼻快速拖走。

祝圓一愣，急忙後退，黑影帶著嗆人氣味撲面而來，祝圓還來不及掙扎便脫力軟倒，陷入黑暗之中。

豔陽當空，秋風習習。

院子裡很安靜，窩在陰涼廊道上的安瑞舒服得打了個哈欠。

一小太監正跪在廊道另一頭擦拭著欄杆，擦完回身洗帕子，「咚」地一聲輕響——他的手肘撞著木盆了。

安瑞的哈欠瞬間堵在喉嚨，怒目瞪過去。

小太監臉都嚇白了，拚命磕頭，還得注意著別真磕到地板上吵了主子。

安瑞沒空搭理他，附耳到書房門上。

書房裡依舊安安靜靜的，似乎絲毫不受影響。

安瑞這才放心下來，轉回來，那名磕完頭的小太監正緊張兮兮地看著他，他沒好氣地擺擺手。

小太監大大鬆了口氣，就著跪姿將帕子按進盆裡，輕輕搓洗，接著擦拭欄杆。

安瑞收回目光，輕吁了口氣。

哎，這日子什麼時候是個頭啊……

他仔細琢磨過了，彷彿是主子第二回踹了書桌後開始——不不，還得往前一天，是從七姐廟遇到那祝家三姑娘後開始的。

謝崢的心情彷彿就不太好，每日都是冷颼颼的，話都沒幾句——雖然他平日也話少，感覺就是不太一樣。

鹽稅之事爆出來後，謝崢手上事情多了，每天要佈線、要統籌安排細節、要盯朝堂中動態……他的話才多了些。

只是，心情欠佳又雜事煩擾，交疊在一起，謝崢更暴躁了。

他也不罵人，只是有什麼聲響擾了他，出錯之人必定受罰。

幾次下來，滿院子人心惶惶，所有人大氣都不敢喘一下，行事小心翼翼，生怕磕了碰了弄出什麼動靜。

哎……

安瑞正自出神呢，就見安福急匆匆走進院子。

他們這會兒是在聊齋邊上的院子裡，他跟安福幾個只有隨著主子出宮了，才能藉機出去忙活點事情，今兒輪到他跟著主子，負責京城各處暗線的安福有事忙去了。

看到安福突然回來了，安瑞微詫，迎上去，低聲問：「出了什麼事兒嗎？」這麼急匆匆的。

安福擦了擦額頭的汗，看了眼掩著門的書房，問他。「我這兒收到些消息，你說要不要報給主子？」

安瑞瞪他。「你第一天當差嗎？有消息自然得報上去。」

安福躊躇。「可這，跟咱的事不太相干啊……」

「怎麼說？」

安福低聲道：「是關於那位祝三姑娘的。」他又看了眼書房。「上回主子不是說祝三的事兒不用稟了嗎？可現在這……你說怎麼辦？」

他不是傻子，安瑞都提點過他兩回了，祝三在主子心目中是個啥位置不好說，那分量是絕對不輕的。

祝三姑娘？安瑞摸了摸下巴。「你先說說什麼事。」

安福附耳過去，如此這般說了一番。

安瑞皺眉。「這……怕是有些蹊蹺。」頓了頓，道：「我覺得還是報吧，主子這模樣，分明還是惦記著呢。」

安福看著他，腆著臉。「要不，你去說？」

安瑞轉身就走。

安福愣了愣。

快步走回門邊的安瑞敲了敲書房門，低聲道：「主子，安福有事稟報。」

安福。「……」

狗東西！

「進來。」謝崢的聲音隔著門板有些聽不真切。

安瑞「誒」了聲，忙不迭推開門，然後看向安福。

安福瞪他一眼，抹了把臉，鑽了進去。

安瑞快速掩上門。

「主子。」進了屋的安福快步走到桌前跪下行禮。

謝崢的視線依舊停在紙上。「何事？」

「主子，」安福小心翼翼道：「前些日子讓查的邱家，下面的人發現了不妥，這幾日——」

「哪個邱家？」謝崢打斷他。

安福嚥了口口水。「就，五方鏢局邱家，五城兵馬指揮使的弟弟。」

捏著書的手指瞬間收緊，謝崢沈下臉。「這些瑣事，無須向我彙報！」

「……是。」

「出去！」輕輕飄飄兩個字，冷意卻撲面而來。

「是！」

安福忙不迭退出來。

輕輕攏上書房門，他擦了擦額頭，瞪向邊上賠笑的安瑞，氣音道：「都怪你，報什麼報！以後都不需要搭理了！」

安瑞嘿嘿笑，完了把他拽到一邊，低聲道：「可主子也沒說不讓查啊……估計還是得等氣過了。我瞅著這邱家不太妥當，你盯著些。」

安福氣憤。「還盯？這不是折騰我嗎？」

安瑞同情地拍拍他。「盯著總沒錯，總比主子緩過氣來想問沒處問，再者，要是出事了，你擔得了嗎？」

安福垮下臉。「得得得，我盯著，我繼續盯著，行了吧！」唉聲嘆氣地又出了院子。

另一邊。

人是轟出去了，謝崢的心情卻更差了。

安福進來之前，他正盯著右手書冊上的墨字——浮現的墨字。

墨字在紙上浮現消逝。

每一勾每一捺，他都知道會寫成什麼樣，熟悉得彷彿是他自己在書寫一般……

看這內容，祝圓是在玉蘭妝吧？

彷彿許久沒看到她理事了，他最近太忙，早上練騎射也只是為了掩人耳目，回到書房或到了此處院落都得安排事情，偶爾看到祝圓的字，也裝作沒看到。

今日終於稍微閒一些，還得處理聊齋跟莊子的事情，也是沒時間練字——

好吧。

其實，他是不知道該怎麼面對祝圓。

最近幾回，與祝圓說話總是不歡而散，他著實……不喜。

祝圓更適合開開心心、嘰嘰喳喳的，他也不能……成為心胸狹隘、毫無禮節的粗鄙之人。

既然祝圓不願意嫁給他，他又不能讓其消失，索性就冷了吧。誠如祝圓所說，各自精彩，也挺好的。

搭在扶手上的左手下意識握緊，用力得指腹發疼，謝崢回神，翻起左手，盯著掌心看——

他的眼線遍佈京城，他的地下勢力逐漸龐大，他的生意已經鋪到江南……他不缺錢不缺人。

他將左掌握成拳，再打開。

空空如也。

謝崢茫然。

他……缺了什麼？

右手無意識鬆開，謝崢瞬間回神，將書冊抓住。

「……增加廣告預算，推秋冬保濕組合……」

謝崢的注意力再次回到紙張上。

「乳霜產品種類太多，只保留兩套，具體你們商議。」
秀麗疏朗的墨字逐一浮現，又慢慢消失。
「廣告詞太過輕浮，以『水潤』為主題重新想一個。」
謝崢回想起第一次聽祝圓寫廣告詞的場景，忍不住嘴角含笑——
唇角剛勾起便落下去，再看書冊上的墨字，陡然覺得分外刺眼。
謝崢皺眉，合上書扔回桌面，冷著臉拉過擺在旁邊的木匣——裡頭是底下人呈遞上來的各處情報。
繼續幹活。
酉時初，安瑞看了看開始西沈的日頭，再看看緊閉的書房門，嘆了口氣。
得，今兒又不知道什麼時辰能吃晚飯了……
正感慨呢，就看到安福再次匆匆進門。
這回不等他問，安福便嚴肅地奔到書房門，朝他點點頭，親自敲響了房門。「主子。」
屋裡的謝崢頭也不抬。「何事？」
安福小心地推開房門，快速道：「不敢欺瞞主子，那邱家小子——」
「安福。」謝崢抬起頭，冷冷地看著他。「倘若你聽不懂命令，可以回去清昭宮。」
清昭宮是冷宮，安福、安瑞兩人十幾年前都是在清昭宮打雜的小子。
淑妃娘娘還是淑貴人的時候，因著懷孕，得了太后允許，親自挑了安瑞、安福兩人回來，打算留給自己的長子謝崢的……

只是，人算不如天算。

安福打了個激靈，撲通跪下，磕頭。「奴才知錯——」

「出去。」

「是！奴才告退！」

謝崢看著闔上的房門，捏了捏眉心，再次看向手裡的情報冊子。

上面漸次浮現的秀麗墨字已經持續了一下午，擾得他一下午心緒不寧，連情報都沒看幾份，安福還來火上添油。

邱家……邱家小子……

上個月祝家便與他們開始來往，彷彿還一起去乞巧……安福今天來報了兩回，是兩家終於要訂親了嗎？

訂親？

訂親了也好。

訂親了以後，他們應當就不會再爭吵了吧？

到時祝圓氣消了，肯定又會開開心心地找他聊天了吧？

謝崢如是想著。

他們相識多年，又能紙上傳書……祝圓肯定不會生他太久的氣。

對了，他得大度一些，得主動送禮。

「我作為合夥人和半個長輩，得送份禮表示表示。」他自言自語道：「她喜歡金銀珠寶和銀票，收到禮肯定很高興。」

心臟彷彿被不知名的東西拽住，一抽一抽的，謝崢恍若未覺。

他抬頭，微微揚聲道：「來人。」

隔著窗櫺，能看到外頭湊在一起的人頭飛快分開。

安瑞探身進來。「主子？」

「安福剛才要說什麼？」謝崢裝作不在意般。「可是邱祝兩家要訂親了？」

安瑞微詫。「邱家？祝家不是打算跟劉家訂親嗎？」

謝崢一怔。

站在外頭的安福察覺不對，推門蹭進來，稟道：「主子，邱家上月便被祝家拒了……」

「哦，是嗎？」

什麼邱家劉家，又有什麼關係呢？謝崢搭在腿上的手握緊，指甲戳得掌心生疼。他強自鎮定。

「那你剛才提及邱家，所為何事？」

安福小心翼翼。「剛才有人來報，邱家小子集結幾名街頭混混，守在玉蘭妝那頭，似乎，要對祝姑娘……」

話雖未盡，意思已到。

謝崢神色大變，所幸安福雖然挨罵了，依然留了個心眼，沒把人撤回來。

謝崢心急如焚，恨不得立馬出現在祝圓面前，防止小人得逞。

好在他猶存幾分理智，記得祝圓方才還在寫字。

還在寫字……就是還在玉蘭妝裡！

他深吸了口氣，極力冷靜下來。

此事事關祝圓安危和名聲，他不放心交給別人，他得親自跑一趟。

他當即讓安福弄來許多衣物，所有人裝扮成普通百姓，飛快趕往玉蘭妝。

抵達玉蘭妝時，天邊已飄起了彩霞，估摸著已經過了酉時正。

謝峥疾步如飛，帶著安福等人從後邊直奔玉蘭妝側門，還沒靠近巷子，便有一人跳出來——是安福安排的人。

聽說祝圓主僕都被帶走了，所有人都不敢往謝峥身上掃一眼。

好在安福安排的人不止一個，這人是留下來等消息的，另外還有兩名跟上邱志雲一行了。

謝峥幾人再次轉道，隨著探子一路留下的記號追了過去。

滿身煞氣的謝峥是安福從未見過的模樣，他心驚膽戰，不停催促前頭尋找記號並引路的兩人。

不到一刻鐘，他們便追到一處距離玉蘭妝不遠的僻靜舊宅。

左右四鄰都安安靜靜，彷彿完全沒有住客，他們目標所指之處，卻依稀可聞爭吵聲。

「……這跟說好的不一樣！」

「……天真……」

「……漂亮的妞兒……可惜……」

聽見裡頭的爭執聲，安福頓時鬆了口氣——還在吵，說明祝姑娘暫且無礙。

然後眾人齊齊看向謝崢，等他安排下一步。

此刻的謝崢冷靜得嚇人。

紅豔豔的晚霞鋪灑人間，落在謝崢身上，卻生生帶出一股血腥之感，狠戾陰煞，如破界修羅。

對上眾人視線，他唇角勾起，輕聲道：「一個不留。」

安福悚然，急忙低聲提醒。「主子，裡頭的是五城兵馬——」

謝崢的目光落在他臉上。

安福打了個冷顫。「……是。」

——未完，待續，請看文創風925《書中自有圓如玉》3

2020年8月出版

大熊要娶妻

文創風 872～874

她才十五歲耶，姑娘家的身子都還沒長開就得嫁人？
雖說現在就要談親事實在太早，她這現代人打心底無法接受，
但她雙親剛亡，家中欠了一屁股債，還有個幼弟要養，
眼下都快揭不開鍋了，還談什麼自由戀愛、理想對象啊？
既然這頭大熊人品不錯，想來嫁他是當前最穩妥的一條路吧？

生當復來歸　死當長相思／清棠

說到熊浩初這個人，林卉雖然沒見過，倒也是有所耳聞的，
傳言他有些凶……好吧，這是含蓄的說法，講白了就是這人風評極差！
據說，他年紀輕輕就殺過人，還上過幾年戰場，尋常人家皆不敢招惹，
本來他如何都不干她的事，可如今縣衙裡竟要把這頭大熊配給她當夫君？
原來本朝有規定，男弱冠、女十六就得成親，若無則由縣衙作主婚配，
這樣一號人物，即便剛穿越來的她膽子再大，也是有點心驚驚的，
但她才辦完雙親的喪事，不僅一窮二白還帶著個幼弟，不嫁人就得餓死，
何況她這個窮光蛋偏偏生了張招禍的美人臉，若不嫁，日後恐難自保，
既然自家這般條件他都敢娶了，她怕啥？正好抓這頭大熊來養家護嬌花！
說起來，這頭大熊天生力大無窮，能單手托舉成年水牛、一拳擊飛大野豬，
幸好他不如凶神惡煞的外表，不單品性好、會默默做事，還肯乖乖聽她話，
而且直到婚後她家大熊把錢交給她管後，她才發現他居然藏了不少錢，
當初嫌棄他住破茅草屋、年紀稍大而不肯嫁的人家，如今心肝都要捶碎嘍！
可話說回來，一個當了幾年小兵的人，有辦法攢下這麼多錢嗎？
所以，自己該不是嫁了個了不得的大人物……或是什麼江洋大盜吧？

2021年1月出版

敦妻睦鄰

文創風 918～920

這男人身姿挺拔，整個人如一柄出鞘的利刃，鋒芒畢露，
雖然他刻意收斂了，但周身那股凜冽的氣勢還是讓外人忍不住心顫，
不過在她面前，他只有乖乖任她使喚的分，她對他可是半點懼意皆無，
他上得了戰場、下得了廚房，提得起重劍又拿得住菜刀，
唔，真不愧是她看上的男人，實在迷人啊……

情不知所起，一往而深／君回

穿越就算了，不說當個皇子、公主，怎麼也得是個可人疼的無憂小姑娘吧？
結果呢，成為一個未婚懷孕，還帶球遠離家園、生了個兒子的國公府嫡小姐?!
偏偏原主的記憶容妤只接收了一半，壓根兒不記得孩子是怎麼懷上的，
但眼下她得先肩負起為娘的重責大任，養家活口才行，總不能坐吃山空吧？
就不信了，她有手有腳的，難道還會餓死自己跟一個三歲小萌娃？
她平生有兩大愛好，美食與顏控，穿來前她可是拿過國際美食大賽冠軍的，
做吃食她極有自信，因此，她打算重拾老本行，先賣早點試試水溫，
果然天無絕人之路，她的食肆每天大排長龍，名聲一下子就傳開了，
這不，連她家隔壁新搬來的鄰居殷玠都一試成主顧，巴巴地黏著她不放，
他還說要娶她，甚至保證此生只有小萌娃一子！她是遇上了好男人沒錯吧？
錯了錯了，她發現自己錯得離譜！搞半天他不是啥富商，人家是堂堂王爺，
他也不是什麼好男人，他就是孩子的渣爹，而且他早知她的國公女身分！
敢情他名為敦親睦鄰，說什麼多愛她、想娶她這個鄰居當妻子都是假的，
實際上他這番深情操作只是為了讓她卸下心防，以便把孩子搶回去？
哼，以為是皇親國戚她就怕了嗎？孩子是她生的，她死都不會讓給他！

2021年1月出版

安太座

文創風 914～915

眾人皆知過年安太歲為的是祈求來年平安、事事順利，
殊不知，安太座對一個男人來說，重要性可是不相上下的，
這部分，她就不得不稱讚一下自己的夫君了，
畢竟他可是把整個人都給了她，娘子說的話對他而言那就是聖旨，
因此即便他對經商一竅不通，是世人眼中的敗家子，那又如何？

芙蓉不及美人妝，水殿風來珠翠香／月小檀

棠槿嫿已經快兩天沒有吃過東西了，此前她何曾遭受過這種罪？
好不容易夫君得了個饅頭給她，結果她卻因狼吞虎嚥，活活給噎死了？!
死前一刻，腦中唯一的想法便是，她絕對不要再嫁給這不可靠的傢伙！
豈料上天雖然再給了她一次機會，但她只重生回到幾個月前而已啊！
生為富商的獨生女，嫁的又是富商獨子，她理應三輩子也吃喝不完才是，
偏偏她的夫君穆子訓打小嬌生慣養，公婆又太過溺愛，事事順著他，
於是公公驟逝後，不懂經商、甚至連帳本都看不懂的他，漸把家產敗光，
老實說，重生後的她不是沒想過離開他，再找個家境好點的男人嫁掉，
但嫁給他這麼多年來，他對她是真的好，就連沒有子嗣，他也毫無怨言，
有情郎難得，她既不忍離了他，看來養家活口的擔子只能自己挑起來了！
幸好她讓下田他就扛起鋤頭，叫他考功名他二話不說立即發奮苦讀，
況且眼下不是還有她嗎？她腦子轉得快，深知自古以來女人的錢最好賺，
於是，她開了間專賣胭脂水粉的店鋪「美人妝」，生意果然大好，
所以夫君只要繼續疼她、寵她、尊重她，其他鶯鶯燕燕皆不入眼她便足矣，
至於重振家業這種小事就交給她吧，她定會讓所有冷嘲熱諷的人閉上嘴！

文創風 924

書中自有圓如玉 2

國家圖書館出版品預行編目資料

書中自有圓如玉 / 清棠著. --
初版. -- 臺北市 : 狗屋出版社有限公司, 2021.02
冊 ; 公分. -- (文創風)
ISBN 978-986-509-181-1 (第2冊 : 平裝). --

857.7　　109021488

著作者　清棠
編輯　黃淑珍　李佩倫
校對　周貝桂
發行所　狗屋出版社有限公司
地址　台北市104中山區龍江路71巷15號1樓
電話　02-2776-5889～0
發行字號　局版台業字845號
法律顧問　蕭雄淋律師
總經銷　知遠文化事業有限公司
電話　02-2664-8800
初版　2021年2月
國際書碼　ISBN-13　978-986-509-181-1

本著作物由北京晉江原創網絡科技有限公司授權出版

定價260元
狗屋劃撥帳號：19001626
網址：love.doghouse.com.tw　E-mail：love@doghouse.com.tw